# 処刑エンドからだけど何とか楽しんでやるー！

福留しゅん

Shun Fukutome

JN095744

RB

レジーナ文庫

character
ヴィクトリア
ランカスター侯爵家の令嬢。
王太子と婚約していたが
悪行により婚約破棄＆断罪された。
監獄に送られた後で
日本で暮らしていた前世を思い出す。
リチャード
ヴィクトリアの隣の牢にいる囚人。
思慮深い性格で声がいい。

ヘンリー
王太子でヴィクトリアの元婚約者。
メアリー
乙女ゲームのヒロイン。
ベアトリス
ヴィクトリアの妹。
トーマス
囚人達に神の教えを説きに来る神父。
ライオネル
ヴィクトリアが入っている牢の看守。

# 目次

処刑エンドからだけど何とか楽しんでやるー！

# ■ プロローグ　s·i·d·eベアトリス

私、ベアトリス・ランカスターはアルビオン王国の侯爵家に生まれました。

アルビオン王国の歴史は、かつて大陸全土を統一していた大帝国が侵略戦争により崩壊した時に始まります。故郷を追われた私達の祖先がこの白き島、即ちアルビオンに移住し、先住民や他の部族を抑えて興《おこ》したのがアルビオン王国なのです。

我がランカスター家は建国時よりアルビオン王国に忠誠を誓っております。私はそんな由緒正しきランカスター家の娘として生まれてきたことを誇りに思い、と同時にその責務を果たさねばとの重圧を感じています。

果たさねばならない責務とは、やはり婚姻でしょう。他家に嫁《とつ》いでその家と実家との結びつきを強め、実家のさらなる発展に貢献しなければなりません。逆に婿《むこ》を迎える場合、優秀な方を家と結びつける役目があるのです。

そんな責務をこれ以上はない形で果たしていた方といえば、私は迷わずお姉様を挙げるでしょう。

ヴィクトリア・ランカスター。

王太子殿下の婚約者となった私の姉を。

私の一番古い記憶は何を隠しましょう、大はしゃぎして喜びを露《あら》わにする幼いお姉様の姿です。

その時お姉様が嬉しそうに仰《おっしゃ》った一言を、私は今でも鮮明に思い出せます。

「私ね、運命の王子様に出会ったの」

王宮に行った際、お姉様は偶然運命の王子様とやらと出会ったそうです。あいにく語り合いに熱中してしまったせいで彼の名前を聞けなかったと、お姉様は残念そうに肩を落としていました。

お父様が詳しく調べましたところ、なんとその方はアルビオン王国の王太子殿下であると判明したのです。

お姉様はすぐに王太子殿下の婚約者になると宣言しました。愛しの王子様と再会を果たすんだと意気込んで。

お父様もそんなお姉様の決意を受け止め、娘の望む地位に相応《ふさわ》しい厳格な教育を施《ほどこ》しました。

そうしてお姉様は他の多くの候補者を退《しりぞ》け、見事、王太子殿下の婚約者となったのです。

お姉様は王太子殿下の婚約者に選ばれた後も慢心せず、ダンスに教養、礼儀作法など、あらゆる分野の知識を万遍《まんべん》なく磨いていました。非の打ちどころがない、と王宮の教養係が絶賛していたと聞いております。

私は、そんなお姉様を尊敬し、憧《あこが》れました。

なんて素晴らしい方なのでしょう。一途《いちず》な恋のために努力を惜しまないなんて、と。

そんな婚約関係に陰りが見え始めたのは……そうですね、あの方が学園に通い始めてからでしょうか。

この国では、貴族の子は社交界デビューする年を迎えるまでに王立学園で数年間学ぶことが義務付けられています。お姉様や私はおろか、王族である王太子殿下もその例に漏れません。

私より一足先に入学したお姉様は、多くのご令嬢方から慕《した》われていたそうです。当家以上の名門出身の方もいらっしゃるそうですが、そうしたご令嬢とも敵対せず友好関係を築いたとお姉様自身も語っていました。

順風満帆《じゅんぷうまんぱん》だったと申しましょう。

誰もが、このままお姉様が王太子妃になるのだと疑いませんでした。周囲は勿論《もちろん》、お姉様や王太子殿下ご自身、さらには国王王妃両陛下もそんな未来を思い描いていたはずです。

それが覆《くつがえ》ってしまいました。

「メ、メアリー・チューダーです。よろしくお、お願いしますっ！」

メアリーの出現によって――

## □　処刑前　断罪日当日

私、ヴィクトリア・ランカスターはアルビオン王国の誇り高き侯爵の娘だ。

多くの貴族令嬢同様、次世代の王妃になるべく教育を受け、見事に王太子様の婚約者に選ばれた。ゆくゆくは国母になる――これ以上ない成功が約束されている……はずだったのだ。

暗雲が立ち込めたのは、間違いなく男爵令嬢のメアリーが現れたから。

男爵家の娘である彼女は他の貴族令嬢と比べて多くの点で至らない。仕草は洗練されていないし教養もない。煽情的《せんじょうてき》な体躯《たいく》でもないため容姿に華もない。さらには、何も落ちていない場所で転んだり教材を家に忘れてきたり。

けれど……そんな欠点を補って余りあるほど、彼女は多くの人を惹《ひ》きつけた。誰にでも優しく接し、侮蔑《ぶべつ》や嘲笑《ちょうしょう》の中でも微笑《ほほえ》みを絶やさず、純粋な慈《いつく》しみの心を備《そな》えている。薄気味悪いぐらいに。

何より彼女は相手の思いを感じ取る術《すべ》に長《た》けていた。真摯《しんし》に悩みを聞いてくれるメアリーに、相手は自分を分かってくれていると感じるのだとか。

だからなのか。媚《こ》びへつらい……もとい、社交辞令にまみれた貴族社会に染まっていなかった平民同然の小娘が、王太子様の目に魅力的に映ったのは。彼は次第に婚約者の私を蔑《ないがし》ろにするようになってしまった。

王太子様の伴侶になる以外の生き方を考えもしていなかった私は、強い嫉妬《しっと》に駆られた。

それでも最初は、メアリーの至らない点を指摘する程度に留《とど》めていたのだ。なのに彼女は、なおも王太子様に近づく。その上、それを王太子様が許容する日々が続いた。

私の心の奥底で、徐々に黒い炎が渦巻《うずま》き出す。

どうして王太子様は、私をほったらかしにしてメアリーと楽しそうに会話するの？

そんなに彼女に笑いかけるの？

なぜ、本当の自分を曝《さら》す相手が私ではないの……！

私はメアリーに、それはもう陰湿な嫌がらせをしたものだ。お茶会では仲間外れにしたし、誹謗中傷《ひぼうちゅうしょう》も当たり前。やがて直接危害を加えるようになり、身のほどを思い知らせようと精神的にも追い詰める。王太子様に二度と近寄らないように。

けれど……彼女は強かった。王太子様の好意を裏切りたくないと言って聞かなかったのだ。

そしてとうとう、嫉妬《しっと》を憎悪に変貌《へんぼう》させた私は、メアリーを穢《けが》してやろうと企《たくら》む。あの女の心に一生癒《い》えぬ傷を付けてやりたかった。身も心も穢《けが》れ尽くした女を目にすればさすがに王太子様も目が覚める。

そんな思い込みから、私は人として決して許されない罪を犯してしまった。

私の悪意からメアリーを守ったのは、王太子様と、彼女と親しいご友人方だ。彼らは侯爵家の娘であり王太子様の婚約者である私の罪を暴《あば》き出し、メアリーの前から排除しようとした。

大切なメアリーを守りたい、という一心で。

愛しのメアリーを害する悪女など許せない、との正義感で。

——それは、王立学園の卒業生の送別会でのこと。

「ヴィクトリア、お前との婚約は破棄させてもらう！」

「殿、下……？」

私の目の前で婚約破棄を宣言したのは、婚約者である王太子様ご本人だ。

彼は今、メアリーを大切そうに抱擁《ほうよう》している。彼が私に向ける眼には、もはや情の欠片《かけら》もない。掛け替えのない存在を害す敵への憎悪で、歪《ゆが》んでいる。

学園から羽ばたいていく卒業生との時間を在校生達が惜しんでいる最中《さなか》、突然、この場を借りて言いたいことがあると叫び出した彼。なんて無粋《ぶすい》な、と思う余裕なんて私にはなかった。

「なぜ、ですか……!?　私ほど殿下に相応《ふさわ》しい女はおりませんのに！」

王太子様がメアリーに誘惑されたことは百歩譲って認めてやらなくもない。だが最後には、私のもとに戻ってくる。だって私こそが婚約者なのだから。

そんな自信に満ち溢れていた私は愕然《がくぜん》とする。

どうしてメアリーが王太子様の隣にいる？

私が愛されていたはずなのに……っ！

「王太子に、だろ？」

「君はいつだって二言目には王太子としか言わないものな」

メアリーの周りにいるのは王太子様だけではない。

私が異議を唱えた途端に冷たい言葉を浴びせてきたのは、エドマンド。王国を代表する大将軍のご子息で、剣の腕前は学園随一《ずいいち》だ。

そして私を嘲笑《ちょうしょう》したのはエドワード・ヨーク。王国の政治を担《にな》う宰相の子息で、学園でも一、二を争う頭脳明晰《ずのうめいせき》な方。

エドマンドは、危険に曝《さら》されて怯《おび》えるお姫様をその身を挺《てい》して守らんとする騎士さながら、私と対峙《たいじ》している。エドワードはかけていた眼鏡を指で持ち上げ、怒りを込めた鋭い視線を私に投げかけた。

そして王太子様は、メアリーを抱く腕の力を強める。彼を見上げるメアリーは、頬を染めて瞳を輝かせた。

「やれメアリーは王太子に相応《ふさわ》しくないだの、吊り合わないだの。家柄ばかりを口にするお前にはうんざりだ！　誰にも優しく人の心が分かるメアリーのほうが、はるかに私の伴侶に相応《ふさわ》しい！」

「王太子様……」

私は見世物になった恥辱《ちじょく》に加え、メアリーを穢《けが》そうとした計画が失敗した事実に怒りを覚えた。それをかろうじて表に出さないよう堪《こら》える。

「私共の婚約は王家とランカスター家が取り決めました。勿論《もちろん》、私に至らぬ点は多々ございますが、失格の烙印を押されるほどではないと自負しております。どんな大義があっての破棄なのか、ご説明いただけますか？」

「よくもまあ平然と……。ならば、お前の罪を皆の前で明らかにしようではないか。ルイ！」

「お任せを。ヴィクトリア嬢、貴女《あなた》はメアリーに許し難い罪を重ねているね」

王太子様の指名によって私を糾弾《きゅうだん》し始めたのは、ルイ・ウィンザー。彼は若いながら数少ない公爵家の一つで当主を務めている方だ。先のエドマンドやエドワード同様、殿下と親しい。

彼は私の犯した罪とやらを記《しる》した書類を叩《たた》いてこちらを睨《にら》みつけてくる。

「まずはメアリーの些細《ささい》な間違いを大勢の前に小馬鹿にした点だ」

「私は彼女を注意したにすぎません。男爵位であろうと彼女は貴族の娘。社交界では相応の品格が求められますもの。善意での指摘であり、馬鹿にも侮辱《ぶじょく》してもおりません」

「なら彼女の私物を壊し、捨て、燃やしたのはどう説明するつもりなんだ?」

「どなたがそのような陰湿なことをされたのかは存じませんが、私はむしろ、そうして筆記具や制服を失った彼女にお金や物を恵んでいたではありませんか」

「まだあるぞ! メアリーを孤立させただろうっ!」

「人聞きの悪いこと仰《おっしゃ》らないでください。メアリー嬢は誰とでも親しくなれると申せば聞こえは良いですが、殿方への振る舞いが節度に欠けております。それは、この場のご令嬢誰もが同意なさることです。ご自分の婚約者に馴《な》れ馴《な》れしい娘とどうして仲良くしようと思います? ルイ様方は女心を分かっておりません」

落ち着けと自分に言い聞かせながら、私はルイが並べ立てる罪状とやらに一つ一つ反論していった。感情的に喚《わめ》けば、自分の立場を悪くするばかりだもの。

もっとも、実際にやったことまでやっていないととぼけるつもりはない。あくまでも私にだって言い分がある、と主張するだけだ。

「だったらお前と親しくする令嬢がメアリーに暴力を振るったり脅《おど》したりしたのはどうなんだ!?」

「それは私の与《あずか》り知らぬ件、かと。きっと私を慕《した》ってくださるどなたかが、メアリー嬢に警告したのでしょう。監督が行き届いていないと糾弾《きゅうだん》なさるのならその通りですが……」

「お前がメアリーを階段の踊り場から突き落としたのを見た者が、大勢いるんだぞ！」

私が舌先三寸で罪を逃《のが》れようとしていると考えたのか、ルイに代わってエドマンドが声を荒らげ、私が関わっていない事件を挙げた。

「それはおかしいですね。貴方達は示し合わせて私を見たと仰《おっしゃ》いますが、当のメアリー嬢ご本人は犯人の具体的な名前を申していなかったと記憶しています。彼女が並べた特徴に該当する者は私以外にもおりましょう。実際に現場にいた彼女の証言が、間違っているというのですか？」

私以外にもメアリーを快く思っていない令嬢は大勢いるし、実際にいじめも行っているのにね。すでに彼らの頭の中では、私こそが諸悪の根源だと決まっているのだろう。

私を攻めきれなかったエドマンドは、ぐうの音も出せず押し黙る。王太子様とルイは、私が開き直っていると怒声を上げ憤《いきどお》りで顔を歪《ゆが》ませた。

そんな中、エドワードだけが冷静さを保ちつつ、眼鏡を光らせて私を見据《みす》えた。

「じゃあつい先日メアリーが暴漢に襲われそうになった件は知っているかい？」

「噂《うわさ》では聞いておりますが、なんの関係が？　まさかこの私が加担していると？」

「実行犯共を尋問したら白状したよ。君が依頼者なんだってね」

確かに私はメアリーに暴漢を差し向けた。一生残る傷を心身共に付けてしまえ、と。

「何を戯言《ざれごと》を……。私に罪を被せようとでっちあげているのでは？」

けれど雇ったのは金で動くならず者などではなく、裏社会のギルドに所属する専門家。依頼人を明かすほど口の軽い輩《やから》を選定した覚えはない。そもそも何名も仲介人を挟んで細工しているのだから、私に行きつくのは不可能だ。

「いいや、この自白は正式な証拠として認められている。残念だったね」

「……は？」

私にはエドワードの言葉が理解できなかった。

「お前の専属執事が我々に告白してくれた内容と、事件が一致したのだ。お前が笑いながら人の道を外れた恐ろしい計画を立てていた、とね」

私の執事が？　王太子様達に打ち明けた？　何を？

決まっている。私の憎悪を、だ。

「メアリーを庇《かば》った王太子殿下が危《あや》うく命を落としかけた。これは立派な大逆罪だよ」

「メアリーに嫌がらせをしていた令嬢達の証言で、ヴィクトリア嬢から強要されたとの裏付けは取れています」

「階段で突き落としたのを見ていたのは私だ！　もはや言《い》い逃《のが》れはできぬと知れ！」

エドワードにエドマンド、そして王太子様が激しい口調で次々と私を責める。

そこで私はようやく気付いた。察してしまった。

決定的証拠があろうとなかろうと、私が関わっていようがいまいが、関係ない。無理やり私と結びつけ、証拠を捏造《ねつぞう》すればいい。

大事なのは私の排除、私の破滅なのだと――！

「王太子殿下！　そこまでして私を遠ざけたかったのですか!?　こんなにも貴方様をお慕《した》い申し上げていますのに！」

「ふんっ、ヴィクトリアにそう想われていると考えるだけで虫唾《むしず》が走る」

「お待ちください！　今一度調べていただければ、私は潔白だと分かります！」

「衛兵、何をぐずぐずしている！　早くこの大罪人を連れていけ！」

警護のために会場の端で待機していた王国兵が、仰々《ぎょうぎょう》しく私に近づいてくる。そして、愕然《がくぜん》として膝から崩れ落ちていた私を引っ張り上げた。

あまりにも乱暴に掴まれ、痛みで顔が歪《ゆが》む。

身をよじっても思いっきり腕に力を込めても、屈強な兵士達の手からは逃《のが》れられない。

私はそのまま引きずられ、会場を後にする。

王太子様達を除き、誰もが驚きと混乱の眼差《まなざ》しでこちらを見ていた。

「殿下、殿下ぁぁっ！」

必死の訴えも空《むな》しく、私と王太子様を隔《へだ》てるように会場の扉が厳《おごそ》かに閉まる。

どうしてこうなってしまったのか。私は何を間違えたのか。

考えれば考えるほど深みにはまるばかり。

ただ、なおも現実が信じられない私にも、もはや自分を救う術《すべ》がないことだけは確信できた。誰も彼もが私から遠ざかっていくのだと……

ふと、思い出したのは、幼少の頃、初恋の思い出。

私は王宮の庭園で運命のお方と出会った。お父様に調べていただき、なんとその方が王太子様だと分かる。

そこから私は奮闘する。未来の国王に相応《ふさわ》しい淑女になるために。そして今や、自他共に認める素晴らしい女性に成長した。

だが、教養は無価値に、美貌《びぼう》は無用となり、誇りは無意味に変わり果てる。

私は全てを失ったのだ。

助けてくれる者などいない。

「助けて、王子様……」

だから私は、私の全てだった運命の王子様に救いを求めてしまう。

それがどんなに愚《おろ》かな希望かは、知っている。

けれどあまりに悲しく、私は王太子様があの時の方だと思いたくなくなっていた。

――私には運命の王子様なんていなかったんだ。

## □　処刑まであと31日

裁判は異例の速さで進められた。

私の罪状はメアリーに対する恐喝《きょうかつ》と侮辱《ぶじょく》と殺人未遂《みすい》。メアリーを貴族社会から追い出すよう令嬢に働きかけた罪、それから王太子様に対する大逆が挙げられる。

でっちあげられた証拠が並び、審議の場は私を一方的に責め立てる舞台でしかない。

お父様は、私が囚《とら》われたと知るや否《いな》や、私を侯爵家より勘当した。

王太子様に婚約破棄された挙句に大逆の罪に問われた娘など、もはやランカスター家にとって害でしかない。当主としては賢明な判断だ。けれど見捨てられた私は、絶望するほかない。

お父様ばかりではなく、友人と思っていた方も、慕《した》っていると言ってまとわりついていた者も、誰も彼もが私を見放した。

国王陛下は無慈悲にも我関せずを貫《つらぬ》き、王妃様は黙して語らない。大罪人に仕立て上げられた私に味方など、誰一人残っていなかった。

無理もない。上辺のものとはいえ、私が罪を犯した証拠は出揃っている。王族に刃《やいば》を向けた愚《おろ》かな娘の肩を持ったら自分にまで破滅が降りかかってしまう。それを承知で私を庇《かば》う義も情も、皆には存在しないのだろう。

「判決。被告人、ヴィクトリアには死刑を申し渡す」

私は最悪の結末を受け止め、憔悴《しょうすい》していった。


そして今、私は馬車に揺られている。

目隠しされた状態のせいで、どこを走っているのかは分からない。耳に入る音と激しい揺れから、かろうじて町から離れた舗装《ほそう》されていない道をひた走っていると想像できた。

馬車の乗り心地は侯爵家のものに遠く及ばない。罪人が逃げ出さないよう、頑丈さのみを追求した無骨な代物《しろもの》だし、当然か。

左右では屈強な兵士が私を見張っている。

「はっ、散々好き放題した悪女の末路ってか？」

兵士達が嘲笑《あざわら》う。私には、もはや憤《いきどお》る気力すら残されていなかった。

「侯爵様のところで贅沢《ぜいたく》に暮らしていたんだろう？」

それまで職人が粋《すい》を凝《こ》らし上質な布地で仕立て上げたドレスをまとっていたこの身は、くすんだ色の薄い衣《ころも》一つを着るのみ。首飾りや指輪など、装飾品が許されるはずもない。靴も取り上げられて裸足《はだし》だ。

「ちやほやされてきた貴族令嬢の行きつく先があそことはな」

私が護送されるのは、重罪人が収容されている監獄だそうだ。不可抗力とはいえ、王太子様を危機に陥《おとしい》れた者に相応《ふさわ》しいと納得する反面、これまでとの雲泥《うんでい》の差にどうしても涙を禁じ得なかった。

「あそこじゃあテメエが受けてきた高尚な教育とやらは、なんの役にも立たないぜ」

ええ、兵士達の言う通りだ。これまで心血を注いだ教養なんて牢屋の中では無駄でしかない。王太子様の婚約者だとか侯爵令嬢だとかの誇りが、一体どうやって私を救ってくれるだろうか？

「しっかし処刑まであと一ヶ月だったか？　監獄にぶち込むとか悠長なこと言わねえで、さっさと首を刎《は》ねちまえばいいのに」

「そう言うなって。公開処刑ともなれば、大がかりな準備が必要になるんじゃね？　罪を悔い改める時間を与えるとの温情もあるらしいぜ」

「かーっ。元貴族のご令嬢サマは国に守られてるねぇ。見ろよ、この熟《う》れた身体に整った顔、上玉じゃねぇか。どうせ死ぬんだから少しぐらい手ぇ出しても問題ないよなぁ」

下品な声に恐怖を感じて思わず身を震わせる。目を覆《おお》われているので、その手がいつこちらに伸びてくるのか分からない。助けてくれる人は、もうどこにもいないのだ。

「やめておけ。あえて危険を冒さずとも俺達は真面目に職務を全《まっと》うすればいい。どうせコイツは監獄で相応《ふさわ》しい処遇を受けるだろうからな」

「分かってるって。冗談だよ」

結局、私は延々と兵士達のくだらない話を聞かされながら監獄に連れていかれた。

目隠しを外され代わりに足枷《あしかせ》と手枷《てかせ》をつけられた私は、引きずられるように連行される。護送を担当した兵士達は監獄の兵士達に引き継ぎを行い、私の身柄は監獄に預けられた。

「じゃあな嬢ちゃん。せいぜいここの連中に可愛がってもらうんだな」

脅《おど》しとも忠告とも取れる一言を残して、護送担当の兵士は立ち去る。彼らと私とを隔《へだ》てる巨大で分厚い門が固く閉ざされた。

監獄を囲う壁は、王都を守護する城壁に匹敵するほど高くそびえている。誰一人としてここから逃がさない、と圧迫しているようだ。

私は再び目隠しされた。どうやら脱獄を防止すべく出口までの道順を覚えられないようにするためらしい。

暗闇の中を追い立てられ、不安と恐怖があおられる。周りからは品のない野次《やじ》と王国に仇《あだ》なした愚《おろ》か者への罵声《ばせい》が上がっていた。耳を塞《ふさ》ぎたくても手枷《てかせ》の鎖がそれを許さない。耐えるしかなかった。

「おや、彼女が今日から収容される噂《うわさ》の囚人ですか」

そんな中で唐突に頭上から聞こえてきたのは、張りのある男性の声だ。その人物はどうも私を観察したらしく、呻《うな》り声を一つ上げる。頭上から、と感じたのは彼が私より頭二つか三つほど背が高いからみたいだ。彼が言う。

「主は最後まで貴女《あなた》を見守っておいでです。祈りなさい」

祈る？　神に？

祈ったところで私は救われない。すでに判決は下された。後はただ最期《さいご》の時を待つばかり。

何をしたって無駄でしかない。

嫉妬《しっと》の果てに身を滅ぼした愚《おろ》か者にも、神様は奇蹟《きせき》をもたらして救いを施《ほどこ》すとでも? お伽噺《とぎばなし》でもあるまいし。

彼に反応することなく、私は足を動かす。

「あ、護送ご苦労様です」

どれだけ奥に進んだだろうか。階段も結構上った気がする。疲れを感じ始めた頃聞こえてきたのは、まだ声変わりしていない中性的な声だった。声の主は鍵束か何か、金属同士がぶつかる音を立てて扉を幾《いく》つも開いていく。どれだけ厳重なんだろうか。

「ここは政治犯が収容されている階層です。おとなしくしている限り安全は保証されますのでご安心を」

鉄格子の扉を三つ潜《くぐ》った後、木が軋《きし》む重々しい音を響かせて、また扉が開かれる。そこで私は、目隠しをとられた。ようやく自分が収容される部屋までたどり着いたらしい。

冷たい石造りのそこには、何もなかった。何に使うかも想像したくない壺《つぼ》と、簡素で汚《けが》らわしい寝具しかない。窓も申し訳程度に設《もう》けてあるのみで、手を伸ばしても届きそうになかった。まさに、幽閉に相応《ふさわ》しい最低限の物品しか備《そな》えられていない部屋だ。

無惨。それ以外どう言い表せるだろうか?

「こんなところに住めって言うの？　この私に……？」

「つべこべ言わずに早く入れ！」

愕然《がくぜん》と立ち尽くす私の背中を誰かが突き飛ばす。抵抗する体力も気力も残されていない私は、踏み止まれなかった。器用に受け身を取る発想もなく、勢いのまま部屋の壁に叩《たた》きつけられる。

星が散った。

何が起こったかも分からない。気が付くと私の身体は床に崩れ落ちていた。突き飛ばしただろう今まで私を連行してきた兵士が、顔色を変えて私に駆け寄ろうとする。それを視界に映しつつも、どういうことなのか、考えられもしない。

「そっちの君、凄《すご》い音がしたが大丈夫か？」

ふいに壁の向こうから理知的な声が聞こえてきた。けれど、それも頭に入ってこないくらい身体に力が入らない。

嗚呼《ああ》、処刑どころかこんな形で私の人生は終わるのか。

お父様、お母様。罰すら受けずに旅立つ私をお許しください。お兄様とお姉様。ご迷惑おかけしました。ベアトリス。私を反面教師として立派な淑女となるのよ。

けれど……みんな少しくらい私を庇《かば》ってくれても良かったんじゃない？

王太子様。死んでもお怨みいたします。婚約破棄したいのでしたら、もっと賢いやり方がありましたでしょうに。貴方があの女に笑顔を見せると思うだけで怒りが込み上げます。いっそ軟禁してしまえば、私だけを見てくださったのかしら？

そして……メアリー。絶対に許さない。無垢《むく》な天使と呼ばれていても、貴女《あなた》は殿方を誑《たぶら》かす悪女よ。処刑されたって地獄に行かずにお前を祟《たた》ってやる。お前のような女が幸せになるなんて許されてたまるか――！

「おい君、しっかりしたまえ……！」

私はそこまで考え、意識を手放した。

## □ 処刑まであと30日

――わたしはただのしがない大学生だった。

成績はまあまあ、運動神経も良くはないけれどそこまで悪くもない。実家からの通学なのでバイトもそこそこでいいし、交友関係もそれなり。趣味はゲームと漫画を広く浅く。容姿は、うん、置いておこう。

そんなわたしはある日、友人に神ゲーとやらを押し付けられた。その名も『白き島の理想郷から』。漫画化、アニメ化、舞台化までされて続編も企画されている超人気乙女ゲームだそうだ。周りの女子の大半が最低でも題名を知っている、恐ろしいほどの認知度だった。

内容は王道的ノベルゲーム。主人公である男爵庶子のメアリーを操作して、王太子様を初め宰相や将軍のご子息だったり若き天才公爵だったりと、とにかく色々な男子とお付き合いできる代物《しろもの》だ。

「――ヴィクトリア、お前との婚約は破棄させてもらう！」

この台詞《せりふ》はテストに出ます。覚えておきましょう。

なんのテストに？　ファンクラブ主催の『白き島』の初級テスト、とか？

それは、王太子様ルート終盤、断罪イベントで王太子様が発する一言。他のルートだと少し言い回しが違うんだとか。そんな細かいところまでは覚えられないって。

友人と話を合わせるために一応やり込んだけれど悲しいかな、わたしのハートを射止める殿方はいないっぽい。そんなんだから攻略対象者の決め台詞《ぜりふ》なんて、これっぽっちも記憶できなかった。だからって、わたしを枯葉女子とか言った友人は今も許さん。

まあ話は面白かったし、作品自体は好きなんだけれどさ。グッズも集めたし、同人誌も書いたり買ったり。友人と熱く語り合うのも楽しくて仕方がなかった。『もしも』の展開を考え、時間を忘れて熱中したっけ。

「で、どうしてイチオシがヴィクトリアなのよ……」

「え？　だっていい子ちゃんなメアリーより、ヴィクトリアが勝つほうが楽しそうじゃん」

攻略対象者をさしおいてわたしが好きになったのは、『白き島』で一貫して敵役《かたきやく》を演じるヴィクトリア・ランカスターだった。

彼女は王太子様ルート以外でもヒロインの前に散々立ちはだかる。王太子様一筋のヴィクトリアは、各攻略対象者の婚約者の友人でもあり、事《こと》あるごとにしゃしゃり出てくるのだ。

そして結局、どのルートでもお約束のように断罪されてしまう。修道女になるのはまだマシ。政略結婚の駒《こま》として遠く離れた国に嫁《とつ》いだり、逃亡しようとして野盗に嬲《なぶ》られたりするっぽい描写もあった。

一番悲惨な王太子様ルートの場合は、処刑される。主人公を脅《おびや》かす敵役《かたきやく》の最期《さいご》なのに寂しいものだ、などと思ったものだ。

そんな破滅するしかないヴィクトリアも流行《はや》りの悪役令嬢もののテンプレを当てはめ

ると、あら不思議。ヒロインや攻略対象者達をぎゃふんと言わせる女主人公に早変わりだ。

そんな逆転劇を書いた二次創作が、わたしには面白くてたまらなかった。

「でもヴィクトリアが良い子ちゃんになるのは全然違うわね」

「えー？　悪役令嬢に転生した主人公がそれまでの態度を改めるって展開は王道じゃないの？」

「悪役令嬢は悪役令嬢のままで、ざまあしないと駄目よ！　でないとヴィクトリアってキャラの魅力が損なわれちゃうじゃないの！」

「そ、そんなに力説しなくたって……」

そんなわたしの最後の記憶は……確か普通に帰宅して普通にご飯食べて、普通にお風呂入ってくつろいでから、普通に寝たんだっけ。ほんの一、二時間程度のくつろぎ時間は全部『白い島』の二次創作に費《つい》やしていた。

ふふっ、女帝ヴィクトリアによる攻略対象者共の破滅の物語には筆が乗ったわね。

――そうして私は、目を覚ました。

確か昨日は王国随一《ずいいち》の監獄に連れてこられて、強く頭を打った挙句に気を失ったんだっけ。寝具に横たわっているところをみると、誰かが私を運んだらしい。

まだ頭が少し痛む。恐る恐る手を持っていくと酷《ひど》く痛んだ。その拍子に眠気が飛ぶ。

「……は？　いやちょっと待ちなさいよ」

おかしい。わたしは確か昨日は夜遅くまで『白い島』の二次創作でパソコンのキーを叩《たた》いていた。その後、ちゃんとお風呂に入って寝巻を着てベッドにもぐり込んだのを覚えている。

昨日の出来事の記憶が二重になっている？

いえ、一昨日《おととい》も、一週間前も、それどころか生まれてから歩んできた道も世界も思想も何もかも！　全く違った二人の女の記憶と経験がまぜこぜになってしまっているじゃないの……！

現代社会を生きた大学生のわたしと、中世相当の世界を生きた侯爵令嬢の私が、だ。

「まさかこれって……」

『私』にとっては理解不能な状況であっても、『わたし』には心当たりがあった。

悪役令嬢が現代人としての前世を思い出す展開、それこそまさしく――

「――異世界転生⁉」

うん、どうやらわたしの世界の巷《ちまた》でブームになっていた、異世界転生ってやつを実体験しているらしい。しかもヴィクトリアって、超人気乙女ゲームの悪役令嬢じゃありませんか！

……おっけー、とにかく私がわたしの記憶を思い出したのは間違いない。

幸か不幸か、転生ものでよくある、現代人が登場人物を乗っ取り主導権を握る感じはない。ちゃんと私としての自我は残ったままだ。

「つまり『私』のままだけれど『わたし』が交ざり込んじゃった、って感じかしらね？」

いや悪役令嬢への転生とかわたしの大好物だったとはいえ、まさか当事者になるなんて思いもしなかったし。自分が悪役令嬢になったらどうのこうのって話で友人と盛り上がった記憶は確かにあるけれど、それは空想だから面白いんであって実体験するとなると話が違うわよ。

どうしてこうなったのか、を考えるのは全く建設的ではない。肝心なのは、前世を思い出した私がこれから何をすべきなのか、だ。

『白き島』をそれなりにプレイしたわたしの知識にかかれば、今この状況での最善な選択をすることも――

「も、もう詰んでるじゃないのぉ、やだもー！」

残念、すでに断罪イベントは消化して、残るはエンディングのみでした！

ここまでくればプレイヤーの分身たるヒロインでも取れる選択肢はない。悪役令嬢が結末を、ヒロインがハッピーエンドを迎えて『白き島』完、ってだけ。

どうして運命が決まっちゃった断罪イベント後に思い出してしまったんだ。もっと前だったら、わたしの知識を活《い》かして、上手《うま》く立ち回れたに違いない。そうすればあんな鼻につくいい子ちゃんなメアリーなんかに王太子様を奪われずに済んだのに。

「これ、前世を思い出したって全く意味がないじゃない……」

ただ、無意味であっても無価値ではない。少なからず恩恵がある。

例えば牢屋に入れられる前、私は恨みと妬《ねた》みに支配されていた。私を捨てた王太子様も、私から王太子様を奪った泥棒猫も、私の味方になってくれない家族も友人も、何もかも憎かったのだ！

だって私が王妃になるはずだったのに、私が一番王妃に相応《ふさわ》しかったのに！

けれど、一方的で我儘《わがまま》だった私に、わたしの価値観と経験が交ざり合った今、自らの行いを振り返ってみれば……うん、ないわー。そりゃあアレだけやらかしてたら、牢屋にぶち込まれても仕方がないわね。そんなふうに自分を見つめ直す冷静さが戻る。

「まあ、今さら振り返ったって後の祭りでしかない、か」

処刑まであと三十日。本当ならこの残りの僅《わず》かな時間は改心してほしいって猶予の期間なんでしょうけれど、あいにく私に反省する気はこれっぽっちもない。

確かに王太子様の命を脅《おびや》かした事件が起きたのは私の責任だ。けれど私もわたしも謝らない。だってメアリーが思わせぶりな態度で王太子様の心を惑《まど》わせたのが全ての原因でしょうよ。

私だけでなく他のご令嬢方だって何度も彼女を窘《たしな》めた。それを聞かなかったのはメアリーだ。肩を持ったのは王太子様達だ。改善されないなら徐々に過激にしていくしかない。

そもそもわたしは、メアリーにどうしても感情移入できなかったのよね。

メアリーは良くも悪くも前向きかつ天然、恋愛面では受け身に回ることが多い。そのせいで、主人公はプレイヤーのアバターってわりに、女子受けが良くなかった。

「いえ、今はメアリーなんてどうでもいいわね」

どう足掻《あが》いたって私はここに閉じ込められたのだ。世界から隔離されたこの空間に、ね。

肝心なのは処刑までの三十日、どう過ごすかでしょう。

……さて、どう過ごしましょうね？

## □　処刑まであと29日

　牢屋って石造りで冷たくてじめじめしていて、トイレもなく床で寝る不衛生なものだと、わたしは想像していた。ところが実際は、わたしが住んでいた四畳半の狭い部屋とあまり変わらない。

　ベッドは簡素ながらも木材で組み立てられていて枕と毛布、それからシーツ付き。お屋敷の柔らかいベッドに慣れた私にとっては硬すぎて寝心地最悪だけれど、暖は取れる。所々破けたり汚れがあるのは見なかったことにした。

　それから衣服は質素……と言うよりは囚人服ね。ワンピースと腰紐《こしひも》、それから申し訳程度の下着。必要最低限の機能しかなく、お洒落《しゃれ》とはほど遠い。仕方がないので腰紐《こしひも》の結び方で工夫しましょう。

　トイレは部屋の片隅に設置された壺《つぼ》で済ませろってことかしら？　多分、数日に一回、看守が回収して排泄物を地面に埋めるか河に投げ込むんでしょう。勿論《もちろん》トイレットペーパーなんてない。何かヘラっぽいのが転がっているから、これでこそぎ取れってことらしい。

　電気は発明されていないので、灯りは基本的に蝋燭《ろうそく》や油を用いる。とは言ったものの罪人に火を持たせるほど、この世界の人達は馬鹿ではない。牢屋の外の通路の燭台《しょくだい》と、私の背より高い位置にある小さな柵付き窓から差し込む日光が、唯一の光源だ。

　そんなんだから、眠りにつくのは日が沈んで少し経ってからと早く、朝の目覚めは日の出と共になる。夜更《ふ》かしなわたしの不健康生活からは、完全脱却だ。

　この待遇、間違いなく前世を思い出す前だったら一日どころか一分も我慢できずに喚《わめ》き散《ち》らした。けれど今の私にとって、わたしとしての経験が心強い。中世貴族相当の私と現代市民のわたしとでは、価値観が違う。

「住めば都、とは言うけれどねえ」

　ゲームでは、ヴィクトリアの獄中生活や処刑時の様子までは描写されていなかった。公式設定資料でもスタッフインタビューでも、ファンのご想像にお任せしますと一貫していたっけ。

「み、見事に前世の情報が役に立たないじゃないのよ……っ！」

　そうなると予備知識が一切ないまま獄中で過ごさないといけないわけか。

　さすがに邪《よこしま》な考えを抱《いだ》く看守が鼻の下を伸ばして手を出してくる十八禁展開はない

と、信じたい。蝶《ちょう》よ花よと育てられた非力な私では、乱暴されたらなす術《すべ》がないもの。

……まあいいわ。折角今までの私と全然違う自分を思い出せたんだもの。悲観的に考えるよりもっと楽観的に考えよう。

けれど、目覚めたところでやることがなかった。暇潰《ひまつぶ》しのゲームや本なんて、とても望めない。

まるで小学生時代の夏休みに田舎《いなか》に遊びに行った時みたいね。あの頃は早起きしたら……確か首にカードをぶら下げてラジオから流れる音楽に合わせ体操をやっていたんだっけ。

「……そうね。やることもないんだし、久しぶりにやってみますか」

私はおもむろに起き上がり、身体を動かし始めた。少し寝ぼけていた頭が段々とクリアになっていく。

おー、意外に覚えているものね。さすがに第二になると全く記憶に残っていないけれど、第一を通しでやれるなら及第点でしょう。

「……何をやっているんですか？」

「えっ？」

最後に深呼吸しようとしたところで、いきなり声をかけられた。驚いた私は、声がした牢屋の出入り口のほうへ視線を向けてみる。

木製の扉に開けられた三十センチ程度の柵付き窓からこちらを覗き見ていたのは、男の子か女の子かも分からない、中性的な顔立ちをした看守だった。

彼、と仮に呼びましょう――は不思議な物を見る顔で、私を見つめている。

「何って、朝の体操？」

どうやら黙々と体操をやっているつもりだったのに、いつの間にかメロディーを口ずさんでいたらしい。誰かに見られるなんて全く想定していなかっただけに、恥ずかしいわね。

「体操……？」

「そうよ。朝、身体を動かして頭を覚醒《かくせい》させるの」

「……そうでしたか」

彼と喋《しゃべ》っている間にも動き続けた私は、最後に身体を伸ばして体操を終えた。

……私の身体、怠惰《たいだ》な生活を送っていたわたしよりも貧弱な気がする。ダンス万能説を唱える気はないけれど、それなりに身体を動かしていたはずなのに。これは少し本格的に確認する必要がありそうね。

「ねえ、ここの朝食っていつなのかしら？」

「もうちょっと先ですね。貴族の皆さんが普段口にしていた量や味とは比べものになりませんが、ちゃんと三食出ます」

「そう。ならもうちょっとやる時間はありそうね」

「……何をするつもりなんですか？」

「決まっているじゃないの。暇潰《ひまつぶ》し以外にはないわ」

本もゲームも玩具《おもちゃ》もない牢屋でやれることなんて限られている。次にやるのはストレッチだ。身体は柔らかいほうが何かと便利だし、姿勢のぎこちなさが解消されるものね。

私は床に座って前屈を始めた。

げっ、私ったら硬い！　一生懸命身体を倒しても、手の指が足の指まで届かない……！

嫌な予感がするけれどそのまま開脚を……何よこれ！　直角以上に開かないなんて、硬い以前の問題なんじゃないの!?

「これは……朝晩二回、ストレッチしたほうが良さそうね」

「はっ、はしたないですよ……！　そんなに足を大きく広げるなんて！」

例の彼が慌てて咎《とが》める。

「へっ？」

……あー、言われてみたら、確かに。

開脚なんて貴族の娘がやったら下品だって思われても仕方がないか。それに、もっとラフな格好したいけれど、あいにくそんな着替えはない。幸い、入ったばかりなのもあって床は掃除されていて、一張羅だろう服はあまり汚れなかった。

「はしたないと思うなら見ないでよ。部屋の中で何をしたって勝手でしょう？」

「えっ？　あ、す、すみません……！」

以前の私だったらきっと「無礼者！」とか「下賤《げせん》な視線を向けないでもらえる？」みたいに責め立てたんでしょうけれど、あいにくわたしが交ざった今、そこまで癇癪《かんしゃく》は起きない。

そもそも囚人服って薄手だし、恥じらったところで見える時は見えちゃう。

前世では、部屋の中は下着だけで過ごすだらしない系女子だったし？　裸を見られたわけでもないのに、そこまで怒る必要もないでしょう。あまりにも凝視するようなら気分が悪いけれど……。

彼は慌てて顔を背《そむ》ける。可愛いことに耳まで真っ赤にして。

「ねえ、貴方の名前は？」

折角こうして会話したんだ。私の数少ない娯楽として利用させてもらおう。

これも以前なら「平民と喋《しゃべ》る口は持っていませんわ」とか偉そうなこと言い放ったん

でしょうが、身分を剥奪《はくだつ》された今では、そんな自尊心は空《むな》しい限りよね。

「えっ？　ぼ……僕ですか？」

どうやら、彼で正解だったらしい。

「ええ、そうよ。だってこれから短くない間、私が何かしないように見張っているんでしょう？　だったら『貴方』とか『君』とかで呼びたくないもの」

「ラ……ライオネルです」

「そう、ライオネルね。私はヴィクトリア。これからよろしくね」

私の言葉がそんなに意外だったのか、振り向いたライオネルは目を大きく開いていた。

「何よその顔は。王家の者に危害を加えようとした悪女と知り合うのはそんなに嫌？」

「あ、いえ、そんなことはありません！　ただ……」

「ただ？」

「その、僕は平民で、ヴィクトリア様は侯爵様のご令嬢で……」

「事情は知っているんでしょう？　今の私は勘当されて平民より下、罪人なのよ。そんな低姿勢で接する必要なんてないわ」

「……っ」

これもきっと私だけだったらこんな割り切り方はできなかったでしょうね。

ライオネルは私の回答にまた驚いたらしく、今度は声も出さなかった。少女にも見える中性的な顔立ちのせいか、彼の挙動一つ一つがどうも可愛く見えて仕方がない。

「あの、貴族様がそのように僕に気さくに接してこられるなんて思ってもいなくて……」

「同じ人なんだから身分や生まれで線引きする必要なんてないと思うけれど？」

これは全くの嘘。

貴族と平民は別の存在。それが私の常識だ。彼に敵意を抱かれないよう前世のわたしの価値観から発した言葉だけれど、自分で口にしておいて違和感が凄《すご》い。

認めたくないと思う反面、なら平民の上に立てるほどの偉業を私が成したのか、と自問する。正直、何も言えない。

ライオネルは戸惑《とまど》いつつもあれこれと考えを巡らせ始めたようだ。

「じゃあ、よろしくお願いします。ヴィクトリア様」

やがて意を決したらしく、正面から私を真摯《しんし》に見つめてきたのだった。

「敬称禁止。何だったら呼び捨てでもいいわよ。私は貴方をそう呼ぶつもりだし」

「えっ？　えっと……ヴィクトリア……さん」

「……まあいいわ。妥協してあげる」

# □　処刑まであと28日

囚人の食事は量が少ないし味も雑だ。

堅いパン、塩のスープの具はイモ、あと野菜が少し入っていれば上々かしらね。たまーに肉が出ると聞いているものの、贅沢品《ぜいたくひん》であるコショウはなくて味付けはもっぱら塩。腹が満たされれば充分って感じだ。

「……そうは言いましても三食出る分恵まれていると思います。農民は一日二食が当たり前ですし、王都の貧民達は食べるものにも困る毎日だと聞きます」

「そうね。タダ飯なんだから文句は言っていられないわよね」

朝食を運んできたライオネルとそんな他愛ない会話を交わす。

「ところで、ライオネルって勤務時間帯は朝から晩までかしら？」

「はい、日の出から日の入りまでですね。昼夜交代制です」

「それはご苦労様」

「いえ、ここの仕事は賃金がいいので本当に助かります」

その分責任重大でしょうよ、とは言わないでおく。

王太子様の命を脅《おびや》かした私が連れてこられたくらいだから、この監獄の囚人達は重い罪を犯した者ばかりだ。そんな輩《やから》が脱獄したら最後、ここの看守全員が責任を問われて解雇されてもおかしくない。

賃金は多く出す。その代わりに絶対に囚人達を逃がすな。そんな強い意思を感じる。

「ご馳走《ちそう》様。食べ終わった食器はそっちに持っていけばいい？」

「あ、ちょっと待ってください。すぐに小窓を開きます」

朝食を食べ終えた私は、食器とフォークスプーンを載せたトレイを扉まで運んだ。

石壁には牢屋の内外で食事を受け渡しする小窓があって、基本的に看守が牢屋の中に入ることはない。扉を開け閉めする回数を少なくして、脱走の機会を減らしているのだろう。

「ねえ、ところで皿とかフォークを隠したらどうなるの？」

「それはちょっとやめたほうがいいと思います。最悪、脱走の意思があると見なされて鞭《むち》が飛ぶかもしれません」

「え、何それ怖い」

「だってフォークでも喉に向けたら立派な武器ですから……しょうがないかと」

まあ、私の身体能力で看守を脅《おど》す芸当は無理でしょう。

食事時に用意されたコップ一杯分の水と、獣毛を針金で括《くく》ったブラシで歯磨きを済ませる。洗顔を終わらせて身支度完了。着替えも化粧も髪結いも必要ないから早い早い。外見を気にしないでいいと、ここまで手抜きできるものなのね。

「さて、と。この後どう過ごそうかしら?」

事前に聞いた話だと、この監獄は奉仕活動や運動の時間はなく、一日中牢屋に入れられっぱなしらしい。昼食までは好きに過ごしていいが、呆《ほう》けるか妄想に耽《ふけ》るか二度寝するか、選択肢は限られている。

「よし、筋トレしましょう」

そんな中でわたしがコレを選んだ。というのも、私の処刑は王都の広場で行われる予定だからだ。

王太子様に刃《やいば》を向けた悪役令嬢の最後ともなれば、大衆が集《つど》う。その際に贅肉《ぜいにく》だらけだったり骨と皮だけの姿を曝《さら》せば、嘲笑《あざわら》われるのが目に見えている。特に、王太子様やメアリーから小馬鹿にされると思っただけでも腹立たしい。

いくら勘当され王太子様に婚約破棄されても、最後まで守るべき矜持《きょうじ》はある。見栄《みば》えは、その中で真っ先に挙がるものだ。

「うぅ……っはぁ……」

まず腕立て伏せを始めた。けれど、たった数回で筋肉がぷるぷる震え出す。

私ったらどんだけ軟弱なのよ！　怠惰《たいだ》を貪《むさぼ》っていたわたしでも十回はできたわよ！

しかし、腕立てはまだマシなほうだった。なんと腹筋は一回もできやしない。一応背筋も試みるものの、上半身が全然持ち上がらない。お腹《なか》周りが柔らかすぎるからもしかしたらと思ったが、あまりにも残念すぎる結果には苦笑するしかない。

確かに私は舞踏会に向けてのダンスレッスン以外に何も運動していなかったけれどさ。汗をかく力仕事は従者がやるもの、貴族は命令だけすればいい、って思っていた結果がコレか。

これは、鍛《きた》えるのに相当骨が折れそうね。

「んっ……くぅ……」

「君、さっきから何をしているのかね？」

それでも何とか自分で決めた回数をこなそうと四苦八苦していると、凛々《りり》しくも若々しくて力強さに溢れた声が、どこからか聞こえてきた。わたし風に言えばイケボだ。

私は息も絶え絶えに扉の小窓から窺《うかが》う。けれど、廊下側には誰もいなかった。念のためにベッドの下も壺《つぼ》の裏も確認したものの、当然部屋の中には私一人だけ。でも、空耳ではなさそう。外からでもない。三日前、上がった階段の段数から考えると、ここはかなりの上層階だし。

「えっと、貴方はお隣さん？」

石造りの部屋なのに隣の声が漏れてくるのか？　壁が薄いのかもと叩《たた》いてみたが、音はしない。どこかに吹き抜けが設《もう》けてあるのかしら。囚人同士が意思疎通できるのは、警備上問題では？

「その認識で構わない。君は最近収容された噂《うわさ》の侯爵令嬢だね」

私の推測は当たっていたようで、声は壁の向こうから聞こえてくる。

確かこの部屋の両隣は、同じように囚人が入れられる構造になっていたっけ。となるとこの声の主もまた私同様、収容されている罪人ってわけだ。

「ええ、多分その噂《うわさ》の元侯爵令嬢よ。で、貴方は誰なの？　一方的に知られてるのって結構癪《しゃく》なんだけれど」

「これは失礼。私はリチャードという。反逆の罪に問われてここに入れられた」

「ふうん、じゃあこれからよろしくね、ってところかしら」

お隣さんことリチャードの言葉は、平民が喋《しゃべ》る汚らしい訛《なま》りがなく、貴族が発する流暢《りゅうちょう》で心地いいものだった。貴族でも田舎《いなか》出身者は結構訛《なま》りがある。彼はよほど高貴な出なのか、または教会などの教育が行き届いた場所で学んだ者だろう。

これは正直かなり嬉しかった。顔は見えず大罪を犯していたって、絶好の話し相手が見つかったのだ。これで退屈が紛《まぎ》れると思うと、人目を憚《はばか》らずに万歳したくなる。

「それで、君は何をしていたのかね？」

「何って、腕立て伏せだけれど」

「正直に言おう。君の喘《あえ》ぎ声《ごえ》がこちらまで聞こえてくるのだが」

「喘《あえ》ぎ声《ごえ》？　別にそんな変な声を出したりはしてない……」

……。

うん、理解した。

要するに私が苦しそうな声を漏らすものだから、それが喘《あえ》ぎ声《ごえ》に聞こえなくもないのか。

やってしまったー！　恥じらいも何もあったものじゃないわね。

殿方の欲望を掻き立ててしまっても仕方がない。だってずっと投獄生活送っているなら、その、何だ、欲求を解消する術《すべ》なんてないんだし。そんな中で色っぽい声を出せばどうなるか、想像に難《かた》くない。

そこまで考えてなかったなあ。前世では筋トレやる時は部屋の中だったし、そんなの全然気にしていなかった。

それじゃあなるべく声を漏らさないように気を配って筋トレしないといけないわけ？

「えっと、ちなみにこの部屋の近くって他の人も入っているのかしら？」

「ああ。何人か収容されている」

「リチャード以外は全員女性かしら？」

「いや、男ばかりだ」

……終わった。絶対、はしたない女とか思われている。

まあいいや。どうせこれからも顔を合わせない連中だ。私は三十日弱でここともおさらばするんだし、やりたい放題させてもらおう。

「……次から気をつけるわ」

「ぜひそうしてくれたまえ」

リチャードがくっくと笑うのが、壁越しにも伝わってきた。開き直ってはいるものの、笑われるのはやっぱり腹が立つ。そっちがそんな態度に出るなら私だって喘《あえ》ぎまくって、そっちの情欲をあおりたててやるんだから。

「それより、私のほうは聞いていていないのだがね」

「聞いてない？　何を？」

「君の名だ。知ってはいるが君の口から聞きたい」

「何よソレ。破滅した女の名前を聞きたいなんて、とんだ酔狂《すいきょう》ね」

私はゆっくりと立ち上がり、壁に向かって優雅に一礼した。

見ていないのは当然分かっている。それでもお父様から頂《いただ》いたこの名は私の誇り。それに相応《ふさわ》しくありたい。

「私はヴィクトリアよ。多分聞いているんでしょうけれど」

「いい名じゃないか。かつて勝利の女王が抱《いだ》いた名前だな」

放っておいてほしい。

悪役令嬢が勝利の名を冠するとか、皮肉以外の何物でもないでしょうよ。

それが、リチャードとの出会いだった。

□　処刑まであと27日

「——これでチェックメイトだ」

「ぐぬぬ……」

日課にした体操と筋トレが終わった後、私はリチャードと壁越しに会話をしていた。

「さすがに喋《しゃべ》ってばかりだとすぐに話題が尽きるわよね」

そう本音をもらすと、リチャードが「それならチェスでも一局どうかね？」なんて言ってきたのだ。要するに脳内将棋のチェス盤である。

私もチェスはある程度、嗜《たしな》んでいる。けれど本当に嗜《たしな》む程度であまり強くはない。脳内でチェス盤の局面を思い描けるほど精通なんてしていなかった。

そう拒否しようとしたのに――

「それなら私が手ほどきしよう。すぐに慣れるものさ。勿論《もちろん》手心は加えるし、ハンデ戦にしても構わない。勝ち負けではなく、退屈凌《しの》ぎなのだから」

「……まあ、確かにそうよね」

そんな感じで言葉巧《たく》みに丸め込まれたのが運のつき。はっきり言って頭の中はぐちゃぐちゃだった。

チェスの名人は最初から最後までの盤面を記憶しているって聞くけれど、私は今の盤面を覚えるのが精いっぱい。そこからどう進めれば有利な戦局になるかまで考える余裕などない。

「ヴィクトリア、そこにポーンはないぞ」

「えっ？　あ、ごめんなさい」

ただリチャードは頻繁に間違える私に気分を害する様子もなく、いつも優しく訂正してくれた。そんな気遣いは、今までどんな殿方にも、それこそ婚約者だった王太子様からも受けた覚えがない。

……うん、純粋に大切に扱われるのは、嬉しいわね。

「あーあ、リチャードってば強いのね。全然敵《かな》わないわ」

「これでも兄上には敵《かな》わないのだがね。君さえ良ければ、チェスばかりでなくオセロや他のボードゲームを楽しんでもいいが？」

「……知恵熱で寝込みそうだし、やめておくわ」

結局この対局もリチャードの圧勝に終わった。私は負けた悔しさより、必死になって盤面を覚えることに悩まされずに済む解放感が勝り、そのままベッドに身体を投げ出す。

あー、何も考えないで呆《ほう》けるのって素晴らしい。

「――ヴィクトリアさん、昼食を持ってきましたよ」

リチャードとのゲームが終わり、ライオネルが昼食を持ってきたのは、お日様が丁度真上になった頃だった。

食欲を満たす行為は数少ない欲求解消の手段だ。ここの食事も、もう少し豪勢にならないかしら？

こう考えると、わたしの世界って食べ物に溢れていて飢えなかったし、贅沢《ぜいたく》としか言いようがなかったのね。金さえかければ、豪華な料理を堪能《たんのう》できた。

雑……もとい、質素な食事で腹八分目になったところで、私は食器を片付けさせる。

どうやら囚人達の食事は配膳台に載せて運んでくるらしく、窓から廊下を眺《なが》めてみると、ライオネルとは別の兵士がトレイごと食器を回収していた。

「それでさ、ライオネル。やっぱ今日もあの人は来るの？」

「あの人って、神父様ですか？　はい、毎日いらっしゃいますよ」

それを視界に入れつつ、気になっていたことを聞く。

「マジかぁ、お昼ご飯食べた後って無性に眠くなるから、お祈りは違う時間にずらしてもいいんじゃない？」

「そうは言いましても、ずっと前から続く慣習です。変えられませんよ」

「うへぇ」

私は辟易《へきえき》して廊下の奥を見る。やがてその人が姿を見せた。

修道服に身を包んで分厚い本を手にした彼は、一言で言えば筋肉もりもりのマッチョマンだ。少し筋肉アピールしただけであの修道服がはち切れるんじゃないかしらね？女の子みたいに華奢《きゃしゃ》なライオネルの二回り以上は背が高い。あんなに大きな人を、私は見たことがなかった。

「神父様、本日もよろしくお願いします」

「はい。それでは今日も偉大なる神への祈りを捧《ささ》げましょう」

マッチョマン神父こと、トーマスはこれでもかってくらいの爽《さわ》やかな笑顔で分厚い教本を開く。

彼が読み上げるのは、この世界で信じられている神の教えだ。熱心な信徒じゃない私はあまり興味がないが、この世界は光の神と闇の神によって創造されたらしい。人々が信仰しているのは光の神のほうなんだとか。

光の神は生物が活動する昼を作って、闇の神は生物が眠る夜を作った。生命を育《はぐく》む海や雨といった現象は光の神の賜物《たまもの》で、大地を焼き払う炎や天地を荒らす嵐は闇の神の業《わざ》に当たる。

やがてそんな二人の神の役割分担に亀裂が生じ始めた。

光の神を信じる光神教《こうしんきょう》の教えだと、闇の神が人に愛される光の神を妬《ねた》んだのがきっかけらしいけれど、真実はどうなのやら。

とにかく闇の神は、下僕となる偽《いつわ》りの神を勝手に創造し始めたらしい。それが異教とされる多神教の神々、光神教で悪魔と定義される存在だと伝えられている。

悪魔を率《ひき》いた闇の神は天使を率《ひき》いた光の神に戦いを仕掛けた。戦いは長く繰り広げられたが、最後に光の神が勝つ。そして、反乱を起こした闇の神をその慈愛で許したんだとか何とか。

以後闇の神は改心して今の平穏な世界になったとさ。

なお、この設定をゲームはそれほど活《い》かしていない。単に世界観に深みを与えるために、無駄に凝《こ》っているだけ。

もっともゲームではおまけでも、私にとって現実の世界であるここでは、一番信仰される教え……いえ、常識と言い切ってしまっていい。信じて当然、何を考えるにしてもまずその教えが前提になる。それだけ重要な宗教だ。

じゃあどうして、トーマス神父はそんな常識を改めてこんこんと囚人に伝えるのか？

勿論《もちろん》、母神《ぼしん》でもある光の神へ罪を告白し、許しを請《こ》わせ、慈悲を頂《いただ》くためだ。

大罪を犯した者に、正しい神の教えを今一度知ってもらうといったところだろう。

あいにく活版印刷もないこの世界では、本のほとんどが写本だったりする。大量生産ができない貴重品、よほどの大商人か貴族しか持てない嗜好品《しこうひん》だ。

だからここで教本を手にするのはトーマス神父だけ。私達囚人は神父による有難いお説教をただ聞けという。

ところが、トーマス神父は神の教えの素晴らしさに恍惚《こうこつ》となっているご様子で、囚人達の態度を見ていない。朗読の邪魔になるほど騒ぎ立てれば怒鳴り散らすらしいけれど、そうでもしない限り囚人達を完全放置だ。

まあ、つまり、特に光の神様に有難さを感じない不真面目な私にとって、トーマス神父の語りは催眠術同然なのよね。

と言うわけで、おやすみなさい。すやぁ〜。

ちなみに、ゲームでは語られなかった裏設定で、ヒロインのメアリーは光の神から啓示を受けた聖女というのがある。その癒《いや》しの力で多くの人を救うらしい。

どんだけ属性盛り盛りにするんだって話だ。

近日、って言ってもわたしが私になる前に発売予定だった、『白き島』アペンド版では、追加になる攻略対象者の中に、闇の神に啓示を受けた魔王の生まれ変わりがいるという噂《うわさ》だった。ヴィジュアルは明らかにされていなかったけど、きっと他の攻略対象者と同じで美形なんでしょうね。

彼の他にも、追加される攻略対象者の中に罪人と仮称されたキャラクターもいる。

もしかしたらのもしかしたら、私と同じこの監獄に収容されていたりして。そしたら、メアリーは王太子様ルートに入っているため、罪人（仮）は相手がいない状態なわけだ。

そこまで考えて、はっと我に返った。

「やーめた。馬鹿らしい」

どうせ私は処刑までここに閉じ込められて終わる。次の攻略対象者に飛びついてどうなるんだ。

第一、わたしにとっては狙っていた攻略対象者程度かもしれないが、私にとっては王太子様が全てだった。そう簡単に気持ちは切り替えられない。

……ん？　私の全てだった？　王太子様が？

私が覚えている最も古い記憶は運命の王子様との出会い。

王太子様は立派な方だったし、多くの殿方や令嬢、ご学友にも慕《した》われていた。私にはそれがとても誇らしかったものだ。

うん、だから王太子様が私の全てに変わりはない。私は王太子様がメアリーを選んだ今でも、あのお方を慕《した》っている。憎しみこそあれ、ね。家の発展の道具としか私を見なしていなかったお父様より。私を愛していると一度も仰《おっしゃ》ったことはなく厳しいだけだったお母様よりも。

けど、私は……王太子様を愛していたのかしら？

王太子様といる時間はとても幸せだった。心が温まったし、あんなにも世界が素敵なんだって思えたことはない。王太子様を好きだって気持ちは、絶対に否定できなかった。

けれど、それが男女間の恋愛感情なのかって問われたら、どうも違う気がする。

私は王太子様がメアリーに示したように恋に溺《おぼ》れていたかしら？　私が抱《いだ》いたメアリーへの嫉妬《しっと》も単に親しい人を奪われたくないって焦《あせ》りから生まれたとしたら？　果たして私は……全てを捧《ささ》げたいって思うほど王太子様に恋《こ》い焦《こ》がれていた？

もしかして、王太子である相手に相応《ふさわ》しくあれ、とばかり考えていなかった？

「……負けるわけね」

私は王太子様個人と添《そ》い遂《と》げる心積もりができていなかった。その結果がこれなのだとしたら、素直に受け入れるしかない。

ただ、そう思い返すと、一つ素朴な疑問が浮かんだのだった。

「――あれ？　メアリーって、王太子様を愛していたんだっけ？」

# □　処刑まであと26日

実を言うと、私が収容されたこの監獄がアルビオン王国のどこにあるか、ゲーム知識のあるわたしにもさっぱり分からない。そもそも罪人がどこに移されようと興味がなかったのもある。

けれど一番の原因は、私が連行される際に目隠しをされたせいだ。

どうしてこんなことを考えているかというと、別にライオネルの目をごまかして脱走しようと企《くわだ》てたわけではない。そもそも家族どころか親戚から友人まであとあらゆる交友関係が切れた私は、脱獄できたところで頼る当てがないし。

「ここの外ってどんな景色なのかしらね？」

背伸びして手を伸ばしても届かない、高い位置にある柵付きの小窓。お天道様の光を私にもたらしてくれる小さなあそこから眺《なが》める景色がどんなものか、知りたくなっただけだ。

まあ、つまり単なる好奇心からだったりする。

「んー、えいっ」

ジャンプしてみる。指の先すら縁《ふち》にかかりやしない。

壁を蹴って上れるほど運動神経は良くないし、身体能力に頼らない手段を見つけないと。人類には素晴らしい叡智《えいち》があるんだもの、使わない手はないわ。

一番手っ取り早いのは足場を用意することだ。あまり広くない私の個室を見渡して真っ先に目についたのは……便所壺《つぼ》。

「……ないわね。さすがに」

バランスを崩して壺《つぼ》がひっくり返り、汚物まみれになる未来が容易に想像できる。悪役令嬢ならぬ異臭令嬢にはなりたくない。

となったらベッドを足場代わりに使うのが無難かしら。壁に寄せてある寝具を窓辺まで引っ張ってくれれば、何とか届きそうな気がする。

よし、思い立ったが吉日。やってみようじゃないの！

「ん……く……っ」

お、重い……！

思いっきり引っ張ってもほんのちょっとずつ引きずれる程度。しかも、たった指一本分動かしただけで、ベッドがものすごく不快で大きな音を鳴り響かせるんだけれど。多分ベッドを脱獄に利用されないよう、重くてすぐ音が出る構造にしたんだろう。余計な真似を。

「……ヴィクトリアさん、何しているんですか?」

看守のライオネルが扉の小窓越しに疑い交じりの眼差《まなざ》しを向けてくる。

やっぱりすぐにばれるか。もうベッドを使って何かする選択肢は除外したほうが良さそうね。

「ああ、ライオネル。ちょっとベッドが動いちゃっただけよ。驚かせちゃって悪いわね」

「そうでしたか。あまり変な真似はしないでくださいね」

「はぁい」

ライオネルはなおも私に疑念を抱《いだ》いているようだ。それでも実際に犯行を目撃されない限りはばれっこない。

それに今は、ベッドの上に乗るって一番の近道を潰《つぶ》されただけ。まだ方法はあるはずなんだから、このくらいで諦《あきら》めてたまるものですか。

でも、便所壺《つぼ》とベッド以外で踏み台にできる物がない。食事時のトレイにバランス良く乗る曲芸なんて、私にはとても無理。ベッドのシーツと掛け布団を折り畳んだって、そう高くはならないでしょうし。

よし、発想を逆転させましょう。足場が作れないなら逆にターザンロープみたいなのを垂らして登ればいい。西部劇よろしく縄をぐるぐる回して引っかける……のは突起物がなさそうだから没。柵に縄を通すのが無難かしらね。

「縄、縄、っと」

そう考えたものの、手ごろな紐状《ひもじょう》の物がない。アレか、迂闊《うかつ》にそんな物を置いていたら、看守が小窓の隙間から首絞められて扉の鍵を開けられる、みたいな脱走劇を想定しているの？

まあいいわ。ないならないなりに、やりようはいくらでもある。

例えば、毛布の端を少し結んで対角線状に絞ればそれなりに縄状になる。シーツみたいな薄い布地なら、さらに都合がいい。

囚人用の寝具は羽毛みたいな高価なものじゃないから、作業がしやすいわね。

よしっ、できた。薄い毛布で作った即席の縄が。ちょっとどころじゃなく、かなり太いのが難点だけれど……まあ柵に通して使う分には充分でしょう。

「さっきから君は何をしているのかね？」

どうやら私の作業の様子に、壁の向こうのリチャードが気になったらしい。別に隠すことでもないし、喋《しゃべ》ってしまおうかしらね。

「外を見てみたいからその大道具作りを」

「……すまない、私の理解力が足りないだけかもしれないが、もう一度言ってくれ」

「だから、外を眺《なが》めたいって言ったのよ」

縄をぐるぐると回す。太いせいか、さすがに映画みたいに高速では回転しないわね。

それでもこう、投げれば……！　あら、柵に引っかかるどころか窓にも届かなかったわ。

むしろぐるぐる回さないで普通に遠投っぽくすればいいのかしら？

「待て待て待て。君は一体何を考えているのかね？　ここから逃げ出すなど……」

「別に外に出たいって比喩《ひゆ》じゃあないわよ。純粋に景色を楽しみたいだけ、よ！」

私は思いっきり振りかぶって即席縄を上に放り投げた。サイドスローって言うんだっけ、確かこの投げ方。

今度は先程の失敗が嘘みたいに縄が昇っていく。そして見事に柵にかかり、端が手前側に垂れ下がった。自画自賛したくなるくらい見事な縄さばきだ。

「よ～しよしよしよし。これで少しずつあの端っこを下に持っていけば……」

縄の端を手繰《たぐ》り寄せ両側の端を掴んで、軽く引っ張ってみる。うん、惚《ほ》れ惚《ぼ》れするほど上手《うま》く引っかかっている。試しに少し体重をかけてみても、千切れる様子はない。

いざ外世界へ。

私は縄の両側の端を引っ張りながら登っていく。わたしの小学校の縄登り以来かしらね。私なんて発想すらなかったと思う。

「ふっ、ぐっ……」

数日の筋トレの効果もあってか、何とか身体が持ち上がっていく。ただ、相変わらず腕が震えるのが情けない……屈強とまでは言わないが、せめてあと少し引き締まった身体になりたい。

でも、これで……！　どうだ！

「おおー……」

窓から広がる世界は絶景だった。

私が閉じ込められた牢屋は予想通り高い階層にあるようで、地面がかなり遠い。監獄の建物を囲うように設《もう》けられている塀は上から見てもかなりの高さだ。梯子《はしご》もかけられそうにない。

塀の外に広がっていたのは平野だ。建物は何一つなく、舗装《ほそう》されていない道路が幾《いく》つかあるのと、小川が手前側で横切る以外は、緑一色。人の姿も見えず、大自然まっただ中って感じだ。そんな平野の奥は森が広がっていて、遠くには地平線代わりに山脈が見える。

圧倒されるくらいに美しい。そう思うのは都会で育ったわたしが交じっているから？　私のほうは民家が一つもない陸の孤島ね、なんて感想を抱《いだ》いた。

「ヴィクトリアさんっ！」

「えっ、わ……！」

景色を堪能《たんのう》しているわたしに、いきなり背後から声をかけられる。そのせいで手が滑り、身体が宙を舞う。

視界に映る天井が見る見るうちに遠ざかっていき——

「く、ぅ……！」

「きゃ、ぁっ！」

気が付けば私は、ライオネルに抱きかかえられていた。

「ライオネル……。その、どうもありがとう……かしら？」

感謝を述べた辺りで、彼が牢屋の扉を開けて素早く私の下に入ってくれたんだと理解する。

ライオネルは女の子みたいな顔立ちなので、華奢《きゃしゃ》だろうと勝手に思っていた。けれど実際には、腕周りは太く、結構鍛《きた》えているのが分かる。肩幅も狭くないし、不可抗力で手を添えている胸も筋肉で僅《わず》かに膨らんでいる。

見かけなんて当てにならないわね、なんて考えていると、ライオネルは相当お冠《かんむり》で私にきつい眼差《まなざ》しを送ってきた。

「今回は見なかったことにします。危ない真似は絶対にやめてくださいね」

「……分かったわ。ごめんなさい」

素直に反省したなんて何年ぶりかしら。私は肩を落としたのだった。

## □　処刑まであと25日

昨日は外の景色を眺《なが》めようとしたせいでライオネルに無茶苦茶怒られてしまった。

幸いにも罰は受けずに済んでいる。鎖とかで繋がれたり拘束具で身動き取れなくなったりしたらどうしようと不安を抱《いだ》いていたが、杞憂《きゆう》で終わった。もっとも、次に何かしでかしたらどうなるか、分かったものではないのだけれど。

外はどんよりとした曇り空で、窓から差し込む日光が弱々しい。着ている囚人服はあまり生地が厚くないため、少し肌寒かった。柵しかない窓から風が入り放題なのが一番の原因だ。

「ガラス張りでもなければ雨戸もないなんて最低ね……」

嘆《なげ》いても、部屋の中の物で雨風を完全に防ぐなんて無理な話だ。死刑囚が待遇改善を要求するのも変な話だし、ここは実際に雨に直面したら考えることにしましょう。

人はそれを、棚上げとか先送りとかと言う。

「～♪　～♪」

体操とストレッチを終えて暇《ひま》になり、ベッドメイキングをする。昨日外を見るのに縄代わりにしたシーツは、残念ながら交換してもらえなかった。おかげでしわくちゃだ。思っていたよりは汚れず使えただけ、良しとする。

「いい曲だな。ゆっくりと落ち着いた曲調だ」

「ふぇっ!?」

いけない、いつの間にか鼻歌交じりになっていた。壁の向こうからリチャードの声が聞こえて初めて気付く。

うわぁ、他の人に聞かれているんだと意識すると途端に恥ずかしくなるわね。

急いで毛布を敷き直したら終了。私は早速ベッドの上に座り込み壁に寄り掛かった。

この壁の向こうにはリチャードがいる。壁は冷たいのに温かいと錯覚するのは、打ち解けた人がいるんだって安心感からかしらね？

「あいにく私は音楽には疎《うと》いんだが、曲名は何というのかな？」

「残念だけど私にも分からないわ」

「ほう。記憶には残っているがそれが何かは分からない、か」

「ええ、子守唄代わりに聞かされていた曲だから」

この曲は、幼い頃にお母様が寝つけない私を寝かしつけるために歌ってくれたものだ。今でもたまに口ずさむくらいに気に入っている。

「しかし所々あやふやな箇所があるように聞こえるんだが、なぜなんだ？」

「仕方がないじゃないの。いつも途中で眠っちゃうんだもの。最初のほうしか覚えてないのよ」

最後まで聞けた時は寝つきが悪くていらいらしちゃっていたし。そんな時お母様は静かに私を抱いてくれて、私はその温かさの中で心地良く眠りについたものだ。

「成程、そう聞くと君のお母さんは大層子煩悩《こぼんのう》だったみたいだな」

「お母様が子煩悩《こぼんのう》？　面白い冗談だわ」

「……違うのか？」

「ええ。だってお母様が母親らしくしてくれたのって、それくらいだもの」

母、つまり侯爵夫人はお父様と政略結婚で結ばれた。お母様曰《いわ》く、結婚してから育《はぐく》まれる愛もあるんだとかで、夫婦仲は一応良好の部類に入る。少なくとも私を含めて四人も子を産んでいるんだし、お父様と情熱的な夜をそれなりに過ごしたんでしょう。

ただ、お母様が私に愛情があるかとなると、ちょっと違うと思う。

お兄様はランカスター家の後継者として英才教育を施《ほどこ》された。厳格な父を支えるようにと、お母様はお兄様に厳しくも優しく接している。少なくとも私にはそう見えた。

長女のお姉様はお淑《しと》やかながら聡明に育ったので、多くの殿方から求婚を受けていた。ただ彼女は別の侯爵家の嫡男と幼い頃から親しい付き合いをしていて、特に波風なく嫁《とつ》いでいる。

一方、私はと言うと、ランカスター家をさらに発展させるための駒《こま》だ。

王太子様を運命の王子様だと言い出したのが運の尽き。お母様からは二言目には王太子様の妃に相応《ふさわ》しくあれと言われ、テーブルマナーから趣味、教養、何から何まで徹底的に仕込まれた。

おかげで両親に親らしい愛情を注がれた記憶があまりない。むしろ屋敷で働く侍女達や教育係と接する機会のほうが多かった。

「お父様やお母様はね、私の願いを叶えるために厳格な教育をしてくれたんじゃないの。あくまでも侯爵家の利害と一致していただけね」

そうして私は多くの貴族令嬢を退《しりぞ》けて王太子様の婚約者に選ばれた。運命の王子様のお嫁さんになれる、お父様方から褒《ほ》めてもらえる。二つの喜びを抱《いだ》いて屋敷に戻った私を、お母様はやっとスタートに立てたにすぎない、気を引き締めて精進なさいと叱《しか》ったのだ。

「結局、お父様もお母様もランカスター家の娘が大事なんであって、私自身はどうでも良かったのよ」

だから、私はすぐに見捨てられた。

お父様もお母様も恩赦《おんしゃ》を乞《こ》おうともせず、むしろ容赦《ようしゃ》ない罰を国王陛下に求めたのだ。私が嫉妬《しっと》のあまりに家に迷惑をかけてしまったのは認めよう。侯爵家の汚点だと罵《ののし》られたって文句は言えない。

だからって……何らかの感情を示してくれても良かったと思う。

「つまり君は、自分自身を単なる侯爵家の道具だと考えているのかね？」

「そうよ。失敗した途端、容赦《ようしゃ》なく捨てられる価値しかなかったってわけ」

「やれやれ、相変わらず貴族の権力闘争は随分《ずいぶん》と醜《みにく》いものなのだな」

「繁栄と名声を得ようとするのは貴族の性《さが》だもの。割り切るしかないわよ」

お父様、お母様。私は二人に愛してもらいたかった。

たとえそれが上辺だけのものであっても本当の家族でありたかった。

何もかも失った？　違う。

私は……最初から一人だったんだ。

「さしずめ今の君はただのヴィクトリア、といったところか」

「そうよ。もう侯爵令嬢でも王太子殿下の婚約者でもないわ」

「では、ここで過ごす時間は君の自由だ。大切にしたまえ」

諦《あきら》めにも似た感情が渦巻《うずま》く私に、リチャードの声はとても優しく聞こえる。

「贅沢《ぜいたく》こそ望めないが、ここでの生活は貧民街よりよほど恵まれているぞ。何しろ衣食住全てが揃っている上に、労働の義務もないからな」

「……そうね。嘆《なげ》いたって始まらないわよね」

今の私はしがらみから解き放たれて、ありのまま。普通の貴族の娘なら豪華絢爛《ごうかけんらん》な世界からの転落に絶望するだろうけれど、一般庶民のわたしが味方になった私は無敵よ。

処刑までの間にこれまでの罪を懺悔《ざんげ》しろ？

命で償《つぐな》うんだから、それ以上反省する必要はないわね。前世を思い出してこれまでの私から解放されたのだ。この狭い私だけの世界で自由に生きてみせるわ。

そう決意を新たにできたのは、私が三十日間しか収容されないせいだ。娯楽のない、外で運動できるわけでもないここでの生活が一年、二年、と長くなったら、退屈で死んでしまいそう。

「……リチャードってさ、ここに入れられて何年ぐらい経つの？」

ふと、リチャードはどうなんだろうと疑問が浮かんだ。

私よりも先に牢獄入りしていた彼は、ここでの生活にそれなりに満足しているように感じる。想像もつかない時間潰《つぶ》しの方法を確立しているのか、それとも彼もつい最近入ってきたとか？

「そうだな、かれこれ六年近くは経つと思うぞ」

「ろ、六年!?」

予想を大きく上回る長さだ。私だったらまず耐え切れない。

一体何をしでかしたら六年もの間投獄される展開になるのかしら？　閉じ込めておくだけで費用が発生するのに、短期の罰にしない理由があるの？

「それは後で話すとしよう。何、まだ話す時間は何日も残っているんだ。焦《あせ》ることはない」

「そ、そうね……」

何だかはぐらかされてしまった。けれど拒絶はされていない。続きが聞ける、次があるんだと思ったら、楽しみになってくる。

どうやら私はこの隣人に興味を抱《いだ》いたみたいだった。

## □　処刑まであと24日

「ヴィクトリアさん、面会です」

「は？　私に？」

その日の午後。私が昼食後に夢の世界に旅立とうとしていると、いきなりライオネルが信じられないことを言った。

両親からも捨てられて侯爵令嬢としての身分を失った私に会いに来る酔狂《すいきょう》な人がいたことに、驚きだ。

「分かったわ。すぐに行く」

「じゃあ、扉の鍵を開けます」

あれこれ考えたところで始まらないし断る理由はない。私はあっさり承諾した。

扉の鍵部分でかちかちと音が鳴り、重苦しく扉が開いていく。まだ一週間しか経っていないのに、かなり長い間この扉が開かれなかった気がしてならない。

開かれた扉の向こうには鍵を開けたライオネルがいて、もう一人、身体つきの良い別の看守が棍棒《こんぼう》を手に私を警戒していた。

「本以上に重い物を持ったことのない貴族の令嬢を迎えに来るにしては、大げさなんじゃない？」

「規則ですから仕方がありません。ちょっとの間、我慢していてください」

二人組なのは、この扉を開けた瞬間に襲われ鍵を奪われる事態を避けるためらしい。一人が見張り、もう一人が私に手枷《てかせ》と足枷《あしかせ》をつけていく。これも脱獄されないようにとの措置《そち》なんでしょうけれど、随分《ずいぶん》と物騒な装飾品だ。

「痛くないですか？」

「重くてちょっと擦《こす》れるわね。まあ我慢できる程度よ」

「分かりました。では行きましょうか」

ライオネルに連れられて、私は久しぶりに牢屋の外へ踏み出した。実際に監獄の様子をこの目で確かめるのは初めてになる。

どうやらここは円柱状の塔のようだ。外周に各囚人の部屋があって、そのすぐ内側にドーナツ状の通路、格子状の柵を挟んで中央に監視机と螺旋《らせん》階段がある。通路と階段を行き来するにも鍵が必要みたいね。

結構な階数を下りてようやく地上階にたどり着いた。地上階は広く作られていて、ライオネルの話では、軽犯罪を犯した罪人が収容されているらしい。その分巡回している監視の数は多く、そう簡単に脱出できないよう工夫しているそうだ。

「この部屋になります。面会人はすでに中へお通ししています」

「さあて、鬼が出るか蛇《じゃ》が出るか」

「？　何ですかその言葉は？」

「極東の島国の言い回しだそうよ」

私は看守二名に挟まれて入室し、設《もう》けられた椅子に座るように促《うなが》された。私がおとなしく座った途端に、ライオネル達が手枷足枷《てかせあしかせ》を椅子に鎖で固定する。脱走と面会人に襲いかかるのを防止しているのかしら。

そして私は相対した。私の妹であるベアトリスと。

「……まさか、ベアトリスがわざわざ私を訪ねてくれるだなんてね」

「お久しぶりです、お姉様」

彼女は慇懃《いんぎん》に一礼してから向かいの席に着く。私の席は重く無骨な木製の椅子だが、ベアトリス側は簡易的なソファーだ。あまりに露骨すぎて笑えてしまう。

私の斜め後ろには同行してきた看守、扉付近にはライオネルが立った。ベアトリスは大股で四歩ぐらいの距離で私と向かい合っている。

「久しぶりねベアトリス。元気にしてた？」

「ええ、特に変わりなく」

「ちゃんとご飯食べてる？　勉強はどうかしら？」

「私のほうは一週間前と何も変わっていませんよ、お姉様」

「それもそうね」

『白き島』でのベアトリスはメアリーの助けになったり、ほぼモブ同然に影が薄くなったりもする。だが、ヒロインに暴虐《ぼうぎゃく》を働くヴィクトリアを軽蔑していたって点は、全ルートで共通していた。

その容姿は悪役令嬢ヴィクトリアに似たきつさ——もとい、鋭さがあるのに、あどけなく可愛らしい。素朴な可愛らしさのあるメアリーと美貌《びぼう》を備《そな》える彼女が並ぶと、とても絵になると『白き島』ファンの間では評判だった。

『白き島』でもベアトリスは女性陣で一、二を争う人気キャラだ。もしアペンドディスクが作られるなら、メアリーの健全な友情物語としてベアトリスルートができるんじゃないかって噂《うわさ》されるほどに。

「お姉様、今日ここに来たのは——」

「その前に、わざわざ会いに来てくれてありがとうね」

「えっ……!?」

軽く頭を下げた私を、なぜかベアトリスは酷《ひど》く驚いた顔で見つめてくる。

こんな表情をするベアトリスを見たのは、初めてかもしれない。私の中で、彼女はほとんど感情の起伏がない、いい子ちゃん。家族や気心の知れた友人相手にも丁寧な態度で接するな、って程度の印象しかない。

「大丈夫よ。私は元気にしているわ」

私がベアトリスに感謝を述べたのは、わざわざ私に会うために面倒な手続きをしてまで、どこにあるかも知らなかっただろうこの監獄まで足を運んでくれたからだ。目的が何であれ、彼女が来訪してくれただけ、充分嬉しい。

「ベアトリス？　どうかしたの？」

「あっ……いえ、すみません。少し驚いてしまいました」

「あら、私が礼を言ったのがそんなに珍しかった？」

「珍しいどころの話ではありません。少なくとも王太子殿下と婚約されて以降、覚えが……」

それは多分、王太子様の伴侶に相応《ふさわ》しくあろうと精いっぱいで、余裕がなかったせいだと思う。外側を取り繕《とつくろ》うことに腐心するあまり、内面が酷《ひど》く醜悪《しゅうあく》になってしまったんだ。

これじゃあ王太子様に見捨てられて当然……なのかもしれない。

「……ああ、ごめんなさい。つい嬉しくて話を遮《さえぎ》っちゃったわ。それで用件は？」

「え、えっと、そうでしたね……。私がランカスター家より追い出されたお姉様をわざわざ訪ねたのは、確認のためです」

「確認？　なんの？」

「お姉様。メアリー様へ謝罪するおつもりはありますか？」

……随分《ずいぶん》と踏み込んできたものだ。

ベアトリスは真摯《しんし》に私を見つめている。きっと私が己《おのれ》の所業を恥じて懺悔《ざんげ》することを望んでいるのでしょう。

それは私を許すためではなく、きっと、悪女も最後には悔い改めてその命で償《つぐな》う、みたいな美談にしたいから。

「ベアトリスがしろって命令するならしてあげてもいいけれど？」

「お姉様！　言葉だけの上辺じゃなくてですね……！」

「なら、答えは否《いな》よ。もう私の刑は確定しているし、謝ったって意味がないもの。もう勘当された私には、侯爵家の体裁《ていさい》を気にする必要も義務もありゃしないでしょうよ」

ベアトリスは憤《いきどお》りで顔を僅《わず》かに歪《ゆが》ませて勢い良く立ち上がる。ランカスター家の娘ともあろう者がはしたない。彼女ももっとお母様達から厳しい教育を受ければいいのに。

「お姉様は……メアリー様への仕打ちを間違っていないと仰《おっしゃ》るんですか？」

「間違っていたとは思うわね。もしやり直せるのなら今回の反省を生かしてもっと上手《うま》くやっていたでしょうから」

「……っ！」

ベアトリスは唇を固く結んで部屋の出口に向けて歩み出した。

罪を認めない私に失望したのか、さらに怒ったのかは知らない。私に希望を抱《いだ》いて馬鹿だったと自分を責めているのかも。

ベアトリスはきっとこれで私を完全に見限るのでしょう。

「ねえベアトリス。どうして今でも私を姉と呼ぶの？」

なら、これだけは答えてもらいたい。

ベアトリスの足が止まる。そして振り向いた彼女の表情は、どういうわけか愁《うれ》いを帯《お》びていた。

「いくらお姉様が罪を重ねようと私の姉には違いありません」

「そう。ありがとう。じゃあ私の家族はもうベアトリスだけになっちゃったのね」

どうしてそんな本音が零れたのかは分からなかった。ただ、発した言葉には随分《ずいぶん》と寂しさがこもってしまう。どうやら前世の記憶が交ざってもなお、家族を失った衝撃は計り知れないものらしい。

ベアトリスはそんな私に向けて、鋭さの中にもかすかに柔らかさが伴った視線を送ってくる。

「……案外そうでもないかもしれませんよ。お姉様には信じられないかもしれませんが」

「えっ？」

「また来ます」

私は立ち去っていくベアトリスの後ろ姿をただ茫然《ぼうぜん》と眺《なが》めるしかない。

家族がベアトリスだけではないとの言葉もある。けれどそれ以上に、また来ると言ってくれたことが嬉しくて、私はその余韻に浸《ひた》っていた。

## □　処刑まであと23日

とうとう私の危惧が現実のものとなった。

覚悟を決めていたとは言え、実際に体験するとやっぱり愕然《がくぜん》とするものね。

「雨、か……」

そう、ついに雨の日になってしまったのだ。

雨の日の何が都合が悪いって、私の背が届かない位置にある窓が、単に柵があるだけの吹き抜け構造になっているせいだ。ちょっと風が吹いたら雨が牢屋の中にまで降り注ぐ。

さすがに寝具が雨晒《あまざら》しで濡れた状態のまま寝るなんて、ありえないでしょう。

「おはようございます、ヴィクトリアさん。今日も早いんですね」

「あっ、おはようライオネル。丁度いいところに来たわ。悪いんだけれどコレどうにかならない？」

朝の見回りに来たライオネルを呼び止めて、開放された窓を必死に指差す。狭い窓から見える空模様は完全に黒っぽい灰色になっていて、単なる小雨《こさめ》ではなくて大雨になる気配がする。

「これとは……あー、成程。ちょっと待っていてください」

ライオネルは一旦中央部に戻って階段を下りていく。ほどなく、昨日私を面会室まで案内した看守を連れてきた。

彼が手にしていたのは……木製の小さい扉？

「扉開けますね。おとなしくしていてください」

「言われなくてもそうするわよ」

ライオネルが扉の鍵を開けて中に入ってきた。彼が私を見張っている間に、もう一人の看守が踏み台を窓の傍《そば》に置き、吹《ふ》き晒《さら》しになっていた窓へ木製の扉を取り付ける。何度も同じ作業をやっているのか、随分《ずいぶん》と手慣れた様子でハンマーを振るって金属の杭《くい》を打ち込んだ。

ライオネルは腰にぶら下げた剣の鞘《さや》に手をかけ、いつでも剣を抜き放ち私を切り伏せる体勢をとっている。

反逆防止なんでしょうけれど、そもそも剣を構えていなくたって、彼に飛びかかっても返り討ちに遭《あ》う気しかしない。

「下まで引っ張ってきた紐《ひも》を操作してあの木の扉を開け閉めするんです。これで雨の日や風の強い日は戸締まりできますよ」

「……ソレ、私が入居する前につけられなかったの？」

「ヴィクトリアさんの投獄は急遽《きゅうきょ》決まりましたので、設置する暇《ひま》がありませんでした」

「そう、何にせよこれで安心ね」

　一通りの作業を終えた看守は、道具を片付けて踏み台を持ち部屋を後にした。

　ライオネルは私に背中を見せないように下がっていき、最後まで用心深く扉を閉める。施錠するまでもう一人の看守が彼のすぐ傍《そば》に控えたまま。脱走されないよう細心の注意を払っているんだろう。

「窓を閉めると暗いでしょうけれど、牢屋の中は火気厳禁です。灯りが必要でしたら廊下のを頼ってください」

「ま、当然の措置《そち》かしらね」

　蝋燭《ろうそく》で寝具に火をつけられてはたまらないもの。そもそも本も筆記具もないし、ちょっと運動したりリチャードと雑談するくらいなんだから光源も不要。まあ、外からの光を完全に遮断したせいで日中なのに部屋の中が暗いのが難点だわ。

「そう言えば気になったんだけれど、ライオネルって週に何日働いているの？」

「六日間ですね。安息日は休ませてもらっています」

「ふーん。それで一昨日《おととい》はいなかったんだ」

ちなみにこの世界はわたしの世界と同じで、週七日で月三十日。これは光と闇の神が六日間で世界を創って最後の一日だけ休んだことにちなんでらしい。まあ、暦《こよみ》がゲーム内と現実とで違っていたらプレイヤーが混乱するから、類似するのはしょうがない。

「休みの日とか、何しているの？」

「母さんが病弱なので介護を。本当なら毎日傍《そば》にいたいんですが、父さんがいないので僕が働かないと……」

「……っ」

多分、昔の私だったらライオネルの事情を聞いても心は動かされなかったでしょう。だって、平民が病気や飢えで苦しんでいようが、私には関係ないもの。市民を救うだの生活を守るだのは陛下やその臣下のお父様方の役目で、貴婦人の仕事ではない。

でも、そんな常識はわたしのせいで覆《くつがえ》った。

「ごめんなさい、軽率だったわ」

「あ、いえ。僕のほうこそ重い話をしてしまってすみません」

私は今でもわたしの世界が信じられない。女性が男性並みに仕事をして、育児や家事は逆に男性が手伝うくらい男女間の差がなくなってきているなんて。それから、階級や身分の差も解消されて、上手《うま》くチャンスを掴めば誰でも成功できるなんて。

人は平等と、光の神の教えにはあるものの、それを忘れた人がどれほど多いことか。前世の豊かな世界を知ってしまった私は、初めて貴族と平民が同じ人間なんだと認識したのだ。

「早く元気になると良いわね」

「えっ？　あ……そうですね、ありがとうございます」

私の紡《つむ》いだ言葉は本音だ。今の私には何もできないけれど、人を心配するのは構わない。

「ライオネルって、もう結婚できる年頃なのかしら？」

「まあ、そうですね」

暇《ひま》を持て余しているのでさらに話しかける。

朝の見回りを終えた彼は廊下の向こう側、中央の監視スペースの椅子に腰かけて事務仕事に取りかかっていた。この世界でも紙は発明されており、彼は折り畳んで冊子にした紙に日々の様子を書き記《しる》しているようだ。

「結婚は考えないの？　それとも相手がいないとか？」

基本的に子供をつくれる年齢になったら結婚ができる。都市部の市民は婚姻が遅い傾向があるって聞いた覚えはあるが、田舎《いなか》だとお見合い即結婚。年若いうちに独立するか家業を継ぐんだそうだ。

明らかに田舎《いなか》にあるこの監獄に勤めるライオネルだったら、もう結婚していてもおかしくないのに、やっぱり療養生活を送る母親を養《やしな》うために日々を費《つい》やしているのかしら？

「妹達を嫁《とつ》がせてあげないといけませんから。僕自身に構っている余裕はありません」

「……そう、ライオネルが一家の大黒柱になっちゃってるってわけね」

「そんな辛《つら》そうに言わないでください。別に責務とかそんなんじゃあ、ありません」

「っ。ごめんなさい、そんなつもりじゃなかったの」

ライオネルが若干怒気が交ざった鋭い声になったので、私は思わず謝罪していた。非は全面的に私にある。彼が怒ったのは家族を思ってでしょう。迂闊《うかつ》に土足で彼の内面に踏み込みすぎだ。

「……不思議ですね」

「へ？　何が？」

気まずさで俯《うつむ》き沈黙していると、ライオネルの呟《つぶや》きが耳をくすぐった。

ライオネルは優しさと困惑が入り交じった眼差《まなざ》しを向けてくる。正直……反応に困ってしまう。

「僕、同僚にヴィクトリアさんの評判を色々と聞いていたんですけれど、自分勝手で横暴で、権力と身分をひけらかす、典型的な貴族令嬢だって聞いていました」

「……まあ、概《おおむ》ねその通りね」

否定のしようがない。王太子様の婚約者に相応《ふさわ》しくありたいと尊大に振る舞っていたのは事実だもの。

ただ、冷静になって振り返ってみると、自分の業績や能力を超えて威張り散らしていた気がする。メアリーに身分を弁《わきま》えなさいと何度口にしたか覚えていないが、弁《わきま》えていなかったのはむしろ私のほうだったのかも。婚約相手と父親がいなければ、ただの娘にすぎないのに。

「けれど実際には僕をはじめとして同僚、つまり看守の人達を嫌がりませんし、こんな環境に置かれても文句をあまり言いません」

「買いかぶりすぎよ。単に開き直ってるだけかもしれないじゃないの」

私は我儘《わがまま》に見合うほどの義務を果たしていなかったんだ。

結果、私は均衡を崩して破滅した。

「そんなことはありません。貴族の身分を剥奪《はくだつ》されてここに来る人を何人も見てきましたけれど、皆さん僕らを顎《あご》で使おうとするんです」

「そういうのを往生際が悪いって言うと思うわね」

「何より、僕とこんなにも親しく語り合って、一緒の時間を過ごしてくれます」

それは単に私は運が良かっただけだ。前世のわたしを思い出したから。そうじゃなかったら、処刑される最後まで現実を認められないまま恋々《れんれん》と喚《わめ》き散《ち》らしたでしょう。

惜しいのは、何もかも終わって手遅れだったたってことかしら。

「素敵だと思います、ヴィクトリアさんって」

「……っ」

屈託《くったく》なくはにかみながら、ライオネルが言う。

きっとこれがゲームの一場面だったらスチルになってただろうってほどの格好良さだ。

会心の一撃ね、まさしく。

「……ライオネル。こんな時、どう言うか分かっているかしら？」

「えっ？」

きょとんとするライオネルは、憎らしいくらいあどけない。

「恥ずかしい台詞《せりふ》は禁止よ」

「……っ！　す、すみません！　僕はそんなつもりで言ったんじゃあ……！」

全く、ライオネルと付き合う女の子はとても苦労しそうだ。きっと毎日心ときめかせる破目になるでしょう。

私はため息をついたのだった。

## □ 処刑まであと22日

今日も、マッチョマン——もとい、トーマス神父による教典の朗読が始まった。

彼は若々しく見えるが二十代前半で、幼い頃から聖職者を志《こころざ》していたため結婚はしていない。神の教えでも結婚は認められているものの、教会が暗黙の了解で聖職者の婚姻を禁じているらしい。神に尽くす身でありながら欲望に溺《おぼ》れないようになんだとか。

トーマス神父は実家の屋敷を警護していた兵士よりも逞《たくま》しく、爽《さわ》やかなイケメン。筋肉マニアが目にしたら涎《よだれ》ものなんじゃないかしらね？ まあ格好いいとは思うけれど、あいにく私のストライクゾーンからはぎりぎり外れている。

それにしても、一つ、前世を思い出して驚いた点がある。それは死生観についてだ。

この世界では、どうやら一神教でありながらわたしの世界で言う輪廻《りんね》転生の考えが信じられているらしい。終末に皆が復活するまで、天国と地獄で死んだままって思想ではないようだ。

もっとも終末論を採用されると、前世を思い出した私が非常にまずい立場に陥《おちい》る。下手《へた》をすると魔女の烙印を押され処刑前に酷《ひど》い拷問《ごうもん》を受ける悪夢な事態になりかねない。だから輪廻《りんね》転生がトーマス神父の説く教義に含まれているのは幸いだ。

彼の声は結構透《す》き通っていて、ドーナツ状の廊下をぐるぐる回って話していてもきちんと聞こえてくる。退屈凌《しの》ぎにもってこいなので、今回は私も聞き入っている。

でもどうやら、他の受刑者達はこの間の私みたいに耳の右から左へ抜けているみたいね。

とは言え物心ついた頃から教え込まれた内容に、今さら目新しさはなかった。退屈は凌《しの》げども、面白いとも言い難い。

「トーマス神父、その教本って写本ですか？」

そんなんだから、私はトーマス神父の言葉を遮《さえぎ》って疑問を投げかけた。

彼は朗読を妨《さまた》げられて露骨に気分を害したようだったが、教本についての質問だったので応じる。

「ええ、そうですね。この教本は私が所属する教会で代々伝わる由緒正しき代物《しろもの》です」

「じゃあ活版印刷どころか木版印刷の本もないんですか？」

「失礼、君が一体何を言っているのか、私には理解できない」

あれ？　印刷本がない？

でも確かに私が勉学の際使っていた本は、印刷本だった記憶がある。てっきり印刷技術が発明されているものだと考えていたけれど、違うのかしら？

いや、単に聖職者のトーマス神父が知らないだけかもしれない。

「えっと、木の板があるじゃないですか。それに彫刻刀か何かで文字を逆さに彫《ほ》っていくんですよ。彫《ほ》った木の板、それを木版って言うんですけれど、それにインクを万遍《まんべん》なく付けて、紙を押し付けるんです。で、文字が写った紙を二つ折りにすれば、教本二ページ分の出来上がりです」

「ですが、その木版とやらを彫《ほ》る手間暇《ひま》をかけるぐらいなら写し取るほうが早いでしょう」

「確かに一冊作るのは簡単かもしれませんが、最初に木版を作れば、写し取るより大量生産には適していると思いますが……」

「大量生産……!?」

トーマス神父は牢の扉の小窓に突撃してくる勢いで迫ってきた。柵がなければ、私の

顔面と激突したんじゃないかってほどに。

彼は目を見開いて鼻息を荒くして、怒り……いえ、興奮して我を忘れているようだ。

「教本を大量生産！　ヴィクトリア嬢、貴女《あなた》は確かにそう言いましたよね？」

「え？　ええ。だってトーマス神父が属されている教会は、光神様の教えを広めることを使命になさっているんでしょう？　だったら写本を読んで聞かせるより、印刷本を配って信者と一緒に朗読したほうが効率が良いんじゃないです？」

「お、おお、おおおっ……！」

「な、何よ？　どうしちゃったんです？」

どうしてか、トーマス神父はよろめいて後ずさった。それから手を組んで天を仰《あお》ぎ、祈りを捧《ささ》げ始《はじ》める。

「主よ、このお導きに感謝いたします！　主の教えに従いこの道を歩み始めて大分経ちましたが、ようやく私めの使命を悟《さと》った次第です！」

「ええっ？　ちょっと何ですか、その使命って……!?」

「ヴィクトリア嬢、貴女《あなた》こそ主がこの私めに遣わした使徒だったのですね！　そうです、その通りです！　初めからそうしていれば良かったんだ！」

彼の様子をあえて言い表すなら、まるで天啓を受けた聖者みたいな感じだ。私は一々面倒くさく語って聞かせるのなら、教典をチラシ感覚でばらまけって気軽に語ったつもりなのだが。

何もきちんと製本しろとまでは言わない。一節に相当する数頁分配るだけでも効果はある、と思っただけだ。

「そうしていればばって、教本をばらまけばばって話？」

「そうです！　多くの迷える子羊達を導く最善手が、ヴィクトリア嬢の仰《おっしゃ》る通り、主の教えが書かれた本を直接広めることだったのです！」

「でも印刷技術なら普通にあるでしょうよ。どうしてそんなに驚く必要が……」

そう口にして、思い至る。私の発言の何が異質だったかを。

そうよ。これってわたしの世界で言う宗教改革の第一歩じゃないの！

神の教えと言いながら教会が定めた……えっと、サクラメントだったかしら？　に、がんじがらめになり、権力と利権に溺《おぼ》れた教会や貴族が反感を持たれたんだったわね。だから主の教えを記《しる》した教典に立ち返る……福音《ふくいん》主義が、民に教えを広めていったんだった。

布教は特別な行いだ。神の教えを記《しる》した教本は写本だけで、一般市民がおいそれと手を出せるわけがない。神や預言者達の言葉を聞くには、教会に赴《おもむ》いて神父の有難いお言葉を通すしかないようにしてあったんだ。

要は、今私がぽろっと口にした発想は、神の教えを独占したい教会にとって非常に不都合になる。

「う、迂闊《うかつ》だったわ……」

もしかしたら数世紀は先かもしれない、もしくはこの世界では今後一切起こらなかったかもしれない宗教改革の一歩を、他でもない私が踏み出してしまった。教会に握り潰《つぶ》される可能性も考えられるものの、きっと『天啓』を受けたトーマス神父がその素晴らしさを皆に広めてしまうのは、時間の問題だ。

いや、だってしょうがないじゃないの！　貴族だったら高価な写本だってわりと簡単に手に入るし！　私だって没収されるまで個人用の教典を持ってたし！　教典がそんな貴重なものだなんて思い至らないわよ。

「こうしてはいられない！　教会のシスターや同僚にも伝えて、すぐにでも木版を作る準備を整えないと……！」

「えっ？　シスターに木版彫《ほ》らせるんです？」

「なんと、ヴィクトリア嬢は別の案があると？」

「教会って孤児院を運営しているんですよね？　でしたら孤児にでも従事させたら……」

教会に勤める修道女達の一日は複数回のお祈りや奉仕活動で忙しいと聞いた覚えがある。そんな彼女達に木版製作まで押し付けたら大変でしょうよ。気の毒なんてもんじゃない。

それなら遊び盛りな多くの子供達をこき使――訂正、孤児達に手伝ってもらえばいいじゃないの。子供達は神の教えを学べるし、一石二鳥じゃないかしらね？

するとトーマス神父は、感激したように目を爛々《らんらん》と輝かせて私を見つめてきた。

「素晴らしい……！　貴女《あなた》こそが聖女だったのかもしれません！　それこそまさしく、人々への救済です！」

「えええ～……？」

「ありがとうございます！　今日はこれにて失礼いたします！」

「あ、ちょっと！　トーマス神父ぅ⁉」

聖女はヒロインで、私は悪役令嬢でしょうよ！　どうしてそうなる……⁉

しかしいくら抗議しても聞く耳を持たず、彼は一目散に駆け出して眼前から姿を消した。課せられた使命に目覚めたらしい彼は、教会に直行して私の助言通りに木版製作に取りかかるんでしょう。

階の中央にいたライオネルが目を丸くして螺旋《らせん》階段と私を見比べる。苦笑いを浮かべているのは……間違いなく私のやらかしが原因だ。隣からはイケボの笑い声が耳に入ってくる。どうやらこの階にいる全員に聞かれていたようだ。

「やれやれ、まさか君が歴史の転換点を生み出すとはな」

「凄《すご》いですよヴィクトリアさん！　そんな発想が出てくるなんて……！」

「か、勘弁してよぉ～！」

も、もう考えるのはやめてしまおう……

私はどっと疲れた。

## □　処刑まであと21日

午前中、リチャードと雑談をしていると、突然妙な罵声《ばせい》が耳に入ってきた。人が気分良く話に華を咲かせているっていうのに。

「やれやれ、また彼らか」

私が苛立《いらだ》ちを隠せずにいると、リチャードがため息を漏らす。

「またってどういうこと？　そもそもこのうるさいのってどこから聞こえてくるのかし

ら？」

「確か三つほど下の階からだな。看守同士で頻繁にいがみ合うらしい。気にくわない相手を些細《ささい》な点で小馬鹿にし、それが喧嘩沙汰《けんかざた》に発展してしまうんだとか」

「普通、囚人が問題を起こすのを看守が止めるんじゃないの？」

そりゃあ気にくわない奴だっているでしょうけれど、ここは犯罪者を収容する仕事場でしょう？　国の秩序を司《つかさど》る施設で争うなんて、本末転倒じゃないの。こんな場合は上司にでも話を振って直々《じきじき》に叱《しか》ってもらうのが一番かしらね。

「何度か叱責《しっせき》を受けているようだが、お互い反省の色がないと聞いている」

「救いようがないわね……。問題児はとっとと解雇すればいいのに」

「おそらく次に騒ぎを起こしたら、仕事を辞めさせると最後通告されるだろうな」

「最初からそう脅《おど》しておけばいいものを」

大体、大の大人が怒りを制御できないなんて情けないわね。って嫉妬《しっと》っぽい思いで散々ヒロインを貶《おとし》めた私が言えた立場じゃないか。理性では分かっているけれど、どうしても感情の収まりがつかないのかしら。

「だったら一回大喧嘩《おおげんか》させちゃえばいいんじゃない？　そうすればお互いにすっきりするでしょうよ」

「君も中々物騒な意見を提示するものだな」

「顔も知らないその他大勢の看守への気遣いなんて、これっぽっちも必要ないわ」

暴力で解決するなんて野蛮だ。諍《いさか》いは全く理解できないし同情の余地もない。解雇されようが知ったことじゃないわ。そもそもそいつらを監視する上官は何をしているのよ？　職務怠慢なんじゃない？

「君も貴族令嬢だったなら、もっと暴力に頼らない解決方法をだな」

「何よそれ。じゃんけんでもしとけってソイツらに言っておけばいいのかしら？」

「……すまない、そのじゃんけんとは何だ？」

「へ？」

リチャードから純粋な疑問をぶつけられた私は、思わず間の抜けた声を発した。多分壁が透《す》けて顔が見えたら、彼は真顔だっただろう。

じゃんけんって前世の世界では当たり前だったのに、こっち側では全く未知のものなんだった。

えっと、じゃんけんはどんな歴史を経《へ》て作られた遊びなんだっけ？　言われてみたら、前世でも外国だとコイントスとかのほうが一般的で、じゃんけんはそこまでは聞かないイメージね。そう考えるとじゃんけんって概念が私の世界になくても不思議ではない。

「遠くの国の拳遊《こぶし》びって言えばいいのかしら？　『じゃんけんぽん』って言い合いながら手を出して、その時の手の形で勝敗を決める遊びね」

一般的なのは拳《こぶし》を握る、開く、中指と人差し指だけ伸ばす、の三通り。それぞれが三《さん》竦《すく》みになっていて石、紙または布、鋏《はさみ》を表すのだとリチャードに説明する。彼は私の説明を真剣に聞き入っていた。

「そのルールだと、一対一どころか大人数が一度にできるんだな」

「『あいこ』ばかりになっちゃうから、ある程度少ないほうがいいんだけれどね」

「しかし残念だ。この勝負のやり方は私達にはあまり役立たないな。目視でヴィクトリアを確認できない」

「あー、それって解決案があるのよ」

「ほう？」

『じゃんけんぽん』の『ぽん』の部分で『ぐー』だの『ぱー』だの言い合えばいいだけだ。難点は大人数でやると声がごちゃごちゃになって確認しづらいってところね。あと慣れていないと、勝敗の確認に時間を割《さ》かないといけないし。

それに暇潰《ひまつぶ》しにも使えない。リチャードと繰り広げている脳内チェスやオセロなどと比べて、あっという間に決着がついちゃうんだもの。

私にとっての勝負は暇潰《ひまつぶ》しを目的とする。そこは譲れないからね。

「どうせだったらライオネルにも教えちゃって、じゃんけんを楽しむのもいいわね」

「彼は看守だろう。我々囚人の暇潰《ひまつぶ》しに一々付き合ってくれるとは限らないのだがね」

「ライオネルー、ちょっといいかしら？」

「えっ？　はい、何でしょうか？」

リチャードが正論を言ってきたようだけれど軽く無視する。

喧嘩《けんか》真っ最中な階下が気になるのか落ち着かない様子だったライオネルは、渡りに船とばかりに私のほうへ寄ってきた。あどけなさの残る挙動は、彼が成長したら見違えるほど洗練されそうだ。

「じゃんけん、っていうのを教えてあげるから、ちょっとやってみない？」

「じゃんけん、ですか。分かりました。どんなのなんです？」

「それがね……」

私はリチャードに披露したのとほとんど同じ説明をライオネルにも語った。熱心に聞き入った彼は、私の語りが終わると笑みと共に頷《うなず》く。

「分かりました。じゃあ早速やりましょう。『最初はぐー』、でしたっけ？」

「その掛け声はどれぐらいの速度で勝負するかの目安にするだけで、どっちでもいいわね。私としてはあったほうが調子が掴めるから好きなんだけれど」

「成程、『最初はぐー……』」

「――じゃんけんぽん』。あら、記念すべき一回目は私の勝ちみたいね」

私が『ぱー』でライオネルが『ぐー』。彼の石のように固めた拳《こぶし》を私の紙のように広げた手の平が包み込んだわけだ。まあ実際には、ライオネルは階の中央にいて私は檻《おり》の中。頑丈な扉や廊下の柵に阻《はば》まれて手が届かないんだけれどね。

私は軽くガッツポーズ気味に手を振りかざして勝利をアピールしてみる。たかがじゃんけんと言うなかれ、相手がどんな手を繰り出してきてこちらはどの手で応戦するか、言わば三択で、相手との駆け引きでもあるんだ。

ライオネルは初めてで戸惑《とまど》うばかりのじゃんけんの勝敗は特に気にしていないようだ。ただ私が大げさに勝ちを誇示するものだから、つられて負けを実感したらしい。ほんの僅《わず》かに顔をしかめる。

「えっと、もう一回やりませんか？」

「分かったわ。受けて立つわよ」

こちらに詰め寄らん勢いで指を一本立ててきたので、私は不敵に笑ってあげた。

ふっ、私、と言うか侯爵令嬢ヴィクトリアの容姿は、如何《いか》にも悪役って感じにデザインされているのだ。悪い笑顔をさせたら誰にも負けないわよ。

「『最初はぐー、じゃんけんぽん』」

「あいこ、ですね。この場合は確か……」

「『あいこでしょ』。あっははは！　はい私の勝ちぃ～！」

「えっ!?」

私はあいこになって動作を止めたライオネルに、すかさず次の勝負を仕掛ける。

盛大に高笑いすると、ライオネルは自分と私の手を交互に見比べて慌て出した。

「い、今のは不意打ちですよ！　なしですなし！」

「駄目ぇ～。勝負は勝負。そうねぇ、負けたライオネルは勝利者の私に何かしてくれるのかしら？」

「君も存外大人げないな」

「人聞きが悪いわねぇ。容赦《ようしゃ》がないって言ってもらえない？」

リチャード、勝利の余韻に浸《ひた》っているのに、冷や水を浴びせてこないでよね。彼の顔は確認できないものの、間違いなく呆《あき》れ顔になっているに違いない。

「この『じゃんけん』ですけど、勝敗は運任せなんですか？」

「普通はそうよ。ただ最初は必ず『ぐー』を出す人もいるし、完全に運頼りってわけでもなさそうなのよね。残念だけど私は専門書なんて読んでないし、豪語はできないわ」

「へぇ～、中々奥が深いんですね」

あいにくわたしにとっては身近な遊びだったため、そこまで深く考えたことがない。けれど確かに、私からしたら中々考察のしがいがあると思う。ある程度読み合いの余地は残しつつも、勝敗が個々の身分や能力に左右されないのが面白い。

「早速他の人達にも伝えてみます。コレ、流行《はや》るかもしれません」

「そうなったらいいわね」

玩具《おもちゃ》がなくても楽しめるし、ブームになったら楽しそうね。個人的には娯楽が乏《とぼ》しい一般市民に広がったら、と思う。

この世界の発案者として、私の名前が語り継がれるのかしら？　だとしたら実に痛快だ。

「……ありえないわね」

まあ、妄想にとどめておくことにした。どうせ物珍しさで一時的にはやるだけですぐに忘れられるでしょうから。

# □　処刑まであと20日

「——ヴィクトリアさん！　昨日教えていただいた『じゃんけん』ですけれど、同僚がみんな面白がっていましたよ」

「そう、それは良かったわね」

じゃんけんがプチブームになるなんて、このヴィクトリアの目をもってしても以下略——

まあ、一過性のものだろうし、大げさに騒ぐほどのものでもないわ。

私はベッドの上でごろごろしつつ、ライオネルの嬉しそうな報告を耳に入れる。

「家に帰った後に家族や近所の人達にも教えちゃいましたけれど、いいですよね？」

「何で私に許可を求めるのよ？　別に私が考案したわけじゃないし」

「そうは言いますが、誰も『じゃんけん』を知りませんでしたよ？」

「言ったでしょうよ、遠くの国の遊びだって」

嘘は言っていない。別世界だって遠くには違いないでしょう。

て言うか、一日で結構な範囲に広がったわね。遊びとして根付いたらそれはそれで面白いものの、影響力が怖い。

「でもこれ、ちょっとした物事を決めたい時とか、使い勝手がいいんです……ただ――」

「肝心の遊びとしてはすぐ終わっちゃうから物足りない？」

そりゃあそうでしょうよ。わたしだってじゃんけんを遊びとして楽しんだ覚えはない。だからじゃんけんそのもので遊びたいなら、もう一工夫必要になる。美味《おい》しいパンにもバターやジャムがあったほうがいいようにね。

「わたしが知っている限りだと『あっちむいてほい』とか『叩《たた》いて被って』があるけれど」

「……また聞いたことがないやつですね」

「『あっちむいてほい』は簡単よ。まずはじゃんけんで一旦勝ちと負けを決めるのよ」

「えっ？　あ、分かりました」

私が扉越しに手をライオネルに向けると、気付いた彼も慌てて手をこちらに向けてくる。

「最初はぐーじゃんけんぽん」

私が『ぐー』でライオネルが『ちょき』。これで私が攻め手になるわけだ。

私は人差し指だけを伸ばして他の指は握った。

「勝ったほうが攻め手、負けたほうが受け手ね。勝者が『あっちむいてほい』と言って『ほい』で指を上下左右どっちかに向ける。敗者は相手が『ほい』と言ったと同時に上下左右どっちかに顔を向けるのよ。互いの向きが一致したら攻め手の勝ち」

「四分の一の確率で相手の指と自分の顔の向きが一致しますね」

「そう、要するに受け手がどっちに向くかを攻め手が言い当てるゲームね。一致しなかったら、またじゃんけんからやり直しになるわ」

じゃんけんは三択だけれどあっちむいてほいは四択、さらに勝敗がつきにくくなる。

勿論《もちろん》、何も考えずに当てずっぽうでやってもいい。けれどじゃんけんと同じように相手がどう動くかを予測してこちらの手を繰り出すって思考の余地がある。

「はい、『あっちむいてほい』」

「えっ⁉　わわっ……‼」

「ライオネル、別に私の指につられて振り向かなくてもいいのよ」

「す、すみません……」

ライオネルは恥ずかしそうにやや顔を赤くさせ、軽く俯《うつむ》いた。

何よそのあどけない仕草は、破壊力が凄《すさ》まじいわね。わたしの友人と違って私に年下趣味はないのに、ショタだとか男の娘《こ》だとかに目覚めてしまいそうで困る。

「じゃあ何回かやって慣れてみる？　どうせ見張りばっかしてて暇《ひま》なんでしょう？」

「いやそれ、立派なお仕事なんですけれど……。でもまあ、そうですね」

じゃんけんぽん、あっちむいてほい。

こういうのは真面目にやるから面白いのよ。あと和気《わき》藹々《あいあい》としながらお互いに楽しむ、みたいな？

五回やったところで飽きてきたので終了。ちなみに教えた私が負け越しである。解《げ》せない。

「それで、『叩《たた》いて被って』のほうは？」

「道具がいるし相手と面と向かわないと駄目よ。さすがにライオネルを私の牢に招き入れるわけにはいかないでしょうよ」

「あ、そうなんですか……。でも折角なので遊び方だけでも教えてもらえませんか？」

「んー、それならいいかな。とりあえずお互いに少し距離をあけて座るの」

私は指で床方向を指し示した。ライオネルは素直に私の指示に従って椅子から立ち上がって床に座り込む。

こう簡単に囚人の言うことを聞いてしまう看守、どうよと思う……。とりあえず彼の上司にばれないよう祈るしかない。

「で、相手と自分との間に武器と兜《かぶと》を一つずつ置くのよ。武器って言っても、紙とか布を丸めた棒でいいんだけれどね」

「えっと……こんな感じですか？」

ライオネルは自分の前に兜《かぶと》と布を丸めた棒を置いた。棒は布がほどけないよう紐《ひも》で縛る念の入れようだ。

ちなみに看守は囚人が暴動を起こしたり脱走を試みたりする事態を考慮して、鎧《よろい》を着込んで剣を腰にぶら下げている。兜《かぶと》は被っていないものの首にぶら下げて、いつでも被れる状態だ。

「それから『叩《たた》いて被ってじゃんけんぽん』って言いながらじゃんけんをするの」

「じゃあ『あっちむいてほい』みたいに攻め手と守り手を決めるんですか？」

「察しがいいわね。で、じゃんけんの勝敗が決まったら攻め手が棒を取って相手の頭を攻撃、受け手が兜《かぶと》を被ってその攻撃を防ぐのよ。頭を叩《たた》かれたら負けね」

「ええっ？　今までのと違って結構直接的なんですね」

そうね、負けるとちょっと痛い。だから新聞紙ソードとかハリセンとか、無害な武器で攻撃するのよ。

ライオネルは床に置いた布の棒と兜《かぶと》を片付けて、僅《わず》かに顔を横に振った。

「ちょっと物騒ですからこれは広めるのやめておきます」

「そうね。多分そのほうがいいと思う」

確かにコレ、武器を剣にして兜《かぶと》を盾にしたら立派な決闘に変貌《へんぼう》してしまうわよね。防御に失敗した敗者は、頭をかち割られる悲劇になりかねない。遊びが真剣勝負に発展するのは如何《いかが》なものかと思うし、闇に葬《ほうむ》ったほうが良さそうだ。

「こう教わってみると、もしかしたら色々な遊び方があるんじゃないですか？」

「んー、私が知る限りでももっといっぱいあるけれど、ライオネルって今聞く暇《ひま》あるの？」

「大丈夫です。まだ交代には早いですから」

「ん、そう。なら遠慮なく」

私はその後も『足じゃんけん』などを教えた。とは言っても、完全にうろ覚えで説明に苦労する。だってわたしの記憶を掘り起こしても、子供時代しかやっていなかったし。

ついでに『野球拳』は脱衣式だけ教えておいた。無論、本物のやり方は知らない。

「凄《すご》いですよこれ！　画期的な遊びだと思います！」

「そうね。玩具《おもちゃ》は要らないし暗くなければ場所も選ばない。何だったら、新しい遊び方を自分達で好きに考えちゃってもいいんじゃない？」

結局、わたしの知っている限りを教えて聞かせると、ライオネルは目を輝かせた。それが尊敬の眼差《まなざ》しに見えてしまうのは、私の気のせいでしょう。

「ところでヴィクトリアさん。今教えてくださった遊びなんですけれど、貴族の間では知れ渡っているんですか？」

「いいえ、全然。私もちょっと見たぐらいで誰かと遊んだ覚えもなかった……かしら」

私はこれまでかなりの数の本を読んでいるが、じゃんけんについては知らなかった。異世界のみの遊びなのか、本当に私の知らない異国にもあるのか、見当もつかない。

もしこの世界ではまだ考案されていないとしても、単にわたしの知識を引き出しただけ。私個人の業績にはならないわ。

「どうせなら自分が考案しましたって広めちゃったらどう？　発案者として歴史に名を残すかもしれないわね」

「いいえ、その場合はちゃんとヴィクトリアさんが教えてくださったんですって断言しますから、大丈夫です」

「はあっ!?　普通そこは伏せておくもんでしょうよ！」

「えっ？　普通は嘘ついちゃダメなんじゃないです？」

それはそうなんだけれど、私が誰だか分かっているの？　私はヴィクトリア、王族を危険に曝《さら》した大罪人なのよ。私の名前を吹聴《ふいちょう》し回ってたらまずいでしょう。

「……まあ、いいわよ別に。勝手にすれば？」

でも、強く咎《とが》める気になれないほど、ライオネルが向けてきた笑顔は爽《さわ》やかなものだった。

## □　処刑まであと19日

「――そう言えば私は君の口からどんな罪で投獄されたのか聞いていなかったな」

「……確かに言ってなかったわね」

またしても雨でどんよりとした空気の中、いつものように私は壁に背を預けてリチャードと語り合っていた。

彼と知り合って、もうそろそろ二週間に差しかかる。お隣さんとは私生活についてもある程度踏み込んだ話を交わしていた。

それで分かったのはリチャードはやはりどこかの貴族、それもかなり高貴な家の者だってことだ。ただ彼は頑《かたく》なに家名を言おうとしない。おそらく罪を犯してここに収容されている自分が、家に迷惑をかけないためだろう。私も彼の意思を尊重して、深入りしないようにしている。

だから私は彼の問いかけを、お互いに一歩歩み寄れた証《あかし》だと受け取った。

「リチャードも私が何者かは知っているんでしょう？」

「ヴィクトリア・ランカスター。ランカスター侯爵家令嬢で、王太子ヘンリーの婚約者だったか」

「私の学生生活がどんなだったかはご存じ？」

「家柄を誇示して横暴を働き周囲に迷惑をかけた、だったかな？」

概《おおむ》ね正解。ただしそれはあくまで概要で、実態はもっと悪質で陰湿と言っていい。

悪役令嬢ヴィクトリア・ランカスターこと私は、公衆の面前でメアリーを嘲笑《あざわら》ったり罵《ののし》ったりした。取り巻きをそれとなく唆《そそのか》してメアリーの私物を隠させたり仲間外れにさせたりも。挙句、彼女に恐喝《きょうかつ》、脅迫、暴力が及ぶように仕組んだのだ。

王太子様に蠅《はえ》のごとくたかる忌々《いまいま》しいメアリーを潰《つぶ》すために、私はそれだけの罪を重ねた。それでも屈しなかった彼女に、最後は二度と王太子様の前に出られない傷を負わせようとしたのだ、心身共に。

私はそうした一連の事実を包み隠さず、特に罪の意識を滲《にじ》ませずに、かと言って誇らしげにもせず、淡々と説明する。リチャードに失望されるのは、覚悟の上だ。どのように取《と》り繕《つくろ》おうと真実は捻《ね》じ曲げられないし、覆《おお》い隠すつもりもない。

なぜなら、私はそれだけの決意を持って行動したんだもの。

「……成程、身分差があったとはいえ、君の所業は決して許されるべきではないな」

リチャードは特に私をなじろうとせずに、最後まで告白を聞いていた。

「誰も許してほしいなんて言ってないわよ」

「君と過ごして一週間以上になるが、君が評判とは全く違う人間なのは分かっている」

「いいえ、単にここに入れられて考えがらっと変わっただけ。私、ヴィクトリアって女の性根は変わりないわ」

リチャードもライオネルもわたしが交じった今の私しか知らないから、高評価する。わたしからしたら私なんて絶対に近寄りたくない悪女そのものだ。この末路も決して間違えではなく、私に相応《ふさわ》しい当然の結果だろう。

「ではヴィクトリア嬢が君の自己申告通りの令嬢だったとしよう。しかし君は未来の王太子妃の座に相応《ふさわ》しくあらんとしていたとも聞くが？」

「それだけは胸を張って断言できるわ」

「なら王太子と君の婚約はいわば国の威信、名誉もかかっている。君が粗相《そそう》をしでかしたならまだしも、先に男爵令嬢に現《うつつ》を抜かしたのは王太子だろう？」

「まあ、そうね。多分私に嫌気がさして普段取り巻いている貴族令嬢とは違う魅力を持つメアリーさんに惹《ひ》かれたんじゃあない?」

王太子様にとって私は、単に未来の王太子妃としての役割をこなしていただけ。女の子としての魅力が一切ない、つまらない奴としか思えなかったのでしょう。愛想が尽きてメアリーに浮気しても文句は言えない。

結局、王太子様の御心を掴んだのは礼儀作法でも教養でも美貌《びぼう》でもなかった。あの方の御心に触れて疲れや苦しみを癒《いや》す素朴な少女だったんだ。

「そのメアリー嬢だが、あいにく私は噂《うわさ》を聞いていないな。どんな女性だったのかな?」

「どうって、ただの無作法で目障《めざわ》りな田舎《いなか》娘……」

いや、違う。それはあくまで私が王太子の婚約者って立場から彼女を評価した場合ね。ここは今一度立ち返ってメアリーについて考える必要がありそうだ。

男爵令嬢メアリー・チューダーは確か庶子だったと記憶している。チューダー家の息女が流行《はや》り病《やまい》で相次いで亡くなったために、メアリーが正式に男爵家に引き取られた。田舎《いなか》臭いのは彼女が最近まで平民として過ごしていたせいなのが大きい。

だから貴族の常識はメアリーにとっては非常識な点が多いのだ。当然チューダー家で徹底的に再教育されているんでしょうけれど、ある程度成長している者を矯正《きょうせい》するのは至難の業《わざ》だと一定の理解はしておく。

一変した環境に慣れるのが精いっぱいな彼女は、私を筆頭にした貴族令嬢から馬鹿にされる毎日を送っていた。そんなメアリーが、彼女の魅力に惹《ひ》かれた王太子様の紳士的な態度に心動かされても仕方がないわ。

同情の余地はある。けれどそれは甘えだ。郷に入《い》っては郷に従え。そうわたしの世界で言われるように、いつまでも平民の感覚のまま貴族社会で過ごされてはたまらない。平民と貴族とではそれこそ生きる世界が違う。

そんな感情的な説明をするわけにもいかず、私は可能な限り私情を抑えてメアリーについて事務的に説明した。思った以上に重労働で、説明が終わった頃には精神的に疲れ果てる。

「成程、それで王太子は真実の愛に目覚め、婚約破棄を宣言したわけか」

「そうよ。本来踏まなきゃいけない諸々の手続きをすっ飛ばしてね」

あの場面は決して忘れやしない。攻略対象者――『白き島』にちなんで便宜上そう呼称する連中を引き連れた王太子様は、メアリーを庇《かば》いつつ私を断罪したんだ。周囲は王太子様や攻略対象者を慕《した》う人達ばかりで、私の味方は誰一人としていなかった。

……が、今思い返せば、それはあくまで同世代の話だけかもしれない。

国王陛下やお父様方が王太子様の突然の意思表示を受けて忙しく対応に追われたのは想像に難《かた》くない。どうも王太子様は大人達への根回しを怠《おこた》った状態であの騒動に踏み切ったようだもの。

「上手《うま》く君一人に責任をなすりつけて事《こと》を収められたから良かったものを……。王太子には、自分の発言一つで国が傾く危険性があるんだと自覚してもらいたいね」

「それは、あの方が一発痛い目見ないと望み薄だと思うわよ」

にしても、王太子様がそんな危険を冒してでも愛したメアリーは、王太子様以外の攻略対象者からの好感度も高い様子だったわね。

『白き島』では国の行く末を心配したくなる所謂《いわゆる》ハーレムエンドがあるが、実際のメアリーはそこまで踏み込んでいない。あくまで他の攻略対象者との付き合いは親しい友人に留《とど》まっていて、攻略したのは王太子様だけだ。

ただ、実を言うと私は彼女の個人情報は学園内の噂《うわさ》や調査、それに『白き島』の設定で知っているだけ。彼女個人の為人《ひととなり》をそれほど把握していない。

メアリーが見た目通りの無垢《むく》でドジな芋娘《いもむすめ》ならいい。けれど実は悪役令嬢ヴィクトリアも真っ青の打算にまみれた腹黒な本性を巧妙に隠している可能性だって捨てきれないのだ。そして私の破滅を心の底でほくそ笑んでいるかもしれない。

後の祭りとは言え、彼女を忌々《いまいま》しいと断じて接点を持とうとしなかったのはちょっと失敗だったわね。おかげでメアリーが王太子様を愛しているのか、それとも彼を尊敬しているだけなのか、はたまた利用しているのか、それが読みきれない。

「つまり、メアリー嬢は王太子に一度も『愛している』とか『恋心を抱《いだ》いている』とは言っていないのかね？」

「ええ、『お慕《した》いしている』とは何度も言っていたけれど、『愛』や『恋』を語った場面には出くわしていないわ」

「なら、メアリー嬢が王太子を手玉に取っているという可能性も捨てきれないわけだな」

「陰謀論は嫌いじゃないけれど、メアリーが私以上の悪女だなんて考えたくないわね」

「君が言うかね？」

「私だから言うのよ」

まあ王太子様がメアリーに搾取《さくしゅ》された挙句に捨てられようが、今の私には関係ない。愛情も義務もないし、貴族の身分も取られてしまっているもの。

もう運命の王子様なんて幻には囚《とら》われない。今の私個人が見渡せる世界さえ平穏ならそれで良かった。

# □　処刑まであと18日

「ヴィクトリア、今日は何も喋《しゃべ》らずにおとなしくしておけ」

その日、リチャードの声は、いつものようなイケボでちょっと皮肉を交えた優しいものとは、違った。

「どうしたのよ、リチャード？」

「それと部屋の隅のほうに身体を寄せて、廊下側から姿を確認されないようにな」

朝食を終えて配膳が片付けられた直後にリチャードが発した言葉は警戒心を伴っていて鋭く、私を叱《しか》るお父様を思い起こさせる。

「……分かったわ。リチャードがそう言うなら」

彼の言う通り私はベッドの足元に身体を寄せた。

いつもなら昼食までゆっくりとリチャードと語り合うのに、彼の雰囲気がそれを許してくれない。やることがないので身を丸くしてもう一眠りしてしまおうかしらね？

「……今日はライオネルも休みだったのよね」

彼と話すのも私の新たな日常の一幕と化している。私が教えた拳《こぶし》遊びは大好評のようで、ライオネルや彼の同僚が住む町に瞬《また》く間《たま》に広がったらしい。もしかしたら商人や旅人を通じてこの国全体に広がってしまうかもと聞いている。

にしてもどうしてリチャードは今日に限って私に忠告を？

その疑問が晴れたのは、目を再び閉じてからすぐだった。何やら上の階から騒々しい声が聞こえてきたのだ。

金属音と共に耳を劈《つんざ》いたのは……悲鳴!?

「……とうとう上の連中がやったようだな」

「ちょっと、話が全然見えてこないんだけれど説明してよ」

「我々が収容されている塔がどんな構造かは知っているな？」

「ええ、この間のベアトリスとの面会で確認したし、ライオネルからも聞いているわ」

この監獄の塔は男女問わず罪の重い者ほど上の階に収容されている。ちなみに私は王族への反逆の罪に問われていても最上階ではなく一つ下の階だ。処刑が決定しているので最上階行きではないんだとか。

つまり、最上階は一生出てこられない大罪を犯した輩《やから》がいる。

「待ちなさいよ。上の連中がやらかしたって、まさか脱走……？」

「だから連中を光の入らない地下牢行きにしておけと私は看守達に再三忠告していたのだがね」

やがて何か大きな物体が倒れ込む音が階下のここまで響き、しんと静まり返る。「ざまあみろ」とか「いい気味だ」とか下卑《げび》た声の会話も筒抜けだ。

まさか上の連中、看守を殺して……！

身体の震えが止まらない。

私は貧民達の死骸を何度も目にしてきた。けれどそれは、あくまで町を彩《いろど》るオブジェを見る感覚だ。平穏な国で生まれ育ったわたしはせいぜいペットの最後に立ち会った程度。凄惨《せいさん》な事件に遭遇したことはない。

今、すぐ上で行われているのは人の命を奪う所業。そんな非現実的な行為が怖くてたまらない。

「気をしっかり保つんだ。悲鳴を上げたら最後、奴らに目をつけられるぞ」

目をつけられるって何だ？　……長く閉じ込められ欲望を発散できずにいた罪人が、貴族の若い女を目の前にしたら？

待ち受ける未来は、欲望のはけ口となり穢《けが》された私。身体だけじゃない、私が私として過ごしてきた尊厳の全てを踏《ふ》み躙《にじ》られる。

いくらなんでもそんなのは嫌よ……！

「……っ」

開錠の音がする。連中は看守を騙《だま》したのか、扉を開けさせたようだ。そして、牢屋に足を踏み入れた複数人の看守を全員返り討ちにして鍵を強奪したのだろう。

解放された囚人達の歓喜に満ちた声が、上から聞こえてくる。どうやら連中は八つある上層階の牢獄を全て解き放つつもりらしい。

「囚人全部を逃がす気なのかしら？」

「まさか。単に騒ぎを大きくして自分達が脱走できる可能性を増やしているだけだ。他の連中は、壁や盾代わりに消費されて終わりだろう」

「何よそれ、血も涙もないわね……」

「やりたい放題、まさに賊《ぞく》だな。救いようがないとはこのこと……おっと、そろそろ静かにしたほうがいい」

話し声と階段をゆっくりと下りる足音が、大きくなってくる。逆に下方向からは複数人が階段を駆け上る音がした。

「止まれ！　お前達何をして――!?」

「ひゃっはぁー！　死ねぇっ！」

直後、咆哮《ほうこう》と共に金属同士がぶつかるけたたましい音が響く。何かが倒れる音、断末魔の悲鳴に、思わず私は手で耳を覆《おお》い隠した。

扉と格子柵を隔《へだ》てた向こう側では、以前の私とは無縁だった凄惨《せいさん》な光景が広がっている。そう思うと、気分が悪い。

やがて不気味なほどの静寂が戻る。それから間もなく「ふう、手こずらせやがって」と品性の欠片《かけら》もない声が聞こえた。

それだけで分かってしまう。鎮圧に向かった看守が悉《ことごと》く返り討ちにあったんだと。

悲鳴が口から漏れそうになるのを両手で押さえつけて必死に我慢する。この階に収容される囚人の何人かが凶行を果たした連中に「おい、俺も外に出してくれ！」と激しく呼びかけていた。上層階の囚人達は「いいぜ」と下劣に笑い、扉を開放していく。

「おい、この階の連中の扉も開けろ。人数は多ければ多いほどいいからな」

そんな宣言に私は身体をびくっとさせる。

中央部と内周廊下を隔《へだ》てる格子扉の鍵が開けられ、段々とこちらに近づく足音が聞こえた。

私は部屋の隅で縮こまり、がたがたと震えながら、早く行ってしまえと何度も心の中で叫ぶ。

　やがてすぐそこまで近づいてきた気配を感じる。横目で扉のほうを窺《うかが》っても、こちらを覗き見る姿は確認できない。つまり相手も私を確認できないんだと言い聞かせて何とか正気を保つ。

「……ここにはいねえな。次だ」

　しばらくして、幾人もの足音が遠くなっていく。心の底から安堵《あんど》したのもつかの間、今度はどうやらリチャードの牢屋の前に行ったらしい。彼らとリチャードの会話が聞こえてくる。

　リチャードはおそらく得物を手にしているだろう相手に対しても、毅然《きぜん》とした態度を崩していなかった。

「折角の厚意だが私は遠慮させてもらおう。代わりに君達の健闘を神に祈るさ」

　脱走者達はリチャードを引きずり出そうとはしなかったようだ。抵抗されるのが面倒だと考えたのか、それともリチャードを敵に回したら少なからず被害を受けると判断したのか。

　誰かが偉そうに「お前ら行くぞ」と声をかけ、複数の人間が螺旋《らせん》階段を下る足音が続く。この階に下りてきた時より人数が多い。下から、先程と似た戦闘の音が耳に入り始めた。彼らはそれを繰り返して階層を下るつもりみたいだ。

「……ヴィクトリア、大丈夫かね？」

「え、ええリチャード。何とか大丈夫よ……」

あまりに緊張しすぎたせいか身体中から力が抜けていくのを自覚する。ははっ、情けないけれどまだ手が震えちゃってるや。

「この階で私の呼びかけに応じて身を潜《ひそ》ませた受刑者は、半分にも満たないな」

「あー、やっぱリチャードって私以外の人とも連絡取り合ってたんだ」

「両隣以外は小窓からの身振り手振りだがね。無論、最初から期待できない連中には提案していない」

「折角の脱走の機会をふいにしたのは……やっぱ成功率が低いから？」

気持ちを紛《まぎ》らわそうと、私は率先してリチャードに話しかけていた。彼が傍《そば》にいると確認できるだけで、安心感が違う。

私の問いにリチャードは呆《あき》れが交じった言葉を口にした。

「この監獄の構造上、脱出は無理だ。牢屋の扉以外にも区画を隔《へだ》てる扉があるし、外からしか開けられない構造の扉もある。ここまで騒ぎが大きくなった以上、看守も総動員となるだろう。鎮圧されるのは時間の問題だ」

「じゃあこの騒ぎって完全に無駄ってこと？」

「少なくとも便乗は得策ではないな。初めに行動を起こした輩《やから》は何やら策があるようだが、囮《おとり》にされてはたまらない」

「……そうね」

嵐が通り抜けて、この階はいつも通りの静けさが戻っている。けれど監獄全体では、少なくとも一日中この騒ぎは収まりそうになかった。

## □　処刑まであと17日

結局、昨日の騒動では脱獄に成功した者は出なかった。

リチャードが語った通り区域ごとの扉を破れずに立ち往生している間に鎮圧されたんだとか。五体満足で牢屋に戻された受刑者は少なく、死傷者が多く出たと聞く。

元凶である上層階の罪人は、騒動のどさくさを利用して看守に扮《ふん》したり犠牲となった者達に紛《まぎ》れ込もうとしたりしたらしい。そんな小賢《こざか》しい手段に打って出た連中を炙《あぶ》り出すため、全員の安否を確認するまでこの監獄は封鎖されたままとなっていた。

「で、最後は主犯も見つかってその場で処断されたんですって」

「そう、だったんですか……」

偶然昨日が休日だったライオネルは、出勤して愕然《がくぜん》としていた。彼が担当していた区域が発端になったせいで同僚、仲間が少なからず犠牲になっている。天より垂れ下がった蜘蛛《くも》の糸に群がった馬鹿共につける薬はないが、事態の収拾に動いた人達の冥福は祈るほかない。

「――ってわけで後処理でごたごたしてるのよ」

「成程、そうだったのですね」

そんな中、私は一週間ぶりに妹のベアトリスと面会していた。

どうやら騒ぎで立て込んでいて、中々手続きが進まなかったらしい。侯爵令嬢って身分を武器に看守に迫ってようやく面会の席を設《もう》けてもらったんだとか。

「でも意外ですね。お姉様だったら下々の者を煽動《せんどう》して上手《うま》く逃げおおせたでしょうに」

「あのね、私を何だと思っているの？　誑《たぶら》かそうとして逆に飢えた男に汚《けが》されるなんて、まっぴらごめんよ」

「そのリチャードと仰《おっしゃ》るお方には感謝してもしきれませんね」

「……そう言えばお礼を言ってなかった。後でちゃんと伝えておくわ」

それにしても、まさかベアトリスが本当にまた私を訪ねてくれるなんてね。私がどんな様子かはすでにお父様とお母様に伝えているでしょうし、来る必要性はどこにもなかったはずだ。

ふと、彼女が最後に口にした言葉を思い出す。私を切り捨てた家族は、案外まだ私を家族だと思っているかも、って。

それが真実だとしたら、私を心配して足を運んでくれたってなる……。でも、信じていいのか、まだ判断がつかない。

「ところでお姉様。何やら大変なことをやってしまったとお聞きしましたが？」

「大変なこと？　牢屋に入れられた私に一体何ができるって言うのよ」

「教本の印刷は？」

「うっ」

「あと、じゃんけんってお遊びでしたっけ？」

「うぐっ。ちょっと待ちなさい」

木版印刷もじゃんけんもぽろっと口にしてからまだ一週間も経ってない。ライオネルが住む町もトーマス神父の教会も、ランカスター家の屋敷から遠く離れているはずだ。王都まで広まるにもまだ時間がかかるんじゃないの。

「……なんのことだか、さっぱり分からないわね」

「とぼけたって無駄です。教会の方々も平民の皆さんも、お姉様が発案者だと口を揃えて語ってくれましたよ」

「あの筋肉神父ったら私の名前を隠してないの⁉」

「別に悪名を広げているわけではありませんし、胸を張っては如何《いかが》ですか？」

私は手枷足枷《てかせあしかせ》を椅子に繋がれているのをすっかり忘れて立ち上がろうとし、そのまま鎖に引っ張られて体勢を崩す。その拍子に椅子に尻餅《しりもち》をついた。お尻が痛い。

ベアトリスが言うには、教本の木版製作に多くの聖職者が賛同したらしい。すでに各地の教会にやり方が広まって孤児が動員されているんだとか。

当然教本の複製は教会総本山の方針に逆らっている。けれどトーマス神父にとって、私の発想は天啓同然だったらしく、これで神の教えを正しく人々に広められると他の神父達と一緒に歓喜に打ち震えている、と囁《ささや》かれていた。

一方、各種拳《こぶし》遊びは娯楽に乏《とぼ》しい貧民層に瞬《また》く間《ま》に流布《るふ》された。それが一般市民、商人、そして貴族にと、段々と上流階級にも伝わっているんだとか。まあ、まだベアトリスは噂《うわさ》しか聞いていないそうだけれどね。

もっとも、知的な玩具《おもちゃ》であるボードゲームが普及している貴族社会で今さらじゃんけんが流行《はや》る理由はさっぱり分からない。

「王太子様の命を危険に曝《さら》して処刑が決まった悪女が今さら名声を得てどうするのよ……」

「そうでしょうか？　少なくとも多くの方々がお姉様がまだランカスター家の令嬢なんだと再認識するには充分だと思いますが」

「……それはそれで満更でもないけれどさ。決して意図的だったんじゃあないからね」

「でしょうね。打算で動くにはあまりに大きく動かしすぎています」

まあいいか。そもそも私の発想が広がったところで、存命に繋がるわけないでしょうし。メアリーに心が傾いた王太子様の命令が覆《くつがえ》らない限り恩赦《おんしゃ》は望めない。

「ところで今日は私の様子を確かめに来ただけ？」

「いえ、今日は私もお姉様の叡智《えいち》にあやかろうと思いまして」

「叡智《えいち》って何よ。言っておくけれど常識を変える発想はそう期待しないことね」

するとベアトリスは鈴を転がしたみたいに笑う。

「冗談ですよ」

彼女の真意は読めない。まだ幼さと可愛さが残る妹の言葉や仕草の一つ一つに注意を払わないといけない私は、疲れてしまう。とりあえず話半分に聞いておくことにする。

「それにしても、毎回こうして面会の度に馬車を走らせるのは面倒ですね。往復だけで休日一日が潰《つぶ》れてしまいます」

「へえ、ここってそんなに遠いんだ。互いに遠く離れていても会話できる技術があればいいんだけれどね」

「遠く離れていても、ですか。随分《ずいぶん》と具体的に手段を思い描いているように聞こえますが？」

「声がどう伝わるかの原理さえ分かったら、伝達手段なんて簡単に発明できると思うけれど？」

この世界ではまだ遠方との情報のやりとりの手段が確立されていない。と、言うより、どうして火が起こるのか、どうして雨が降るのか、など自然科学がそもそも発展してない。だから、魔王が存在する剣と魔法の世界なのに自然現象を魔法に応用できないのだ。魔法を使えばその現象が起こる、なんて具合に、原理を知らないままわたしが便利に家電製品を使うノリでしか、魔法は使われていないんだもの。

「声を出すと喉が震えるでしょう？　それが空気を震わせて相手の耳に伝わっていくの。室内だとその振動が壁で跳ね返るからよく聞こえるし、周りが騒がしいと空気の震えがごちゃまぜになって、聞き取りづらくなるのよ」

私は訝《いぶか》しげに眉をひそめるベアトリスに、自分の喉を触るよう促《うなが》す。意味不明なことを口走る奇人変人の類《たぐい》だと思われるのは癪《しゃく》だ。

「……成程、それで風属性魔法で声を伝えやすくなるのですか」

「例えばこう金属とかで筒を作って一方から喋《しゃべ》ればもう一方は結構聞き取りやすいのよ。震えが中で跳ね返っていくから。勿論《もちろん》筒が曲がっていても大丈夫」

「ではその筒を建物の壁に通せば階を隔《へだ》てていても話し合えるのですね」

確か伝声管って言うんだったっけ。わたしが幼い頃連れていってもらった科学館で習った。

手を丸くして管っぽい形を作りながら説明すると、ベアトリスは感心したように頷《うなず》く。思えば、ベアトリスに何かを教えるのって随分《ずいぶん》と久しぶりな気がする。

「他には紙で作ったカップ同士を絹糸で結べば声の震えが空気の代わりに糸で伝わって、面白いわね」

「紙でカップを？　糸が音を伝達？」

他にもお椀《わん》を使えば音がはっきり伝わるとか色々とうんちく――もとい、知識を披露したいんだけれど、言いたいのはそこじゃない。

「要するに音の情報を遠方まで伝えて同じように空気を震わせればいいんでしょう？　今の魔法でもちょっと応用したらいける気がするわね」

「成程、参考になりました。家の者に研究させましょう」

お抱えの使用人とか召使いを私の暇潰《ひまつぶ》しに付き合わせるんじゃない、と言いたくなったがやめておく。

こんな雑談をきっかけに通信手段が発展していったら面白そうだ。

でも、無駄にこの世界の技術をひっくり返す気はない。教本が人々に行き渡ろうがじゃんけんがメジャーになろうが、私は目撃する前に人生の幕を下ろすことが決定しているのだ。私にとって、わたしの知識を披露するのは監獄生活に潤《うるお》いを持たせる暇潰《ひまつぶ》しでしかない。

ただ、折角ベアトリスの言う叡智《えいち》の披露とやらに付き合ってあげたんだから、その分の時間的報酬はきちんと貰わないとね。

「ところでベアトリス」

「お姉様、淑女が足を組むのは如何《いかが》なものかと思いますが」

「どうせ社交界には出番がないんだからいいじゃないの。それよりそっちの話も聞かせてもらえないかしら？」

「こちらの話ですか？　私の答えられる範囲でよろしければ」

「そうね、だったらまず最初は――――」

私は上目遣いになりながら口角を吊り上げる。

これが自然に出た仕草なのか演技なのか、その境はもう今の私には分からなかった。

「……泥棒猫のメアリーが今何をしているか、教えてもらえない？」

## □　処刑まであと16日

「そもそもヴィクトリアはどうして王太子の婚約者になろうとしたんだ？」

今日もまた、私はリチャードと他愛ない会話を弾ませる。

今は体操や筋トレなど一通りの日課は済ませ、ベッドに寝転んでいる状態だ。怠惰《たいだ》を貪《むさぼ》るって最高と思う反面で勉強もダンスレッスンもしていないと不安になるのは、身体に染みついた習慣のせいか。

「ランカスター侯が君にそうしろと命じたのか？」

「いえ、私が王太子様のお嫁さんになりたいって言ったからよ。それがお父様方の思惑《おもわく》と合致しただけね」

「では国母になりたかった、辺りが理由か？　それともランカスター家の娘に生まれた自分こそが王妃に相応《ふさわ》しいとでも考えたのか？」

「そんなんじゃないわ。極端な話、王太子様が平民だったって、私の思いは変わらなかったもの」

「しかし君は王太子の婚約者だからと尊大で横暴だったと風の噂《うわさ》で聞いたが？」

「あのね、それは立場に相応《ふさわ》しく振る舞っただけの話。王太子様が一介の近衛兵《このえへい》だったら相応に慎《つつ》ましくするし、農民だったら一緒に畑を耕したわよ」

王太子様の婚約者なら何をしても許されるとは思っていない。けれど、いずれ国母となる女が他の貴族令嬢から侮《あなど》られるようでは立ち行かなくなる。多少威張って人を見下していたのは王太子様のお傍《そば》にいる婚約者として、だ。

つまり、私にとって尊大さはあくまで手段にすぎない。どうも、そこを王太子様を含めてみんなに勘違いされている気がする。

「なら君が王太子妃になりたいと言い出したきっかけは何かな？」

言うか言うまいか迷ったものの、私は心を整理する意味も込めて、リチャードに打ち明けることに決めた。

「きっかけは……そうね。私がまだ今の半分ぐらいしか背が大きくなかった頃かしら。お父様に連れられて王宮に行ったの。折角だから綺麗な庭園を見てきなさいって言われて、あそこって結構広いじゃない。すぐに侍女とはぐれて迷子になっちゃったのよ」

「ああ、確かに似たような景色ばかりで案内板もないから迷いやすいな。大人の背丈なら、王宮が見えるんだが」

「本当、どこに動いてもお花と植木ばかりだったし誰もいなかった。私ったら寂しくてとうとう泣いちゃったのよね」

そんな時だ。運命の王子様に出会ったのは。

「運命の王子様？」

「私が勝手にそう思っているだけ。身なりから、やんごとなき人だとは分かったものの、その場では結局誰かは知らなかったわ」

彼ははぐれてしまった私に優しく声をかけ、涙を拭《ぬぐ》ってくれた。そして、広大な庭を案内してくれた。微笑《ほほえ》んで元気づけてくれた。まるで絵本に出てくる王子様みたいに格好良くて立派で、素敵だったのに……

あの日のことは今も色褪《いろあ》せず、鮮明に思い出せる。

「……。それが王太子だったと？」

「それがね、今となっては分からなくなってきちゃった」

「ん？　君は運命の王子様とやらが王太子だったから、婚約を結んだのではないのかね？」

「お父様はそう仰《おつしや》っていたし現に少し前まではそう信じていたけれど……」

本当に運命の王子様は王太子様だったのだろうか？　それとも彼に捨てられて絶望した私が違うって信じたいだけなのか？

真実を確かめる術《すべ》は、もうない。

「では王太子のほうはそれを覚えていたのかね？」

「いいえ、さっぱり。王太子様とお会いしたのは私があの方の婚約者に決まった後で、その時、初めましてって言われたわ」

緊張で固まって声もろくに出なかった私に、王太子様は微笑《ほほえ》まれた。そして名乗ると丁寧にお辞儀をしてきたのだ。

迷子の女の子を気遣ってくれた王子様ではなく、いずれ伴侶になるお姫様へ慇懃《いんぎん》な挨《あい》拶《さつ》を送る王太子殿下が、そこにいた。

「王子様は王太子様なんだけれど、王太子様じゃなかった……って私ったら何を言っているのかしらね？」

「ヴィクトリアが顔を見間違えた可能性は？　王子様と出会ってから王太子の婚約者となるまでに月日を要しただろう」

「それはないわ。私が王子様を見間違えるなんて絶対にありえない」

だからこそほんの僅《わず》かな違和感を呑み込んで、彼を支える淑女になろうって頑張っていたんだ。その結果がこのザマとは、初恋破れたりってやつなんでしょう。あー、そう考えるととっても惨《みじ》めだわ。

「王太子のことは今でも愛しているのか？」

深入りしすぎだ、と返す気にはなれなかった。どういうわけかリチャードの言葉には、何かしら切迫した感情が込められている気がしたから。

「分からないわ。本当に分からないの」

だから私は正直に答える。

王子様のことは今でも好きだ。あの方とずっと一緒にいられたらと、思わない日はない。けれど、メアリーが現れて、王子様と王太子様が結びつかなくなってしまった。

勿論《もちろん》王太子様も婚約者である私に優しかったり贈り物を届けてくれたりしていたのだ。けれどあまりにもメアリーに現《うつつ》を抜かす情けない姿が印象深くて。もはや意地と矜持《きょうじ》でしか彼と添《そ》い遂《と》げようとしていなかった気がする。

「哀れだと思うなら正直に言っていいわよ。私はそれでも王子様をお慕《した》いしているの」

私は腰紐《こしひも》に挟んだ一枚のハンカチを掲げる。これは唯一ここに持ち込めた私物、私の

宝物。私の涙を拭《ぬぐ》ってくれた王子様のものだ。辛《つら》い時、悲しい時にこれを眺《なが》めたり胸に抱いたりすると彼が私を勇気づけてくれるような気がして頑張れたんだっけ。

「……。馬鹿だなヴィクトリアは。俺がそんなこと言うわけがないだろう」

「えっ？」

壁を隔《へだ》てて聞こえたリチャードの声は、今までに聞いたことがないくらい情熱がこもっていた。私は思わず戸惑《とまど》い、心を揺さぶられる。

「私は――」

「お離しなさいっ。わたくしを一体誰だと思っているのです!?」

「ここに入っちまえばどいつもこいつも罪人さ。おとなしくするんだな」

しかし、リチャードが続けた言葉は階下からの声に遮《さえぎ》られた。ちょっと甲高《かんだか》い若い女性の声と、野太い男のものだ。男のほうは確か初日に私を乱暴に押した看守か。そして女性のものにも聞き覚えがあるけれど、まさか――

「ごめんなさいリチャード、話はまた後で聞かせて」

私はベッドから身を起こし、扉に近寄る。

看守に連行されているのは、質素なドレスに身を包んで黄金よりやや赤みがかった髪を幾重《いくえ》にも巻いた容姿端麗《ようしたんれい》な貴族令嬢だ。ここまで連行される過程で色々とあったんだろう、彼女からは疲労感が漂《ただよ》っている。それでも高貴な雰囲気が損なわれていないのは素直に凄《すご》い。

彼女は前後を挟んだ看守達を罵倒《ばとう》し続けていた。けれど看守達も慣れたもので受け流している。

彼女を私の隣の独房に突き飛ばすと、手早く扉の鍵を締めて監禁したようだ。

「無礼者！　どうしてわたくしがこのような目に……！」

隣人になったご令嬢は看守に飛びかかろうとしたらしく、扉にぶつかる音が聞こえてきた。正直うるさい。

……あまり彼女とは関わりたくないものの、平穏な生活の維持には代えられないわね。

「うるさいですよ。ちょっと静かにできないのですか？」

「……っ!?」

私はその貴族令嬢を知っている。

「その声、もしかしてヴィクトリア様ですの？」

彼女は私と同年代の侯爵令嬢。ヴィクトリアの取り巻きでもなければ、メアリーに誘惑された俗物でもない。身分を越えた愛に溺《おぼ》れる王太子様や礼儀を知らないメアリーに苦言を呈《てい》している貴族令嬢の一人だ。ただ私と違っていじめてはいない。あくまで世間知らずなメアリーにきつく注意する程度に留《とど》まっていた。

「そうですよ。元ランカスター侯爵令嬢は現在ここで余生を過ごしております。ごきげんようソフィア様」

侯爵令嬢ソフィア・ステュアート。それが彼女だ。

「なんてことですの……。まさか貴女《あなた》と同じような罪人として扱われるとは」

「少し失礼な言葉を聞きましたが、気のせいですよね」

どうやら悪女ヴィクトリアと同じ境遇になったことが非常に衝撃的だったらしく、ソフィアの嘆《なげ》きが聞こえてくる。

監獄に収容されるより、そっちに反応するなんて、ちょっと酷《ひど》いんじゃないかしら？

「それで、どうしてソフィア様はここに投獄されたのですか？」

「……ヴィクトリア様には関係ありませんわ」

「言いたくないなら構いません。刑期がどれほどかは存じませんが、なんの娯楽もない監禁生活をぜひ満喫してください」

「お待ちになって！　言わないとは言っておりません！」

ここであえて突き放し、脅《おど》しの要素を含ませる。別に白状しろと命令しているわけじゃないのがミソね。

ソフィアは、恥も体裁《ていさい》もかなぐり捨てる勢いで必死になった。よほど裁判が終わるまでの拘留《こうりゅう》生活が苦痛だったのでしょう。今まで貴族令嬢として甘やかされていたのに一瞬で転げ落ちた、その落差は本当に耐え難いものね。

だって貧民や奴隷以下なんだもの、罪人って。

「隠さずに申し上げますが、ヴィクトリア様が断罪された直後は皆確かに胸がすく思いでした」

「でしょうね。それだけ私の悪意は皆に迷惑をかけていましたから」

「しかし、それとメアリー嬢が王太子殿下をはじめとする殿方と親密な関係を築く件とは、また別ですの」

「ああ、成程」

私は嫉妬《しっと》丸出しでメアリーを破滅させようと目論《もくろ》んだ挙句に破滅した。しかし、メアリー側の問題が解決したわけではない。大きな騒ぎがなくなれば、今まで目立たなかった一面が見えてくる。

何せメアリー当人は王太子様を選んだにせよ、各攻略対象者からの好感度は依然として高いままだ。将来有望な貴公子達からちやほやされる姿は半ばハーレムに近い。清く正しい友人関係と言い張るのは無理がある。

各攻略対象者にも婚約者がいた。本来の婚約相手を蔑《ないがし》ろにしてメアリーに優しくする男の姿は、怒りを通り越して情けなくも思えてくるでしょう。それは女性の嫉妬《しっと》ではなく、男性側の道徳の問題と断言できる。

「つまり何とか田舎娘《いなか》を再教育しようとしたら攻略対……もとい、メアリーに好意を持つ殿方が勝手に女性の妬《ねた》みだと解釈してしまった、と」

「まさかわたくしまで槍玉《やりだま》に挙げられるだなんて思ってもいませんでしたわ……」

多かれ少なかれ、貴族令嬢達はメアリーを注意する。ある者は攻略対象者の友人に相応《ふさわ》しい令嬢となるようにとの親切心から。またある者は攻略対象者に馴《な》れ馴《な》れしく近寄る下賤《げせん》な女に僻《ひが》み、悪意から。そしてある者は自分が恋《こ》い焦《こ》がれる殿方を虜《とりこ》にする魔女への敵意から。

「殿方がソフィア様方を非難したところで、指導は決して罪ではないでしょう。王太子様とて国が定めた法には従わなければなりませんし」

「……それが、わたくしはどうも無実の罪を着せられたようなのです」

「……は？」

いや、ちょっと待て。

『白き島』は正統派乙女ゲー。プレイヤーの鏡であるメインヒロインことメアリーは、よく言えば純真無垢《じゅんしんむく》、悪く言えば没個性キャラだ。決して悪役令嬢を罠にはめて没落させる腹黒ではない。

そもそも『白き島』にソフィアが投獄されるイベントやシナリオは存在しない。貴族令嬢の模範と讃《たた》えられている彼女が、王太子様方の反感を買う下手《へた》を打つとは考えられないのだが。それにステュアート家は代々王家に尽くした忠臣、彼女が見放されたとも思えなかった。

とりあえず詳しくは彼女が落ち着いた後で、ゆっくり聞いたほうがいいわね。今日のところは、一つだけ確認させてもらうとしよう。

「で、ここにはどれぐらい収容される予定ですか？　数日間頭を冷やしたら釈放とか」

「……王太子殿下とメアリー嬢が披露宴を行うまで、と言われました」

「はあっ⁉　何よソレ⁉」

『白き島』の王太子様ルートは、メアリーが卒業した後の披露宴をエンディングとして締め括《くく》られる。メアリーや王太子様は私達同様、今年卒業するので、あと数ヶ月は拘留《こうりゅう》される計算だ。社交界でのスタートダッシュに欠かせない貴重な時期に、ね。

そんな貴族令嬢が社交界でやっていけるわけないでしょうよ。体面なんて気にしない物好きな淑女はあまり多くない。一旦本人不在のまま悪評が広まれば最後、大抵は修道院送りや侍女勤めになる。

そんな道、少なくともソフィアが進んではいけない。

「私でいいならお話をお聞きしますよ。時間はたっぷりありますので」

「ヴィクトリア様……ありがとうございます。今はそのご厚意に縋《すが》らせていただきます」

今日は退屈せずに済みそうだ。そんな漠然とした思いを胸に、私はソフィアの話に聞き入った。

## □　処刑まであと15日

何だか変なことになってきている。

そう思うのは私がわたしの知識——つまり『白き島』の内容を知っているせいでしょうね、きっと。

メアリーはゲームプレイヤーに嫌われない主人公としてデザインされていた。メインヒロインとして無難なよう漂白されたキャラクター。悪役令嬢の悪意にも、自分さえ耐えればと受け身の姿勢で気丈に振る舞う。それがプレイヤーをやきもきさせる要素なのだけれど。

そんな悪意に負けないメアリーを攻略対象者が守り始め、事態は好転する。自分を庇《かば》って悪役令嬢やその取り巻き達に臆することなく立ち向かう彼らの姿に、メアリーも惹《ひ》かれていき、最後はメアリー自身が毅然《きぜん》とした態度で悪役令嬢を否定する。めでたしめでたし。

そこまでは『白き島』の話と私が送った現実とで合致している。エンディングまで同じだとしたらメアリーは断罪イベントで見せた強さはそのままで、素朴な令嬢であり続けるはずだ。

「いえ、メアリー様はこれまでと同じですね。遠慮がちに慎《つつし》み深く学生生活を送られています」

現実世界のメアリーがどんな感じなのか一昨日《おととい》、妹のベアトリスに尋ねているが、返事は普通。

なんのことはない、メアリーは順調にエンディングに向けて突っ走っている。

けれど私が忌々《いまいま》しいと顔をしかめたところ、ベアトリスの表情が曇った。

「メアリー様ご本人には問題ありません。ただ……懸念があるとすれば、メアリー様に好意を抱《いだ》いている方々でしょうか」

「え？　何でよ？　だってメアリーは王太子様の好意に応《こた》えたんでしょう？　相思相愛の仲に割り込む無粋な奴なんていたかしら？」

「お姉様を破滅させたあの日、王太子殿下と共にメアリー様のもとに集《つど》った方々ですよ」

「……嘘。アイツらまだメアリーに好意を抱《いだ》きっぱなしなの？」

ベアトリスの話によると、乙女ゲームヒロイン特有のたらしスキルを発動し続けているせいで各攻略対象者のメアリーへの好感度は高いまま。悪役令嬢から守る殿方が、メアリーの境遇を悪くしているらしい。

例えば、ベアトリスらメアリーを慕《した》う貴族令嬢が貴族社会に未だに馴染《なじ》めない彼女へアドバイスを送ったところ、「俺達が手取り足取り教えるから君達は黙っていてくれ」と退《しりぞ》けようとする。

例えば、ソフィアら厳格な教育を受けてきた生粋《きっすい》の貴族令嬢が依然として芋臭《いもくさ》さの取れないメアリーに厳しく指導したところ、これまた攻略対象者が「礼儀作法は俺達が教える。お前達もヴィクトリアと同じなのか」と悪者に仕立て上げようとする。

攻略対象者が王太子様をはじめとして軒並み将来国を担《にな》う重要な方々ばかりのせいで大人達もその権力を恐れて強く出られず、家柄で敵《かな》わない令嬢はメアリーに忖度《そんたく》するか遠巻きにするしかないんだとか。

「ベアトリス、あんた誇り高きランカスター侯爵家の娘でしょうよ。貴族を代表してびしっと言いなさいよ」

「そうは言いましても、王太子殿下や公爵をはじめとして私が下手《へた》に口出しできない方々ばかりでして」

「それならメアリー本人の口から言わせなさい。貴方達の行いは有難迷惑なんです、ってね」

「わたくしもそう進言しましたが、メアリー様が王太子殿下方に言えると思いますの？」

「……無理ね、どう考えても」

ベアトリスがメアリーが一人きりになった時を見計らって声をかけたらしいが、「でも、王太子様方はわたしを思ってそう仰《おっしゃ》るんだと思いますし……」と儚《はかな》い笑みを浮かべたんだとか。

あの泥棒猫、王太子様方の大きなお世話を拒絶できないのか。相変わらず受け身で、苛立《いらだ》ってしまった。

そんなベアトリスの話を思い出しながら、私はソフィアに話を切り出した。

「まさか王太子様方に罪をでっち上げられたのですか？」

「疑いたくはありませんでしたが、その可能性も否定しきれませんわ……」

まさか私の所業がソフィアの仕業《しわざ》だって勘違いされたのかもと、頭を過《よぎ》る。何せ先日エドワード達が私の罪状だと読み上げた事柄はめちゃくちゃだ。実際にやったことは、裁判の際も自白していないので、発覚していない。

ところがソフィアが被せられた無実の罪はそれらとは違った。かと言ってメアリーが受けた仕打ちが事実無根ってわけでもなさそうだ、とのこと。

だとしたら考えられるのはただ一つ。私にしたのと同じように、他の貴族令嬢の悪意をソフィアになすりつけたんだ。

「スケープゴート、ってわけですね」

「メアリー嬢を守りたいって思いは分かります。執拗《しつよう》にメアリー嬢を叱《しか》る私を鬱陶《うっとう》しく感じたのも理解できます。ですが、まさかやってもいない罪を被せるだなんて……」

許せるはずがない。だってソフィアの行いは善意からのものだ。嫉妬《しっと》を動機とした私の悪意とは根本的に違う。なのに攻略対象者連中は、彼女を表舞台から排除した。

一度広がった風評被害は生涯まとわりつく。汚名を背負ったソフィアは、もう二度と良縁に恵まれないかもしれない。そしてソフィアのみならず彼女の実家、ステュアート家の評判も落ちる。

「……いえ、むしろそっちが目的なのかしら？」

ランカスター家は私を勘当してお取り潰《つぶ》しを逃《のが》れた。それでもお父様方は地に落ちた名誉の回復に心血を注ぐ必要がある。

それは私のお父様と同じように国の要職に就くステュアート侯だって同じ。私の悪意を政治闘争に利用して味を占めた輩《やから》が、ソフィアまで利用しようとしていたら？

「……ソフィア様が失墜《しっつい》して一番得をするのはどなたでしょうか？」

「わたくしはヴィクトリア様と違って誰かに疎《うと》まれた覚えはありません」

しれっと毒を吐いてくれるな、この令嬢。

そう言えばソフィアは、悪意に染まった私を面と向かって批判してきたっけ。

「なら、ソフィア様が投獄されて一番損をするのはステュアート侯ですか？」

「……っ！　お父様を失脚させるために、わたくしが目をつけられたと⁉」

「攻略対……もとい、メアリー嬢に好意を抱《いだ》く方々にステュアート家を陥《おとしい》れる意図があったとは考えられません。皆様恋に溺《おぼ》れているだけで紳士的な方ばかりですから」

「では、真意を隠してあの方々を唆《そそのか》した者達がいる、と？」

あくまで私の勝手な想像なので そうだとは決めつけられない。とは言え、その線で探《さぐ》りを入れるのは決して無駄ではないでしょう。

でも、ソフィアの名誉を汚《けが》さないためには一刻を争う。味方になってくれそうなベアトリスが次に面会に訪ねてくるのは早くても数日後。だったら妹には頼らず、別の手を経由してソフィアが信頼する人を頼るべきでしょうね。

「ライオネル、悪いんだけれど手紙を一通書いてほしいの。いいかしら？」

「えっ？」

ライオネルに白羽《しらは》の矢を立てて、ちょっとお使いを頼むとしよう。

突然話を振られた彼は驚きを露《あら》わにした。

「そうは言いましても、収容者が勝手に外部と連絡を取るのは禁止されています」

「だから、私達の独り言をたまたまライオネルが耳にして、面白かったからそれを紙に記《しる》したら手違いで手紙として郵送されたって筋書きよ。分かったかしら？」

「無茶苦茶言いますわね……」

隣から呆《あき》れ果てた声が耳に入ってくるけれど、聞こえなかったことにしてあげるわ。

「うーん、でもまあ、ヴィクトリアさんの頼みですし、構いませんよ」

「さっすがライオネルは話が分かるぅ。お礼は何がいい？　キスでもしてあげようかしら？」

「はっはしたないですよっ！」

そんな気さくな会話をしていると、隣から驚きの声が上がった。

「ヴィクトリア様、しばらく会わないうちに随分《ずいぶん》と変わられたのですね……」

「……うたかたの夢から目が覚めただけですよ」

現実を認めなかった私が、前世に横っ面を引っぱたかれただけね。

何にせよ、私は私の所業を罰せられる。それが納得いくかは別として。

けれどソフィアは違う。無実の罪は晴らされるべきだ。

彼女を元の日の差す表舞台に帰す。そんな決意を私は抱《いだ》いていた。

## □　処刑まであと14日

私の処刑日まであと半月になった。

ひたひたと近寄ってくる死の気配に私は……正直未だに実感が湧かない。

だってまだ半分も日数が残っている。今から怯《おび》えていたって仕方がないもの。それに元々前世も今も、重圧とか緊張とかは前日まで迫ってようやく感じる質《たち》だ。

そんな囚人生活を送る私は、今日、トーマス神父より一冊の本を手渡された。

「ヴィクトリア嬢、こちらは支給品です」

「アッハイ。どうもありがとうございます」

本も玩具《おもちゃ》も何もない殺風景な牢屋の中でこの差し入れは非常に有難い。だってこの監獄って外部からの差し入れは原則禁止なんだもの。こうした例外でもない限りはね。

トーマス神父より頂《いただ》いたのは、光神を信仰する教会の教本だ。きちんと背表紙が糊付《のりづ》けされているし、表紙も厚手の紙で作られた高価な仕上がりになっている。目の肥えた貴族だって呻《うな》らせる逸品だと言っていい。

「一般市民に配布するんでしたら、もっと簡単な製本の仕方で良かったんじゃあ？」

「確かにその通りです。もっと人々に行き渡りやすいやり方は模索中ですよ」

「でしたら紙束の端に二つ穴を開けて紐《ひも》を通しては？」

「すみませんがその手法についてもう少し詳しく」

前のめりになって扉に詰め寄る神父に若干気圧《けお》されながらも、私はやり方を教えた。

大学時代もバインダーを使わず紐《ひも》で紙を括《くく》ってノートにしていたものだ。やり方次第で背表紙付きの冊子に勝るとも劣らないほど頑丈になる。

「成程、それなら製本の手間も少なくて済みますね」

「でしょう？」

「もっとも、どうやって紙束に穴を開けるのかって別の問題がありますけれど」

「あ」

穴あけパンチなんて発明されていなかったんだ。ドリル、いやキリでごりごり開けるしかないわね。一応工具のキリ自体はあるみたいなので、とりあえずはそれを使ってくれと説明しておく。

肝心の本の中身は……さすがに木版印刷だけあって文字は、わたし風に言えば、ブロック体が使われていた。筆記体だと人によって筆跡が違い、崩れたものだと読みにくくて仕方がない。これなら読者が大助かりね。

「木版作りを手伝った子供達にお疲れ様とお伝えください」

「ヴィクトリア嬢の心優しきお言葉を、子供達も喜ぶでしょう」

それにしても教本は専門書並みにページ数がある。私が思いつきで提案してからたった数日で全ての木版を作り終えたのかしら？　こき使われた子供達は過労死していないでしょうね？

さりげなく遠まわしに聞いてみると、トーマス神父は爽《さわ》やかな笑顔のままだった。まあ、それだけ多くの子供達が熱心に手伝ったんだと好意的に解釈しましょう。

「これはとても素晴らしい試みだと思っています。私の同胞もヴィクトリア嬢の発想を大変高く評価していました。多くの者達が賛同していましたよ」

「そうでしたか。ですが、無欲の奉仕は教会本部の反発を招いて大変でしょう」

「……そう言えばそんな可能性も考慮しなければならないのですね」

「えっ？」

そうか、トーマス神父はノリと勢いで教本を量産させたことを、まだ教会総本山には伝えていなかったのか。

どんな組織だろうと年月が経てば腐敗していくものだ。確か宗教改革の要因の一端を担《にな》ったのが教会が儲けようと発行した免罪符だったし、教本なんて権威の象徴を安価でばらまかれたら商売あがったりなのに。

「ヴィクトリア嬢の忠告、有難く頂戴いたします」

「が、頑張ってください……」

巨大な宗教団体を敵に回してでもトーマス神父は光神の教えを民に広めたいらしい。彼は目を爛々《らんらん》と輝かせて意気込みを新たにしている。

私はその熱意に顔を引きつらせつつ、応援するのが精いっぱいだ。

「ところで、ヴィクトリア嬢だったら子供達にどのように主の教えを伝えます？」

「へ？　そんなのただの貴族令嬢だった私なんかより神父様のほうがよく分かっているんじゃありませんか？」

「それが子供達には主の教えが難しすぎるようでして、教本を朗読してあげても子守唄代わりにしかならないみたいなんです」

「あー、興味ない説法とか授業とかって大体そんな感じですものね」

教本の一節を朗読しても面白くなければ子供の興味は引けない。中身が高尚であろうと教訓になろうと、理解できなければ退屈なだけ。だとしたら無駄な描写は全て省略、回りくどい表現を改める。かつ人の五感で最も多くの情報を扱える視覚に訴えるべきだろう。

「そうですね……。教本の内容をもっと簡素化して絵本にするとか、紙芝居にするとかして、読み聞かせるのはどうでしょうか？」

「エホン？　カミシバイ？　一体何ですそれは？」

「えっ？」

……しまった。この世界での本は未だ木版印刷止まり。絵本は一冊一冊手書きするしかなく、高級品。財力のある貴族の家はともかく、一介の聖職者や市民階級には出回っていなかった気がする。紙芝居も正直怪しい。

第一、表向きは偶像崇拝は禁じられていなかったっけ？　教本の一幕を絵画にしても駄目だった気もする。まあ、各地に点在する教会や町に光神、その使いとされる聖者や聖女の像が立てられている点から察するに、形骸化していると思われるけれどさ。

ええい、ぽろっと口に出しちゃったんだからしょうがない。どうせ私は死刑なんだからもうやりたい放題やってしまおう。

「絵がついている本、つまり絵本です。文章が難しくても絵を見れば物語の場面がどんな感じかがはっきりと分かりますよね」

「なんと……絵と本を融合させてしまうなんて。そんなのがあるのですか」

「紙芝居は絵だけを子供達に見せて、その裏に書かれた文章を読み手が語って聞かせるんです。紙に描かれた絵でされる芝居、つまり紙芝居です。一つ一つ手書きすると大変な労力を要するので、これもやはり木版を製作して刷《す》るのがいいでしょう」

「……よくそこまで我々が思いもよらぬ発想が頭に浮かぶものですね」

残念、柔軟な発想とやらは、あくまでこの世界よりずっと進んだ文明を持つ前世の知識と経験のおかげよ。決して私に天才的発想力があるわけじゃない。本来の私は、世の中の仕組みに疑問を抱かずにそれが当然だと決めつける頭の固い貴族令嬢だもの。

「それと子供達にも知ってもらいたい箇所に絞って簡潔にまとめたほうがいいかと」

「そうですね」

わたしも聖書くらいは読んだことがある。あれって、救世主の有難いお言葉より、その時代における聖者の足跡を重点的に記《しる》してある感じなのよね。教本も概《おおむ》ね似たような内容だから子供達は絶対につまらないと思ってしまうわ。

だから初めての教本、みたいな導入本はあって損はない。

まあ、さすがにこの世界で漫画を広めるには早すぎる。絵と文字が一緒に書かれるって概念をまず広めないと。それにお父様をはじめとする貴族の方々が漫画を読む姿はシュールすぎるし。

しばらくこの世界の皆様には絵本で我慢してもらいましょう。

「分かりました。貴重なご意見ありがとうございました」

「いえ、お役に立てたようで幸いです」

「ところでヴィクトリア嬢、一つお聞きしたかったのですがよろしいです？」

「構いません。どうぞ」

「貴女《あなた》は主を信じますか？」

「……は？」

何か、今日の献立は何だってくらい軽い感じに、とんでもないことを聞かれた。

「信じて当然だと思うんですが、違うんですか？」

この世界において光神の教えは絶対。信じないって口にしたら異端扱い、最悪魔女扱いされかねない。異端審問にかけられたら最後、今よりさらにどん底に叩《たた》き落とされる。

「別に信じないと答えたからって異端審問にかけたりはしません。返答は私の胸にしまいますので、正直に答えていただきたい」

答えをはぐらかしたら神父が真剣な眼差《まなざ》しを向けてきた。その瞳から真意は全く読み取れない。

私は光神が存在するとは思っている。ただし信仰はしていない。だって、主の奇蹟《きせき》とやらを見たこともないし、運命だってある程度自分で何とかするものって考えだから。それに神が人間を愛しているのなら、どうして私が嫉妬《しっと》に苦しまなければならなかった？　それも試練だと言うのかしら？

転生を自覚できている今だからこそ言える。死後の救済なんて都合の良い概念はまやかしだ。

でも、今を放棄して次の世に希望をかけるのは逃げでしょう。今生きている自分が精いっぱい頑張って自分自身を救わなきゃ。

「私が思うに、実在したとしても神は人を救わないと思いますよ」

神は創造した私達をただ見守るだけだ。スクリーンで上映されるこの世界の営《いとな》みを観客席からポップコーンとコーラを片手に観劇していたって不思議じゃないわ。

「少なくとも罪を犯したらしい私は見放されたみたいですし。それとも死して悔い改めるのが、主の仰《おっしゃ》る慈愛なんでしょうかね？」

神父の問いに、口角を吊り上げつつ皮肉を込めてそう答えてやった。

その顔つきはまさしく悪役令嬢だったでしょうね。

## □　処刑まであと13日

「う、ううっ」

「どうしたのよ。そんな幽霊みたいな声出しちゃってさ」

「どうしてわたくしがこんなひもじい思いをしないとっ」

「食事の度に嘆《なげ》くのやめてくれない？　ただでさえアレなのに余計不味《まず》くなるわ」

どうやらソフィアは、この監獄で支給される食事がお気に召さないらしい。食べる度に悲しむ声が隣から聞こえてくるので正直うんざりだ。

そりゃあ貴族、それも裕福な侯爵家の娘サマの生活基準と比較したらお粗末もいいところよね。多分ここに来る前の私だったら、トレイごと食事をひっくり返していたかもしれない。もっとも、結局飢えに負けて貪《むさぼ》って惨《みじ》めな結末になりそうだわ。

今私が不満を吐かずに黙々と食事をとれるのは、前世で慎《つつ》ましい生活を送った経験があるおかげだ。欲を言うと、もうちょっと美味《おい》しかったりレパートリーがあったりしたら嬉しいけどさ。

「私達は貴族階級だからこれでも豪華なのよ。一般市民の犯罪者に与える食事はもっと簡素らしいわ」

「嘘っ、これが貴族専用!?　ありえませんわ……」

「それだけ普段口にしてる食事が豪華だってことでしょうね」

ソフィアとの付き合いもこれで何日目かに突入している。いい加減堅苦しく丁寧に対応するのも疲れたので遠慮なく力を抜いて喋《しゃべ》らせてもらっていた。

きっかけは一昨日《おととい》の会話まで遡《さかのぼ》る。

「ソフィア様。折角こうして会話できる機会に恵まれましたし、お互いもう少し気さくに語り合いませんか？　堅苦しいと思うのですが」

「確かに……ここでは無礼を咎《とが》める方々もおりませんものね。わたくしは構いませんわ」

こんな感じのやりとりを経《へ》て言葉づかいを崩した。

ただし、ソフィアを敬称で呼ぶのだけは、やめていない。たとえ年下だろうと爵位が下の者だろうと貴族令嬢は尊《たっと》ぶべし。そうお母様より教わったのを忠実に守っている。もう誰も咎《とが》める人もいないんだから守らなくてもいいのに、身についた習慣は抜けないものだ。

「んじゃあ遠慮なく。あー疲れた。これでようやく羽を伸ばせるわね」

「……えっ？」

案の定ソフィアは私のざっくばらんな口調に軽く驚いていた。

そうね、よほど気心知れた屋敷の侍女達にしか、ここまで砕《くだ》けて喋《しゃべ》っていなかったもの。最近だと妹のベアトリスにもこんな感じだったかしら？

それはともかく、生粋《きっすい》の貴族令嬢であらせられるソフィアは、って私もそうなんだけれど、この監獄生活には不満だらけのようだ。

「ヴィクトリア様、あの、お風呂は……？」

「ここにはそんな贅沢品《ぜいたくひん》はないわよ。週二回風呂桶《おけ》一杯分のお湯とタオルを支給されるだけ。自分で身体を拭くしかないから」

「不潔！　ありえませんわ……」

「どうして罪人が風呂に入れるって思うのよ……」

お風呂については、真っ先に不満を露《あら》わにしてきた。どうやらソフィアは毎日、きちんと湯浴みをして身体を浄めているらしい。

　この世界の農村部では、川で水浴びしたり大釜でお湯を沸かして浸《つ》かったりする風習があるそうだ。それから都市部の一般市民には銭湯の文化があるらしい。貴族の屋敷にも浴場が設《もう》けられており、身体を洗える。大帝国時代以来のお風呂文化が今もなお維持されているのだ。

　ライオネル曰《いわ》く、貴族階級の私達はむしろ身体を拭けるだけ恵まれているとか。奴隷階級の囚人は、雨の中広場に放り出されて「ほら、思う存分水を浴びろ」なんて扱いらしいし。それを知ってしまうともう贅沢《ぜいたく》は言えなくなってしまう。

「では髪はどうなさっておいでですの？」

「根元を揉《も》むように洗えば臭さが少し和《やわ》らぐわ」

「で、では髪を梳《と》かす櫛《くし》は？　結うリボンやかんざしは？」

「ないわよそんなの。まとめ上げる紐《ひも》すら貰えないのに」

　ちなみに以前まで長時間かけて丁寧に洗い美容液を馴染《なじ》ませていた私の髪は、潤《うるお》いがなくなってぼさぼさになっている。乙女ゲームの美しきご令嬢としてスチル映え……もとい、絵になるぐらい麗《うるわ》しかったのにさ。毛虫みたいだし、ばっさり切っちゃおうかしらね？

「お洋服の着替えは？」

「それも週二回。下着は一日おき。支給される囚人服は二着、下着は三着だけね。破ったりしたって裁縫道具も貸してもらえないからそのままよ。当然使い捨てなんて無理ね」

「こんな、わたくしのお屋敷にいる使用人が着ていた服のほうがはるかにマシですわ……」

「貴族に仕える者の身だしなみは雇い主の評判に繋がる。使用人の仕事服は質素ではあるけれど機能美を備《そな》えてるし、ちょっと飾りをあしらっていたり、普通の人より贅沢《ぜいたく》でしょうよ。ほら、スリッパなんて農民は履かないし」

ここでは、男性の場合は上下セットで、女性の場合はワンピースドレスと腰帯だ。一応新しい囚人には新品が支給されるものの、出所した後に雑巾《ぞうきん》や布巾《ふきん》に再利用するのか地味な白地だった。当然長く着込んでいれば段々と色が濁っていく。

私はきつくて苦しいコルセットだの重いペチコートだのにうんざりしていたので、このラフな格好は大歓迎だった。開放感に浸《ひた》っているので、もうあんな豪奢《ごうしゃ》に着飾ったドレスなんて袖を通したいとも思わないわ。

「部屋のお掃除は？」

「週一回だけよ。その間、部屋の囚人は空き部屋に移されて鎖で繋がれるわ。その隙に脱走するなんて考えないほうがいいわよ」

　加えてソフィアは部屋が汚いと不満を漏らしていた。

　囚人が収容されている部屋は、不衛生による病気が蔓延《まんえん》しないように一応清潔に保たれるらしい。しかし、掃除が入るのはやっぱり貴族階級だったり大商人のような裕福な囚人ばかりで、一般市民の罪人は自分で何とかしろって扱いだと聞いている。

　リチャードの話では、週一回部屋を掃除するのは囚人が牢屋の中で不穏な動きをしていないか確認する意味もあるんだとか。なんと過去にはせっせと脱出経路を掘った猛者《もさ》もいて、その教訓からそうしていると聞いた。

「……もしかしたらなんですが、わたくし達はずっとこの牢屋の中なんですの？」

「私は掃除と面会の時以外牢屋から出た覚えはないわね」

　実はこれは私が早とちりしていたようで、この扱いはどうも貴族待遇らしい。市民階級の罪人は畑を耕したり開墾したり道路を舗装《ほそう》したりと奉仕を義務付けられているんだとか。肉体労働しなくてラッキーと思うか暇潰《ひまつぶ》しできないと不平を言うべきか、かなり複雑だ。

「殺風景ですわ……。寝具と用を足す壺《つぼ》しかないなんて……っ」

「理由は分からなくもないけれど、もうちょっと規制を緩めてもいいとは思うわね」

囚人への外部からの支給は禁止こそされていないものの、幾重《いくえ》もの厳しいチェックを受ける。手紙は全部検閲されるし、本も再犯に結びつかない無害なものだけ。凶器になるかもしれないのでペン一本も許されない。最終的に囚人の手元に届けられるのは針の穴を通るくらい僅《わず》かな物だけだ。

ちなみに私の場合、今手元にあるのは初めに持ち込んだ王子様のハンカチとトーマス神父から送られた木版印刷の教本のみ。私と縁を切った家族からの仕送りはあるはずもない。ベアトリスも頻繁に来てくれるならおみやげの一つでも寄こしなさいよね。

「……ヴィクトリア様、もしかしてここでの生活を楽しんでいらっしゃいますの？」

不意に、ソフィアに聞かれた。

楽しんでいる？

私が、獄中生活を？

「そうね。少なくとも学生生活よりは」

ここには侯爵令嬢に媚《こ》びへつらう者はいない。陰口を叩《たた》く娘もいない。家柄に群がろうとする殿方もいないし、嘲《あざけ》る聡明な人もいない。勝手に運命を押し付けてくる大人もいなければ忠誠を誓うべき君主もいない。さらに、信仰する神すら、もはや私の傍《そば》にはいない。

全てをかけて結ばれたいと願っていた王太子様も私の中から消えた。殿方の愛情をふんだんに受けるメインヒロインから遠ざけられた。攻略対象者だの『白き島』だの、死刑が求刑された私には過去でしかない。

死ぬ前の最後の贅沢《ぜいたく》だと言わんばかりに私は自由だった。

「王太子様にもここの素晴らしさを、ぜひ味わってもらいたいものね」

「皮肉……でもなさそうですわね。本気でそう思っているのです？」

「退屈って唯一の不満に目を瞑《つむ》ったら、三食昼寝付きで束縛から解放された環境は素晴らしいと思うけれど？」

「ヴィクトリア様……本当に変わられましたわね」

そうね。否定はしない。

礼儀作法とか各種教養とか身だしなみとかを磨くばかりの毎日だった。けれど結局家の権力を自分の力だと勘違いした心の卑《いや》しさ、醜《みにく》さを王太子様に看破《かんぱ》された。彼が純真《じゅんしん》無垢《むく》なヒロインに惹《ひ》かれたのは当然の結果だったのでしょう。

全てを失った私は、ただのヴィクトリア。侯爵令嬢でも王太子様の婚約者でもない娘には、それ相応の生き方があるってだけだ。

「例えばですが、この後、罪を許されたらランカスター家に戻りますの？」

「戻るわ。それが私に課せられた責務ならちゃんと果たすまでよ」

「またメアリー様を排除してでも？」

「ええ、そうね。だってそれがヴィクトリア・ランカスターだもの」

今さら自分は変えられない。いくら前世を思い出しても、だ。

すぐ捕らえられるような短絡的な真似はもうしないでしょうが、私の本質はそのままなのだった。

## ■ 処刑まであと12日　Side神父トーマス

私、トーマスの使命は主の教えを世界中の人々に広めることです。

主が創造されたこの広大な世界は私一人では何百年かかろうと回り切れません。ですので私と志《こころざし》を同じくする者達の集まり、つまり教会に属したのは当然の成り行きでした。これで苦しむ人達を救うことができる。教会に入りたてだった頃の私は、そのように思ったものです。

しかし……理想と現実はかけ離れていました。

例えば町にある教会と他の建造物を比べて御覧なさい。教会は主の威光を民に知らしめるために神秘的に演出されています。天井画から柱、ステンドグラスなど、あらゆるものが工夫され……農民では一生働いても稼げない金を費《つい》やす結果となったのです。

教会の資金源は主にその土地の権力者からの寄付となります。教会を保護する代わりに神の威光を賜《たまわ》ろうとの考えからなのでしょう。教会を新築するために税を増やす。主のためだとの大義名分があれば圧政を敷いても不満や文句は少ないですからね。

そうした金と権力の癒着《ゆちゃく》を長年に亘《わた》り続けていたせいで、いつしか教会は堕落《だらく》していったのです。

極端な例を挙げましょう。金を出さない貧民は救われない、多くの寄付金をもたらした貴族や大商人は死後も天に召されるだろう、などと説く者。主の慈悲を名目に集めた孤児に暴行を加える外道な輩《やから》の発生も絶えません。

主の教えは絶対。ですが、果たして神の代理人を名乗る教会は正義なのだろうか？　私にはそんな疑問が尽きませんでした。いつしか迷える子羊たる人々を導くはずの私が迷うようになってしまったのです。

そして、その迷いが危機感に変わる出来事がありました。

「免罪符……ですって？」

「は……はい。教会は罪をお金で帳消しにする札を売り始めるそうです」

人が現世で犯した罪は主が裁き、地獄で罰を受ける。教会はそんな主の教えすら忘れてしまうほど、腐敗していました。決して主より新たな啓示を賜《たまわ》ったわけではなく、単に大聖堂の修繕費を賄《まかな》う資金集めのために主の御名を騙《かた》ったのです。

このままではいけない。教会の方針に従っていては、真の救済が不可能なのは明白。

そう悟《さと》ったのは良かったものの、私にはどうすれば人々を救えるのかを思いつけませんでした。地道な奉仕に専念するか。救世主の弟子である使徒達のように諸国を回って教えを広めるか。活路を見いだせず、悩む日が続きました。

そんな私を……主は見捨てていなかったのです！

私は定期的に罪を犯した者達を訪れて教本を読み聞かせています。それで罪深き者達が少しでも己の所業を悔い改めるきっかけになればと思っての活動でした。全く耳を貸さない輩《やから》、信心深き者、多くの人々と出会い、彼らに課せられる罰を見届けたのです。

そうして私は神の遣わした使者と邂逅《かいこう》しました。

ヴィクトリア・ランカスターという少女です。

「教本を大量に印刷してみんなに配ったらどうですか？」

彼女の何気ない一言は、私にとっては天啓そのものでした。

一人一人に教本を行き渡らせる！　なんて素晴らしい考えでしょうか。

教会がここまで増長した背景の一つには、一般市民にとって神の教えが教会の神父または派遣される宣教師を介してしか触れる機会がないせい、ということがあります。本はとても貴重で、聖職者が読み上げるのが普通だったからです。

「ですがヴィクトリア嬢、農民や牧場主は字が読めない人も多くてですね」

「教えればいいじゃないですか。識字率は高いほうが何かと便利ですし」

ヴィクトリア嬢の口にした比喩《ひゆ》をお借りするなら、目から鱗《うろこ》でした。

一人一人が自分から率先して教本を読むようになれば主の教えへの理解を深めてくれるでしょう。教会を介する必要はありません。教会は、重大な儀礼を行う時や祈りを捧《ささ》げる時の拠《よ》り所《どころ》となれば充分です。

しかも親のいない孤児達に作業を手伝わせるアイディアも素晴らしい。単なる家事雑用だけではなく専門的な技能を身につければ、孤児院を離れた後も職に就けるでしょう。自分の手で一文を彫《ほ》ることで主の教えを心に刻みつける効果もあると見込めます。

すぐに仲間にこの発想を伝えると、誰もが賛同しました。やはり今の教会には皆、思うところがあったらしく、誰もが光明が見えたと喜びを露《あら》わにします。そして忘れかけていた使命感に再び燃え、早速とばかりに準備に取りかかりました。

「トーマス神父が思いついたんですか?」

「いえ。ヴィクトリア・ランカスターという少女の閃《ひらめ》きです」

勿論《もちろん》天啓を下さったヴィクトリア嬢についても皆に伝えました。感謝されるべきなのは私ではなくあのご令嬢なのですから。

ところが作業を進めていくうちに一つ難題に当たりました。

「神父様。これぜんぜん分からない。何て言ってるの?」

「ぼくもさっぱりなんだけど」

なんと、子供達には教本の内容が読み解けなかったのです。

私は自分なりの解釈で教本の内容を噛《か》み砕《くだ》いて子供達に教えました。幼い子は純粋なものでして、分からないことは素直に質問してきます。どうして救世主のお言葉で争いは収まったのか、主はどうして選ばれし民にのみ啓示を与えるのか、などですね。私は自分も子供も納得のいく答えを出すのに精いっぱいでしたよ。

同僚も概《おおむ》ね同じようで、いかに主の教えを理解していなかったのかと打ちのめされた者もいました。もしかして主の教えは大人がこの世界を生きていくための知恵、方便にすぎないのでは? そんな不安すら過《よぎ》りました。

「そりゃあ教本をそのまま読み聞かせたって分かりませんよ。文章も古臭いですし回りくどい表現ですし。簡潔にまとめた要約版を作るべきでは？」

「しかし、どうやって？」

「絵本とか紙芝居のような形にすればいいんじゃないかと」

そんな迷える私に、ヴィクトリア嬢はまたしても啓示を下さりました。

そう、主の教えを広められるなら何も本という形に囚《とら》われなくてもいいのです。使徒達の残した主の教えを絶対視するあまり固定概念となっていたそれを打ち壊す彼女の考えには、感激すらいたしました。

ヴィクトリア嬢は見本になればと数枚の紙に絵を描きました。丸と線だけで表された人や太陽、大地は決して世界を忠実に描いたものではありません。しかし、彼女が描いた棒だけで構成された人は写実画よりも生き生きとして見えました。

こんな表現もあったのかと驚かされた私でしたが、彼女は全く別のことを考えていたのです。

「これなら子供達も簡単に描けますよね」

この時私には別の使命が芽生えました。この方を失うのは人類にとって大きな損失だ、死なせるわけにはいかない、と。

これからも彼女の何気ない一言で多くの人々が救済されるのではないか？　そう思わ

ずにはいられなかったのです。

勿論《もちろん》、罪は罪であり罰せられなければいけません。しかしどうにか死刑を緩和して別の形で償《つぐな》う方法があるのではないでしょうか。そしてヴィクトリア嬢が示したように、悩むだけではなく行動を起こさねばきっと何も改善されないはずです。

「ええ、これらはヴィクトリア嬢の発案です」

私は地道にヴィクトリア嬢がいかに素晴らしいかを語りましょう。国王陛下に助命の嘆願をする際に多くの人達が賛同するように。教会という組織すら利用して王国に迫ったって構いません。

ヴィクトリア嬢よ、どうかこれからもこの私を導きたまえ。

## □　処刑まであと12日

「ライオネルー、おーきろー」

「Ｚｚｚ……」

今日は晴れていてぽかぽかと暖かい。小窓から差し込む日差しを浴びるだけでも癒《いや》される。草原で寝転がったらさぞ気持ちいいことでしょう。

そんな穏やかな天気なのもあって昼食後のお昼寝はとても熟睡できた。シエスタ万歳。

けれど、囚人達が何かしないように見張る看守のライオネルが寝てちゃ駄目でしょうよ。

彼は机に顔をうずめて安らかな寝息を立てている。思わずその餅《もち》のように柔らかそうな頬をつつきたくなるくらいに寝顔が可愛い。確か昼食を食べ終わってからすぐに頭を揺らし始めていたので、それから彼はずっと夢の世界を旅しているのでしょう。

そう言えば、ライオネルは今朝からどうも疲れ気味に見えた。確か病気療養中の親と、まだ婚約していない妹達を彼一人で養《やしな》っているんでしたっけ。

彼はきっとここで早朝から夕方までびっちり働いた後、家事一般をこなしているのでしょう。とうとう溜まった疲れがどっと溢れ出てきたのかしら？

「起きなさいよーライオネルー」

「……ん」

だからって放置はできない。このますやすやと眠ったままにさせていたら、いつ彼の同僚が見回りに来るか分かったものではない。見つかったら最後、職務怠慢《たいまん》で解雇一直線だ。職を失っては死活問題でしょうし、私も話し相手がいなくなるのでとても困る。

仕方がないのでこの私が一肌脱いでいる真っ最中だ。悪役令嬢なのに！にしても騒がずに起こすのって結構大変ね。直《じか》に触れられたら身体をゆすってあげたのに。

「ほら、早く早くー」

「ん……ぁ」

何だか妙に可愛らしい声を上げてライオネルは起き上がった。

さすがに涎《よだれ》を垂らす醜態《しゅうたい》は見せてくれなかったけれど、完全に微睡《まどろ》んだ顔は妙に私の心をくすぐる。ゲームの一場面だったらほぼ間違いなくスチルになっていたに違いない。

そんな感想を、私は全く違う意味で思い知らされた。

「ライオネル、それ……」

「えっ……?」

しまった、と思った時にはすでに私の口から声が零れている。

ライオネルは驚愕《きょうがく》する私に初めはきょとんとしていたものの、すぐに事《こと》の深刻さに気付いたようだ。

深紅《しんく》。彼の瞳は血のように真っ赤に染まっていた。

「あ……っ」

慌ててライオネルが目元を隠すけれどもう遅い。私はしっかりと目撃してしまった。

——深紅《しんく》の瞳に純白の髪と肌を持つ者、闇の神に選ばれし者なり。

——やがて闇に魅入《みい》られしその者は、全ての光を遮《さえぎ》りこの世を永遠の闇で閉ざすだろう。

幼い頃に読んだ本に書かれていた闇の伝承を思い出す。

この世界の人類史上、魔王と呼ばれる存在が度々現れている。魔王は闇の眷属《けんぞく》達を率《ひき》いて人々を恐怖と絶望で染め上げ、世界を闇で覆《おお》い尽くすのだ。しかしいつも勇者や聖女、つまり光の神に選ばれた者が現れ、撃ち滅ぼされる。そして世界に平和が戻るのだった。

幾度となく現れる魔王は時代によって姿が異なる。性別も違うし人ではない知性を持った動物の時もあった。

ただし例外なく共通点がある。それが深紅《しんく》の瞳と純白の身体。

歴史書にも具体的に記載されているし、絵画にもそう描かれている。

「うちの物置にあった絵画の構図も闇の中にいる純白な魔王だったわね……」

そんな歴史があるせいで、深紅《しんく》の瞳と純白の身体で生を受けた赤子は例外なく処理されていた。平穏を脅《おびや》かす魔王を出現させないために。場合によっては赤子ばかりでなく産んだ母親まで異端審問にかけられて魔女と認定される場合もある。

けれど、どんな姿で生まれてもやっぱり子供は可愛い。そんな赤子を教会から隠し、肌や髪を染め瞳の色をごまかす母親もいるそうだ。そうして魔王の生まれ変わりだと伝えられる純白の子は普通に育っていく。

そう、目の前のライオネルのように。

「ぁ……あ、の……その……」

ライオネルは顔を青ざめ震え出した。救いを求めるように向けてきた視線は、すでに普段の色になっている。

どんな仕組みかは知らないが、彼は普段そうして肌や髪の色を染めて生活してきたのでしょう。

閉じ込められた私に逃げ場はない。普通の人間を装《よそお》っていた彼が、いつ魔王として覚醒《かくせい》するか分からないのに、私と同じ環境にいるリチャードやソフィアの助けは望めなかった。

ここはじっと息を潜《ひそ》めて他の看守に密告し、退治してもらうほかはない……

「……って、昔の私だったら深刻に考えたんでしょうね」

深紅《しんく》の瞳に純白の髪と肌を持って生まれた子供が魔法に長《た》けているのは事実。それから魔王が残らずそんな特徴を持つ奴だったのも。

でもね、そんな特徴を持った子供が残らず魔王になるかというと、違うでしょう。

そもそも、どうやって魔王は誕生するの？　光の神の世界を闇で覆《おお》えと闇の神から啓示があるのかしら？　それとも迫害を受けた怨みがきっかけに？

卵が先か鶏《にわとり》が先か、のたとえは少し違うかもしれないけれど、後者の場合だと魔王を覚醒《かくせい》させるのは人間だ。

私は改めてライオネルを見つめてみる。彼は身体を震わせて縋《すが》りつくような視線を私に送っていた。彼の行く末は私の手に委《ゆだ》ねられてしまっているのだから当然か。

彼から感じられるのは絶望、諦《あきら》め、そして後悔。これで今までの日常とはさよならか、って感じ。

そんな彼を目《ま》の当《あ》たりにして浮かんだ感情は、憤《いきどお》りだった。

「折角ルビーよりも深い紅《あか》に輝いてて綺麗だったのに。隠すなんて勿体《もったい》ないわね」

「……えっ？」

私の前にいるのはライオネル。悪役令嬢な私と気さくに話してくれる友人でしょうよ。

闇の神の申し子？　そんなの知ったこっちゃないわね。

「あの、ヴィクトリアさん……僕は、その……」

私の正直な感想が意外だったのか、ライオネルは呆《ほう》けた顔になった。

「アルビノなのね。日光とか大変なんじゃない?」

「アルビノ……? えっと、それって何なんですか?」

「先天的な身体の特徴よ。医者じゃないから詳しくは知らないけれど」

もっともらしい理論を構築するために、私は前世の知識を総動員させる。この場合、相手が理解するかは関係ない。説得力が伴《ともな》った主張をごり押しすればいい。

まさかわたしの悪友が別の乙女ゲーでアルビノキャラを一押ししてきた時に軽く調べた情報が役立つ日が来るなんてね。ちなみに、本当にライオネルがアルビノなのかは分かりません。似て非なる現象かもしれない。

「ほら、私達の肌とかって軽く色がついてるでしょう? 色素って言うんだけれど、生まれつきソレが欠乏する場合があるらしいの。体毛はプラチナブロンド、皮膚は乳白色、瞳は紅色《べにいろ》になるんですって。ライオネルみたいじゃない?」

私は彼に向かって軽く微笑《ほほえ》む。ライオネルは目を丸くしてくる。

「病気、なんですか?」

「遺伝子疾患《しっかん》って分類みたいね? アルビオン王国だとアルビノは闇の神の使いっていわれるけれど、極東の国だと白蛇とか白兎とか崇《あが》められているらしいわ。神の使いだってね」

「……っ。そうなんですか？」

「アルビオン王国で暮らす以上は怯《おび》えちゃってもしょうがないわね。もっと医学が発達しないとアルビノ自体は単なる病気だって解明されないでしょうし」

だから、と私は語尾を強めつつ小窓越しにライオネルを力強く指差した。さらにこれでもかってぐらい不敵な笑みを浮かべてやる。

「ライオネル、まさか自分が魔王の生まれ変わりだとか勘違いしてるんじゃないかしら？」

「……ッ⁉」

図星みたいで、ライオネルはかなり衝撃を受けていた。

「確かに闇の神に選ばれる条件はアルビノかもしれない。けれどアルビノが残らず魔王に覚醒《かくせい》するとは限らないわ。ライオネルはライオネルなんだし、運命なんかに怯《おび》えてないで、堂々としていなさいよ」

かなり無責任なことを言っている自覚はある。だってライオネルはこれから一生深紅《しんく》の瞳、純白の身体と向き合っていかなければいけないんだもの。

好き放題言う私は、近いうちに彼を残して処刑されてしまう。

「私が言いたいのは、適当な理由で軽くごまかせるぐらいに神経図太くなりなさいってことよ。今みたいに深紅《しんく》の瞳を見られた程度で怯《おび》えていたんじゃ誰だって疑うでしょうよ」

それでもね、ライオネルには自分が人に疎《うと》まれる忌み子《いご》なんて思ってほしくないのよ。

その気持ちは本物だ。

「ヴィクトリアさん……」

「はい、じゃあ誰かに疑われた時のために練習しましょう。ねえライオネル、どうして瞳が紅《あか》いの？　三、二、一、どうぞ」

「え、ええっ⁉」

感動する暇《ひま》も与えずにカウントダウンして、私はライオネルに答えを促《うなが》す。

彼は視線を彷徨《さまよ》わせて、あーとかうーとか言うばかり。駄目だこりゃ。

「生まれた時からの病気でこうなりました。神父様からの助言で誤解を招かないよう普段は染めています。ぱっと思いつく理由はこんなものかしら？」

「よく簡単に思いつきますね……」

「聞かれても動揺しない。むしろいつも疑われちゃうんですって笑えるぐらい落ち着いて回答するのよ。はい、深呼吸して今の私が喋《しゃべ》った理由を繰り返してみて」

戸惑《とまど》いを見せた彼は軽く深呼吸をすると、ほのかな笑顔を見せた。

「実は生まれつき病気でこんな感じでして。誤解されるのが嫌なので普段は染めてます」

「いい感じよ。じゃあ次はそれでも疑われた場合なんだけれど……」

思わぬ真実を知ってしまったものの、どうにかいつもの日常会話に回帰した。

やっぱ日常で織り成す会話は重くては駄目ね。こんな感じに弾まないと。

## □　処刑まであと11日

「ねえリチャード。どうして獄中生活を送っているのかそろそろ聞いていいかしら？」

「ほう、大きく踏み込んできたな」

その日、私はずっと抱《いだ》いていた疑問をとうとうリチャードにぶつけてみた。

だってリチャードは自分のことをあまり話してくれていない。話題を切り替えるのが上手《うま》くて毎回はぐらかされてしまっていたのもある。

私は自分を全て曝《さら》け出《だ》していたのに。どう育てられたか、何をしでかしたのか、どんな思いを抱《いだ》いていたのか。

彼の内情に深く踏み込みすぎて嫌われないかしら？　そうしたら数少ない話し相手が

いなくなっちゃう。今のままでも心地いいから現状維持だっていい。そんなふうに考えていたけれど、ここまで打ち解けたなら、仲を進展させたいって思うのは贅沢《ぜいたく》かしら？

「そうだな……。有り体に言えば権力争いに敗れたってところか」

そんな私のはらはらどきどきに構わず、リチャードはあっさりと答えてくれた。

いいえ、多分このあっさりには段階があったんだって信じたい。毎日こうして語り合って積み上げた信頼関係の賜物《たまもの》だったら素敵だなって思う。

「君は貴族の後継者はどう選ばれるか知っているかね？」

「どうって、家によってばらばらじゃない？」

かつて武勲を立てて貴族になった家系なら最も強い子や、軍や隊で高い地位になった子を選ぶ。例えば、商才で貴族の地位を買った家なら最も成功した子を後継ぎにする。初めから長男にって決めておくのが一番争いがないのかしら。

「私の家も男の長子が選ばれる。身体が弱かったり家の恥になるほどの無能でもない限りはな」

「まあ、それが普通よね」

跡目争いの原因となる危険性があるとしたら、兄より優れた弟がいた場合でしょう。秀《ひい》でた自分が家を継ぐのが相応《ふさわ》しい、と弟が野心を抱《いだ》くかもしれない。家臣が弟を担《かつ》ぎ上げるかもしれない。それとも、当主が弟を贔屓《ひいき》したら？

だから、そうした後継者問題で家が真っ二つにならないよう、事前に策を取っているのが普通だ。優れた弟を他家へ婿《むこ》養子に出してしまうとか、親戚に預けてしまうとか。場合によっては不運な事故で命を落とした……って建前で暗殺を謀《はか》ったり。

リチャードの場合も、お兄さんに疎《うと》まれて罪を着せられたのかしら？

「私には便宜上の兄がいてね。彼が跡継ぎになると決まっていたし、私も文句はなかった。私達にそう能力に差はなかったし、彼は人格者だったからね。順当にいけば何も問題なく――」

「ん？　何よその便宜上のって」

「ああ、どちらが先に生まれたのか分からないのでね」

「……嘘」

私はやっとリチャードが抱えた問題の根源を垣間《かいま》見た気がした。

成程、後継者争いが勃発《ぼっぱつ》しても仕方がない状況だったのか。いくら現当主が一方を定めて当事者二名が納得しても、領民や臣下がその意に沿うとは限らない。

「リチャードって双子なの……!?」

血と魂《たましい》を分かち合った双生児なら、どちらが先に生まれたかなんて些細《ささい》な問題だもの。

「御明察だ」

全く同じ時にお腹《なか》の中で生命が育《はぐく》まれたのに、生まれた順番でそれぞれの運命は決まった。二人を全く平等に育てるのは家系争いの火種になるからもっての外《ほか》。

兄と弟、この差は後に争いを生じさせないためにも埋めてはならない。

「後は君の想像通りだ。私を当主にして甘い蜜《みつ》を吸おうとする輩《やから》が現れて、それを危惧した父上の忠臣達が不穏分子の排除を進言する。ほら、浅ましい権力争いの勃発《ぼっぱつ》だ」

「リチャード達の気持ちを蔑《ないがし》ろって酷《ひど》いわね……。うちは、ランカスター家はそんなんじゃなかったわ」

「私はいつも笑い飛ばしていたよ。何を馬鹿な、私がもう一人の自分である兄を出し抜くものか、と。しかし兄のほうは、どうも野心を抱《いだ》く者達に囁《ささや》かれるうちに段々、疑心暗鬼になったようだ。私がいつか彼を退《しりぞ》けて跡継ぎになる、とな」

彼の兄が怯《おび》える気持ちは分かる。分かるけれど納得はできない。

だって、これまでずっと語り合ってきたから確信をもって言えるもの。リチャードはそんな汚い真似は絶対にしないって。彼は自分に課せられた宿命、義務に文句なく頷《うなず》くはずよ。

なのに、唆《そそのか》されたリチャードのお兄さんが半身であるはずのリチャードを信じられなかった。悲しいけれど、そういうことか。

「で、私を当主にしようと画策した者共の尻尾《しっぽ》を掴んだ兄は、ここぞとばかりに私にも責任があると主張した。結果、私は反逆の首謀者とみなされて投獄され、今に至るわけだ」

「無実の罪で牢屋に入れられたの……!?」

「いつかこうなると確信していたので、散々父上に言ったのだがね。私をどこか養子縁組でも婿《むこ》養子にでも出してほしい、と」

　由緒正しい血筋の男子を迎えたいって良家は少なくない。例えば子供が女の子しかいなかったら婿《むこ》養子に、子宝に恵まれなかった家なら養子として。リチャードほど紳士的で教養のある男性なら侯爵家や公爵家からお呼びがかかってもおかしくない、と思う。

「残念ながら毎度父上からは兄が学園を卒業する時期まで待てと言われてしまってね。おそらくは危惧していたのだろう、不慮の事故で兄が命を落とした場合どうするのか、と」

「学園を卒業、ね。つまり成人するまでは保険を残しておきたかったのね」

「それでは遅いと思っていたら、案の定だ。やられたよ」

「それはご愁傷様《しゅうしょうさま》。じゃあリチャードはお兄さんが跡を継ぐまでずっとここに閉じ込められっぱなしなわけ?」

「おそらくそうだろうな。その後は適当な家に追放されて余生を過ごすか、兄に小間使い同然にこき使われる未来が待ち受けていると予想している」

「もうちょっとリチャードのお父さんが融通を利かせていたら、こんなところにいなかったのにね」

……ん？　ちょっと待って。

学園を卒業？　双子のお兄さんが？

私は卒業まであとほんの少しなのに？

「……リチャードって何歳なの？」

「ん？　言っていなかったかな？　君と同い年だな」

「嘘ぉっ!?」

今明かされる衝撃の真実ぅ！　結構わたし好みなイケボだったものだから全然気が付かなかったわ……。二十代前半かと思っていたのに、まさか私とタメだったなんて。

しかし私はリチャードの声には聞き覚えがない。一卵性双生児だったら顔立ちは元より声も瓜二つ《うりふた》つになることが多いのに。二卵性なのかしら？　それとも二次元の作品でたまにある双子でも中の人が違うってパターンなのかな？

「ねえ。まさかと思うんだけれど、リチャードのお兄さんって私も知ってる人？」

どの道、双子だなんて美味《おい》しい設定を持つキャラをネームドモブで終わらせるわけがない。おそらく彼の兄は学園を舞台にした『白き島』に登場する、しかも立ち絵や台詞《せりふ》のある重要な登場人物のはずだ。

それこそ、攻略対象者に抜擢《ばってき》されていても不思議ではない。

「何を今さら。兄の近況は君が一番私に語って聞かせてくれていたぞ」

「……そう、なのね」

多分リチャードは例の企画進行中だった『白き島』アペンド版の追加キャラ、通称『罪人』なんだと思う。そして十中八九、私を断罪した連中、つまり『白き島』の攻略対象者の弟なんでしょう。

だって人気キャラと瓜二《うりふた》つの新キャラとか、話題にならないわけがないもの。さらには、この脳髄《のうずい》がとろけて胸が太鼓並みに高鳴る甘く痺《しび》れて格好いい声は、よほど実力のある大人気声優を起用したに違いない。わたしは声優に詳しくないからピンとこないけれど。

……誰の弟なのかしらね？

攻略対象者で一番人気があったのは正統派イケメンの王太子様だったわね。『白き島』には宰相子息とか将軍嫡男とか、様々な攻略対象者がいたけれど、どいつもこいつも双子の弟がいるなんて口にしていたとは記憶していない。

第一、私はその憶測は外れていてほしかった。

だって攻略対象者って全員メインヒロインに魅了されていたじゃないの。断罪イベントでここぞとばかりに散々に私をこき下ろし、証拠を捏造《ねつぞう》して謂《いわ》れのない罪まで被せてきた。

学園では結構な人数の令嬢が黄色い声を上げていたけれど、さすがにあんな真似をされて好印象を抱《いだ》き続けられるわけがない。

とどのつまり、あんな連中とリチャードを結びつけたくなんてなかった。

「リチャードは元の生活に戻りたいと思う？」

だからこんな複雑な心境になる、くだらない考察は早くも終了よ。

「少なくとも兄のいる実家には愛想が尽きている。出られたらすぐにでも婚姻を結んで別の家に移るつもりだ」

「ここに入れられた復讐とかで、そのお兄さんを追い落としたりはしないの？」

「君は私を何だと思っているんだ。するほどの動機も大義もないね。そんな危ない橋を渡るつもりは毛頭――」

リチャードの言葉が止まった。なぜか軽く低い呻《うな》り声を上げて考え込む。私がどうしたと呼びかけても上の空。

今のやりとりの何が思考を巡らすきっかけになったのかしら？

「そういう君は戻りたいと思うのかね？」

「へ？　私？」

急に話を振られたので、少し声が裏返ってしまった。

「別に。戻れたら与えられた役目はきちっと果たすつもりだけれど、自分から戻りたいって願うほどでもないわ」

これは紛《まぎ》れもない本音だ。

前のわたしに影響されただけではなく、私個人がそう思っていた。

もうこりごりだし、疲れた。それが正直に抱《いだ》いている思いだ。

「む、じゃあ君に自分自身の意思はないと？」

「侯爵令嬢とか王太子妃候補なんて立場に未練は皆無《かいむ》よ。もう教養も品性もどうでもいいわ。どうせならここから出ても今みたいな感じでありのままに他愛ない会話ができる環境であってほしいわね」

そしてこれが今の私の我儘《わがまま》だ。

どうやら私は立場や家名を捨て、ただのヴィクトリアになって初めて、人としての喜びを味わえているらしい。金や血統や教育では決して得られない時間、望みを、私は手にしている。

それがたとえあと少しで消えてなくなると決まっていても、愛《いと》おしいんだ。

「なら例えば、私が兄を追い落として家を継いだとして、君を迎えたいと言ったらどうする？」

「私を伴侶に？　今みたいな感じにずっと楽しくお話ししてくれるなら大歓迎よ」

リチャードが冗談を言うなんて珍しい。こんな悪評ばかりで王太子様に捨てられた私を拾おうなんて、とんだ悪食《あくじき》だわ。

万が一、多少本気だったとしたって、処刑を間近に控えて命が風前の灯《ともしび》になっている私への気休め以上の意味はないでしょう。話半分ね。

私はもう疲れたとばかりにベッドに横になる。リチャードとの今日の会話はそこで途切れた。

「くくっ、そうだな。君を退屈させないようにしていたら私も退屈せずに済みそうだ」

なんて彼のどこか心弾んだ声を最後に聞いて――

## ■　処刑まであと11日　Ｓｉｄｅリチャード

「――リチャード。お前は兄の影だ。兄のために生き、兄のために死ね」

俺は幼い頃から父にそのように言われ続けて育った。


双子の兄弟の片割れとして生まれた俺は、事《こと》あるごとに二の次にされたものだ。新しい服にしろ優秀な家庭教師にしろ、何事も優先されるのは必ず兄。それどころか俺は、双子であることを表ざたにしてはならぬとばかりに外を出歩くことさえままならぬほど制限を受けて育ってきた。

使用人達は不平等な目に遭《あ》う俺を憐《あわ》れんでいたようだが、俺には理解できない。なぜなら物心ついた時には兄が上で俺は下なのが当たり前になっていたから。兄も兄で家督を相続する者として厳格な教育を受けていたようだし、そういうものなんだと子供ながら思っていたのだ。

俺は特に不満などなかったよ。お陰様で義務だの使命だのとは無縁で気楽だったたし。俺の存在を知るごく一部の輩《やから》が権力を手中にすべく担《かつ》ぎ上げようとするのも、どうでもいい。兄を超えたいとも思わなかったし当主の座にも魅力を感じなかった。

俺は夢も願望もなく、ただ味気ない日々を過ごすばかり。

そんなある日……俺はお姫様に出会った。

あの日の出来事は今も鮮明に思い出せる。

雲一つない青空の下でたまたま庭園を散策していたら、女の子が座り込んで泣きじゃくっていた。使用人や貴婦人達とは違い俺と同じくらい幼かった彼女は、控えめに言ってもとても可愛くてね。その時は声を上げて涙を流す姿に胸が締め付けられる思いだった。

「ねえ、大丈夫？」

思い切って声をかけると俯《うつむ》いていた彼女は顔を上げた。私はハンカチを取り出して彼女の顔を拭《ぬぐ》ってやる。なのに彼女はさらに激しく泣き出して、挙句の果てに私にしがみついてきた。どうしようか本当に戸惑《とまど》ってしまったな。

泣きながら呟《つぶや》く言葉から迷子になったことと一人ぼっちになって寂しかったこと、それからもう庭園から出られないんじゃないかと恐怖したことを知った。大の大人でもたまに迷うほど庭園は広大だったし、頻繁に足を運ぶ俺だって半分も覚えていない。初めて来た彼女が迷うのは当然だろう。

俺はとにかく彼女を安心させようと、ない知恵を振り絞って言葉を並べたものだ。きっと第三者がいたら慌てふためく俺を見られたに違いない。

そして、彼女は俺の言葉を素直に聞いてくれた。お淑《しと》やかにしようと心がけているらしいのに目を輝かせてはしゃぐ姿は、それはもう素敵だったよ。彼女が嬉しそうに微笑《ほほえ》んだ時には心臓の鼓動が耳元で聞こえるくらい高鳴ったのを覚えている。

出口へと案内する間、俺は彼女が寂しくないよう喋《しゃべ》り続けた。次第に彼女も自分がどんな教育を受けているか、嫌いな食べ物は何か、などを自分から話してくれるようになる。彼女の声は透《す》き通っていて、聞き心地が良かった。

「痛……っ」

途中、彼女は長時間歩いていたせいで靴擦《くつず》れを起こしてしゃがみこんだ。すでに皮が擦《す》り剥《む》けて血が滲《にじ》んでいる。靴と踵《かかと》の間に何かを挟み込んでも気休めにしかならない。そう判断した俺は、彼女を抱え上げることにした。

「えっ？　ええっ⁉」

「見た目より軽いね。もっと食べたほうがいいんじゃない？」

「や、やせてないもん……っ！」

ちなみに後から教育係にどうして背負わなかったのかと聞かれた。まだ幼くたって女の子のお尻を持ち上げるのは、さすがに恥ずかしいんだ言わせるな。それに抱っこするには俺の背丈が足りず、消去法で抱え上げるしかなかったんだ。

「首に手を回してもうちょっとしがみついて。手がつかれるから」

「あ、あの……。これ、はずかしい……」

「しょうがないよ。あのまま置いてくわけにはいかないじゃん」

「ち、ちがうの。その……絵本に出てくるお姫さまみたいで……」

そんな感じだったから、所謂《いわゆる》お姫様抱っこだと気付いたのは彼女に指摘された後だった。途端に恥ずかしくなってくるものの彼女を放り投げるわけにもいかず、必死に冷静になれと自分に言い聞かせて平常心を保つ。

庭園から抜けると彼女を探していた大人達が駆けつけてきた。

俺は王宮近衛兵《このえへい》に彼女を託し立ち去ろうとする。

彼女のドレスや愛らしさからしてきっと名のある貴族のご息女なのは間違いない。兄の影である自分をこれ以上知られてはいけなかった。

「あの、どうもありがとう！　せめてお名前だけでも聞かせて！」

行きましょうと手を引かれる彼女は、顔だけをこちらに向けて大声を出す。彼女はとても悲しそうで寂しそうで。義務だとか使命だとかそっちのけで、俺は初めて自分の意志で俺を知ってもらいたいと思った。

「君がお姫さまなら僕は王子さまだ！」

「王子、さま……」

「またいつかゆっくり喋《しゃべ》ろうよ！　次もきっと楽しいから！」

「うん……うんっ！」

これも後から聞いた話だが、彼女は俺が見えなくなるまでずっと背中を見つめ続けてくれていたそうだ。その日の出来事を、彼女のご両親や姉妹は何度も聞かされたんだとか。大切な思い出なんだと嬉しそうに語る彼女の笑顔が眩《まぶ》しくて止められなかった、とのことだ。

当の俺は彼女とのひと時の余韻に浸《ひた》りながら、彼女の名前を聞いていなかったことに軽く凹《へこ》んだ。

ただその時はまた会えばいいかと簡単に考えていた。今度は庭園の見えるテラスでゆっくりとお茶を飲みながら語り合えれば。そんなふうに思いを馳《は》せて――

――そんな淡い期待は、呆気なく打ち砕《くだ》かれた。

彼女が後日とある人物の婚約者となったために。

## □　処刑まであと10日

「――結論から言いますと、エドワード様が裏で手を回していたようです」

「嘘、あの宰相子息が？」

今日は一週間ぶりにベアトリスと面会している。彼女は私が入室してくると恭《うやうや》しく一礼してきた。けれど、どこか浮かない様子で表情も沈んでいる。

一体どうしたのと尋ねてみて、そんな回答が返ってきたのだ。

「それはそうと手紙ちゃんと届いたんだ。少し不安だったのよね」

「まさかアルビオン王国で最も堅固なこの監獄の看守に代筆を頼むなんて。相変わらずお姉様は、やること成すこと破天荒《はてんこう》ですね」

「その点に関しては全く反論できないわね……。反省する気も直す気もないけれど。で、その話は本当なの？」

「ええ。お父様にも動いていただいて調べました。間違いありません」

私は思わず頭を抱えてしまった。だってまさか彼――攻略対象者の一人、エドワードがソフィアを排除しようと企《たくら》むなんて思ってもみなかったもの。

私を断罪に追い込んだのは分かる。メアリーを心身共に傷つけ踏《ふ》み躙《にじ》ろうとしたせいだ。愛した女性を守り悪女を排除するのは正義と呼んでいいでしょう。それがたとえ詰めの甘さを偽《いつわ》りの証拠と証言で取《と》り繕《つくろ》っていても、だ。

けれど、ソフィアを私の時と同じノリと勢いで押し切ろうとしたのなら、絶対に間違っている。ソフィアは、メアリーに憎悪を抱《いだ》いて醜態《しゅうたい》を曝《さら》した私なんかとは違う。これから社交界で貴族夫人の先頭に立つべき者として、彼女に助言、指導したにすぎない。

「どこがどんなふうに捻《ね》じり曲がったらソフィア様が禁固刑に処されるのよ？」

「手口はお姉様の断罪と同じです。劇さながらの大袈裟《おおげさ》な身振りと台詞《せりふ》で観衆の気を引きつけ、罪状を読み上げ、その根拠をもっともらしく並べたそうです」

「だからって、私と同じように事《こと》が運ぶわけがないでしょうよ。ソフィア様が相手なのよ？」

「それでも学園内の大勢に慕《した》われる王太子ご一行様の発言なら正しいと信じ込む方が続出したのです。エドワード様方は役者に転身したら大成功するでしょうね」

巧妙なのは、メアリーへの罪とやらに一部真実が含まれている点だ。例えばソフィアの場合、メアリーにしっかりなさいと言葉をかけていた。大衆の前でメアリーを馬鹿にした、と捉《とら》えられなくもない。これと同じ要領で多くの事柄でメアリーが深く傷ついたと主張できる。

で、皆が「あのソフィア様が……」みたいに疑念を持ったところで彼女がやっていない罪を被せる。ソフィアがそれは違うと主張したところで、周りには悪事を暴《あば》くエドワードに正義があるように見えてしまう。

つまりソフィアはエドワード達が仕組んだ劇場型の断罪によって陥《おとしい》れられたのだ。

「お姉様はあまり驚かれないのですね。私はお父様から聞かされた時は信じられませんでした」

「彼らが上手《うま》いこと本性を隠しているからよ。残念ながら私が気付けたのは例の断罪の時だけどね」

エドワードは兄を凌《しの》いで次の宰相にまで上り詰めるだろう将来有望な青年、とまで言われている。彼が真実を捏造《ねつぞう》してまで何かをするとは微塵《みじん》も思えなかった。だからソフィアも何も手を打てずにされるがままここに入れられたのでしょう。

けれど、前世を思い出した今なら察せられる。彼は危険だと。

エドワード・ヨークは将軍嫡男と共に王太子様の親しい友人で、彼本人は明るく優しい性格との評判だ。学園でも優秀な成績を収め、生徒会役員としての事務処理能力、問題解決能力はピカイチだと評価が高い。

人格者でカリスマ性のある王太子様、強さと頼もしさを備《そな》えた将軍嫡男のエドマンド、そして優しく頭の良いエドワードの三人が並べば向かうところ敵なしとまで讃《たた》えられるほど完璧だ。学園内では先生から下級生まで大勢に慕《した》われていた。

ところが、『白き島』でエドワードの専用ルートに入ると、彼が心の内側に抱えた暗部が明かされる。

エドワードの家は由緒正しいとは言っても宰相の地位を代々受け継いでいるわけじゃない。むしろ同じ侯爵家のランカスター家やステュアート家のほうが多く輩出《はいしゅつ》している。たまたま今は現宰相閣下が、私のお父様方より秀《ひい》でていたので選出されたわけだ。

で、エドワードは次もヨーク家から宰相を出せるようにと、父から徹底的な教育を受けたらしい。ところが王太子様がわりと天才肌な上に、もう一人の攻略対象者である公爵後輩が一世代に一人と讃《たた》えられるほどの優秀っぷりで、挙句女性のソフィアにも一歩後れを取っているのが現状だ。

エドワードは劣等感と嫉妬《しっと》から、メアリーと親しくする王太子様を排除しようと画策するのだけれど、それをメアリー自身が慈愛で阻止。改心したエドワードは人を思いやる心を取り戻し、皆のための政治を行うと固く誓う。それをメアリーが支えていく。……

的な話だ。

それなのに今回、彼を浄化するメアリーは王太子様ルートに入っている。そのせいでエドワードの黒く歪《ゆが》んだ心を止める者がいない。王太子様の優しさに惹《ひ》かれている今のメアリーがエドワードを気遣ったところで、憐《あわ》れみと勘違いされて専用ルートほど効き目はないのでしょう。

とどのつまり、エドワードはメアリーのためって大義名分により暴走してしまっている。

「王太子殿下とエドマンド様、それにルイ様はどんな様子なの？　さすがにやりすぎだってエドワード様を止めなかったのかしら？」

「むしろメアリー様にとっての厄介者《やっかいもの》がまた一人消えたって捉《とら》え方をしています」

「……メアリー本人はどう言っている？」

「はっきり申し上げましょうか？　蚊帳《かや》の外です」

ベアトリスは怒りを滲《にじ》ませて語尾を強めた。それだけで大体の経緯を察することができる。

「メアリー様は勇気を出して王太子殿下方に申し上げたのです。ソフィア様は自分を思ってくれたから指摘してくださったんだ、自分が至らなかったせいだからどうか思い留《とど》まってほしい、と」

「けれどメアリーが苦しめられているようにしか目に映らなかった王太子殿下方は、ソフィア様を目障《めざわ》りだと断罪した、と？」

「恥ずかしながらその通りかと」

「メインヒロインなんだから攻略対象者の好感度とフラグ管理ぐらいしなさいよ……」

「何か言いましたかお姉様？」

「独り言だから気にしないで」

　別にあの泥棒猫が困ろうが知ったこっちゃないけれど、周囲に迷惑をかけまくるのはいただけない。特に令嬢の鑑《かがみ》とまで敬《うやま》われたソフィアを破滅させるのはやりすぎだ。このままだと味を占めて、奴らはメアリーの周りから自分の意にそぐわない者を排除しかねない。

　そう、メアリーと親しいベアトリスまで、エドワードの策略にはめられる可能性まであるのだ。

「で、お父様はこの件をどう対応されるおつもりなの？」

「さすがに子供のやんちゃでは済まされません。おそらくソフィア様のお父上、ステュアート侯閣下と共にヨーク家を糾弾《きゅうだん》されるおつもりかと」

なお、エドワードをここまで歪《ゆが》ませた教育を施《ほどこ》したヨーク侯閣下は、静観を決め込んでいる。息子の企《くわだ》てが上手《うま》くいって同じ侯爵のランカスター家とステュアート家の評判が地に落ちれば良し。失敗したらエドワードを切り捨てる腹積もりだ。

だからお父様も政敵のステュアート侯閣下と手を組んででも宰相閣下を糾弾《きゅうだん》する。娘が謂《いわ》れなき罪を着せられて投獄されたのだ、ステュアート侯はヨーク侯へ厳しく責任を追及するでしょうね。さすがの宰相閣下でも二大侯爵が相手だと分が悪いし、早期引退が落としどころかしら。

何にせよ、これで宰相子息ことエドワードは破滅だ。

さようならエドワード、ふぉーえばー。

けれどざまぁって気にはならない。と言うか、そんなのは小さすぎる。

「そう……それならソフィア様が名誉を回復するのも遠くなさそうね」

ソフィアの無実が証明された。そっちのほうがよほど嬉しい。

ソフィアだって単に鼻持ちならないいけ好かない奴だと私は思っていたのに、わたしが交ざり込み彼女と気兼ねなしに接しているうちにそんなふうに思えなくなった。

むしろ、彼女といるとわりと楽しい。

こんなんだったらもっと前から打ち解けあっていればな、と悔やむくらいに。

「はい。あのお方はお姉様と違って私達後輩の憧《あこが》れの的《まと》でしたから」

「そこは嘘でも『私だけはお姉様を慕《した》ってました』って言ってくれたっていいんじゃない？」

「えっ？　慕《した》われるような真似していましたっけ？」

「全っ然してなかったわね。高飛車を絵に描いたような有様《ありさま》だったわ」

「自覚しているなら少しでも改めていただければ良かったものを」

「だってそれが庶民の上に君臨する貴族の在るべき姿、……はさすがに冗談だけれど」

何にせよ、これでソフィアを取り巻く問題は一件落着ね。そう胸をなで下ろしていた私に、ベアトリスは真剣な眼差《まなざ》しを向けてきた。

「それにしてもお姉様、どうしてソフィア様を追い落としたのがエドワード様だとあたりをつけられたんですか？　それも裏から手を引く方が宰相閣下だったたって」

「ちょっと、話を大きく盛らないでよ。私はソフィア様かステュアート家の名声を地に落として得する人を調べてって、お願いしただけでしょう」

嘘じゃない。だって手紙をしたためた時は、そんな別ルートのイベントが起こっているなんて考えもしなかった。

ただソフィア様を貶《おとし》めてステュアート家に泥を塗りたい者はと考えて、遠慮なくリストアップしてもらった結果、その中にエドワードと宰相閣下の名前が含まれていただけだ。

「あれほど厳格な宰相閣下の不祥事、お父様も思いもよらなかったそうです」

「お父様の頭が固いだけなんじゃない？」

「……お父様もお母様もこの度の発想は私のではないと薄々は察していたかと」

「勿論《もちろん》ベアトリスは自分の思いつきだって言ってくれたのよね？」

「いえ？　正直にお姉様がそう推察していましたと素直にお答えしましたが？」

「どうしてそこで私がまた貢献したみたいになるのよ……!?」

何か私ったら侯爵令嬢、そして王太子妃候補だった頃より今のほうがよっぽど色々とやらかしている気がするわね。これ、明らかにわたしの前世知識だけのせいじゃない……どうしてこうなった？　そしてこれからどうなる？

私にはもう予測不能だ。

# □　処刑まであと9日

昨日のあらすじ。エドワード宰相子息にざまぁした（意訳）。

ベアトリスの話だとステュアート侯は愛娘《まなむすめ》が無実の罪で投獄された一件で相当怒っているらしい。長年の盟友だった宰相閣下と完全に袂《たもと》を分かち、理念の違いで敵対していたお父様と手を組んで宰相閣下を糾弾《きゅうだん》する始末。政局は荒れそうだ。

やり手の宰相閣下は、何としてでもヨーク家を存続させようとするでしょう。けれど、どう転がったってやらかした張本人の息子、エドワードはもう表舞台には出られまい。

彼の約束された出世街道は彼自身の手で閉ざされてしまった。

まあ、エドワードが謹慎になろうが追放されようが正直どうでもいい。

重要なのは、今日ソフィアが出所する点に尽きる。

「ヴィクトリア様。わたくし、このご恩は決して忘れませんわ」

扉を隔《へだ》てて通路側にいるソフィアからは牢屋に入れられた時の悲壮感はなくなっていた。それどころか彼女の美麗さと優雅さはこの幽閉生活でも一切損なわれていない……

とは私の認識で、ソフィアからしたら、それも私が取り戻してくれたんだそうだ。

彼女はすでに囚人服から侯爵令嬢に相応《ふさわ》しいドレスに着替えている。聞けば、出所祝いに侯爵家がお抱えの仕立屋に新たに作らせたんだとか。

そんな素晴らしいドレスにも彼女の美貌《びぼう》は負けていない。落ち着いた堂々とした佇《たたず》まいは同性の私でもため息をつくほどだ。惜しいのは裁判期間と監獄生活でろくに手入れをしていなかったのか、肌と髪に張りと艶《つや》がないことだけかしら。

身支度を整えたソフィアはステュアート家の召使いを引き連れて私の牢屋の前に立ち、深々と頭を下げた。

「手紙をベアトリスに送ってからまだ数日しか経ってないのに、随分《ずいぶん》出所が早くない？」

「お父様が全てに優先させて私の無実を証明してくださいました」

さすがにこのスピード出所にはからくりがある。ステュアート侯はソフィアに有罪判決が下った後も諦《あきら》めずに娘の無実を信じ続け、根気強く調査させていたらしい。それが私をきっかけに突破口を見いだし、瞬《また》く間《ま》にエドワードとその背後の宰相閣下の責任問題としたんだとか。

にしても、一体ステュアート侯は娘を救うためにどれだけの過程をすっ飛ばしたんだろう？　冤罪《えんざい》を晴らすのだとしても、正式な手続きを踏む必要はあるのに。……ステュアート侯の立ち回りがどんなだったかは知らないほうが良さそうだ。

「なら感謝する相手は私じゃなくてステュアート侯閣下でしょう」

「お父様からの手紙に書いてありました。ヴィクトリア様がランカスター侯閣下に働きかけてくださったと」

だから私は突破口をそれとなく伝えただけなんだって。なのに陰の功労者どころか無実の証明に最も貢献した、ってさすがにおかしいんじゃないかしら？

「お父様もステュアート侯閣下も大げさなのよ。話半分に聞いておいて」

「そうでしょうか？　ヴィクトリア様は昔から何かをやらかす時は、良くも悪くも周りに大きな影響を及ぼしていた印象がありますが？」

「ソフィア様の勘違いですー。とにかく、恩義を感じるまでもないわよ」

「謙虚ですこと。昔ならもっと自分の手柄だと誇示していたでしょうに」

「檻《おり》の中の王妃様とか勘弁なんだけれど？」

否定はしない。終生に亘《わた》り感謝し続けるのね、とか言っていた可能性がなきにしも非《あら》ず。

しかしそれは華やかな未来に至ってこそで、断頭台だか絞首台だかに続く道しか残されていない私が己の功績を誇ったところで空《むな》しい限りだ。

私とソフィアが友人のように語り合っている様子にステュアート家の召使い達は目を

丸くしたり驚きのあまり狼狽《うろた》えたりしていた。そうよね、ヴィクトリア・ランカスターとソフィア・ステュアートは同じ侯爵令嬢でありながら在り方が全然違って反目し合っていたもの。

彼女とこんなありえない場所で親しくなれたのは実に奇妙な運命だ、ホント。

「……ヴィクトリア様」

「何でしょうか、ソフィア様？」

そんなソフィアは真剣な面持《おもも》ちで私を見据《みす》えてきた。

「わたくし、お父様にもお願いしてヴィクトリア様に陛下の恩赦《おんしゃ》が下るようにしたいと思っておりますの」

「余計な真似はやめて。私はこのままでいい」

「どうしてですか！　ここ最近で、ヴィクトリア様の名は、多くの人に知れ渡っていますわ」

「その程度で覆《くつがえ》るほど、この国の司法はやわじゃないわよ」

獄中で何か多大な功績を収めれば恩赦《おんしゃ》もあるかもって？　ない、断言していい。

献身や慈愛で罪が軽くなる、確かに素晴らしい。それが不正や堕落《だらく》の発生源にならなかったらね。罪を公平に裁くなんて人には無理なんだ。

だから罪を数値化して機械的に罰を割り振る。それが司法ってものでしょう。

ソフィアみたいに前提が覆《くつがえ》ったならまだしも、私の悪意は紛《まぎ》れもない真実。どんなに汚名返上をしようと過去はかき消せない。定められた罰で償《つぐな》うのは義務と言ってもいいでしょうね。

「第一、陛下からの恩赦《おんしゃ》は罪を心から悔いていて、かつ、下された罰以上の償《つぐな》いをしたって判断された模範囚に与えられるものでしょう？　これっぽっちも反省してない私には適用外ね」

「……っ！　では、王太子殿下があの場で糾弾《きゅうだん》なさっていた内容は……！」

「確かに誇張だったり捏造《ねつぞう》だったりするけれど、似たようなことをしてたのは真実よ」

メアリーを穢《けが》そうとして差し向けた輩《やから》が彼女を守ろうとした王太子様を傷つけたのは認める。私を見限った攻略対象者の侯爵家執事が彼らにもたらした話も本物だ。いじめだなんて口が裂けても言えない悪意をメアリーに振りまいてやった。

私の悪意は私のものだ。だってこの悪意こそが私の思いそのもの。

有耶無耶《うやむや》にするつもりも情けを請《こ》うつもりもない。

「ヴィクトリア様は、このまま処刑台に上がるおつもりだと？」

ソフィアは唇をきゅっと結んだ。怒《お》りを帯びた、けれどどこかもの悲しい眼差《まなざ》しを私に向けて。

「私のしでかした悪行がそう判断されたなら、判決に従うまでね」

「悪いことだと認めながらも悔い改めるおつもりはないと仰《おつしゃ》るのですか？」

「反省は二度とやりませんって意思表示でしょう？　私とは無縁ね」

くどいようだけれど今の私がメアリーが現れたところからやり直したとしても、より狡猾《こうかつ》に彼女を破滅させようと企《たくら》むだけだ。表面上でもあの泥棒猫に首《こうべ》を垂れるなんて絶対に嫌だし、私を捨てた王太子様に情けをかけられたくもない。

私はヴィクトリア・ランカスター侯爵令嬢だ。

その生き方はわたしにすら変えられやしない。

「ふぅん、そういうことですか……。でしたらわたくしにも考えがありましてよ」

私が何とか格好つけていたら、ソフィアは逆にやや顎《あご》を上げつつ口角を吊り上げた。

そう、丁度悪役令嬢ヴィクトリアが浮かべる真っ黒な微笑《ほほえ》みって感じに。

ちょっと、著作権だか肖像権だか、とにかく何かの侵害で訴えるわよ。そんな概念はこっちの世界にはないけどね。

「勘違いなさらないことねヴィクトリア様。誰も貴女《あなた》の意見や都合など聞いておりませんわ」

「……へ？」

「わたくしはわたくしが貴女《あなた》より受けた恩義を押し付け返すだけですわ。ヴィクトリア様が拒絶なさろうが知ったことではございませんわね」

「私の意志を蔑《ないがし》ろにしてこの状況をどうにかするつもり⁉」

まさかのご乱心⁉

どんな貴族令嬢も親からあの方を手本にしろとまで言われるソフィアが無茶苦茶するなんて誰が思うだろうか？

けれど礼儀正しく振る舞っていた模範生の仮面の下は普通の女の子。そんな彼女と、私はここ最近ずっと語り合っていたのだ。

「ソフィア様にとっては問題児の私がいなくなったほうが良いのでは？」

「せいせいする、と思わなかったと言えば嘘になりますわね。ですが、貴女《あなた》がいないと退屈ですの。いつの間にか騒がしさと驚きが日常になっていましたのね」

「……いや、何よそれ？」

「今の貴女《あなた》でしたら、そう周囲に迷惑をかけることはありませんでしょう……」

ソフィアはスカートを摘まむと優雅にお辞儀した。絵画になっても見栄《みば》えがするだろうってくらい、見事なカーテシーだ。

「楽しみですの。貴女《あなた》が今度はどのようにわたくしをあっと驚かせるかが」

「……とんだ期待をかけられたものね」

けれど不思議と悪い気はしない。下か上かばかりの私の周りで、初めて並ぶ相手が見つかった気がする。

いや、今まで見向きもしたくなかっただけで、初めからそうだったんだ。この監獄生活において、たまたま再発見されただけね。

「ではお先に失礼いたしますわヴィクトリア様。期待してお待ちになっていてくださいまし」

「またお会いしましょうソフィア様。期待せずに待たせていただきます」

一方的に押し付けてくる善意。口では断ったものの、どうやら私はソフィア——友人となった侯爵令嬢が何をしてくれるのか期待を膨らませていた。

□　処刑まであと8日

「ヴィクトリア嬢、こちらが試作品になります。お納めください」

「アッハイ。どうもありがとうございます」

今日も筋肉もりもりマッチョマンのトーマス神父から教本の見本を頂《いただ》いた。

ちなみに散々筋肉を強調しているけれど、彼はわたしの世界で言うボディービルダーの体型とは違う。総合格闘技選手みたいな引き締まった身体つき、なのに顔は二枚目。このアンバランスさが何とも言えず素敵なのよね。

今日頂《いただ》いた教本は、大衆に配布できるよう採算面で工夫された簡素な作りをしていた。文房具の穴あけパンチが未発明なため、紐《ひも》を通す二つの穴は太い針で強引に開けたらしい。ただこれだと、端が開いちゃうから四つ目綴《と》じ、つまり和綴《わと》じしたくなってきた。

「こんな感じに紐《ひも》を通していくと背表紙がより強固になりますね」

「ほう、こんなやり方もあるのですか。成程、参考にさせていただきます」

私の身振り手振りで十全を理解するトーマス神父の理解力は半端ない。そんなに賢いなら、辺境で一神父なんてやっていないで国中布教し回ったり総本山で枢機卿辺りになったりしたらいいのに。

「はっはっはっ、ヴィクトリア嬢は冗談も上手なのですね。私風情《ふぜい》にはせいぜい町の皆さんに神の教えを広めるのが丈に合っていますよ」

「……まあ、いいですけれど？」

トーマス神父は囚人でしかない私に、自分から現状の報告をしてきた。

今では多くの地域で木版の製作が進められていて、教本を民の一人一人が手にする日も近いだろう。そう興奮で目を輝かせ、未来に思いを馳《は》せている。

「ところで木版印刷の他に活版印刷なる手法があるとこの間お聞きした気がしますが、一体どのようなものなのです？」

「文字一つ一つを彫《ほ》った判子を並べて作る活版での印刷術ってだけです。木版とどちらが手間がかからないかは、やったことないので分かりません」

「活字を並べ替えて、ですか。成程……中々面白い技法です」

さすがにカラクリ仕掛けで大量に印刷する機械は未だ発明されていない。活版印刷を流行《はや》らせてもあまり木版印刷の上位互換にはならないでしょう。一応ここでの文字はアルファベットみたいに全数十個の文字を並べ替える仕組みなので、いずれはやる価値が出るんでしょうけれど。

「いやはや、皆さんに配る教本の印刷だけでも随分《ずいぶん》と奥深いですね。色々と試行錯誤のかいがあります」

「それより神父様。私がこの間、口にした懸念ですけれど……」

教本がばらまかれる分には別にいいと思う。教本は歴史書であり、先人達が残した生きるための教訓でもある。光神を信じるかはさておき、一度読み通しても決して損じゃない書物なのよね。トーマス神父にはこれからも奮闘してもらって多くの人に読んでもらいたいものだ。

問題なのは、それに伴って利権を侵害される教会って組織だ。

急速な勢いで量産される神や聖者の教えを嘘偽《いつわ》りなく記《しる》した教本は、神の代理人としての権威を持った教会にとっては厄介《やっかい》この上ない。

「まさか神父様、破門されてはいませんよね？」

「破門されるほど教会と神の教えの解釈に違いはありませんから」

「そうですか。それなら良いのですが……」

「とは言え、ヴィクトリア嬢の忠告がなければ危《あや》うかったかもしれませんね」

「えっ？」

私が胸をなで下ろしていたら、彼は爽《さわ》やかな笑顔でとんでもないことを言ってくれた。

「神の教えを総括する教会の権威が失われるのでは？　そんな危惧を抱《いだ》く者も勿論《もちろん》います。そして嘆《なげ》かわしいばかりですが、神の教えを蔑《ないがし》ろにして富と名声を求める輩《やから》もいるのは事実です」

「組織としての腐敗はある、ですか」

「ですので教本の量産はあくまで布教の一環である、といった意見書を提出しました。私に賛同してくださった多くの同志との連名で」

「それはまた随分《ずいぶん》と大胆な手に打って出ましたね。神の教えを広めるって強調されては中々反論しづらいって考えでしょうか？」

上手《うま》いこと考えたものだ。トーマス神父なら教会総本山がどんな難癖をつけてきたって舌先三寸で丸め込んでしまうでしょう。

なら、この私の名前が宗教改革の母みたいな感じで歴史書に名を残すような、とんでもない事態にはならずに済む。

「……あの、神父様。つかぬことをお聞きしますがいいですか？」

「ええ、構いませんよ」

「神父様に賛同された方々ってどれぐらいいらっしゃるんです？」

「そうですね……ざっとアルビオン王国の聖職者の過半数でしょうか？」

な、なんですってー!?

いくら光神の教えを皆に広めたいって大義で集《つど》ったんだとしてもあまりに規模が大きすぎる。しかも私がぽろっと口にしてからまだ二週間程度しか経っていないのに。もう少し時間をかければ、そのうちアルビオン王国全土の総意だってまとめ上げそうな勢いだ。

そうなれば最後、きっと教会側は黙っていないに違いない。

神の教えを盾にして徒党を組み、正しい主張をするトーマス神父達を厄介《やっかい》この上ないと考えるだろう。

で、紆余曲折《うよきょくせつ》の末にアルビオン王国の教会は総本山から独立、と。宗教改革、完遂《かんすい》。

「勿論《もちろん》教会からは抗議の声が上がるでしょうが、正しく教えを広めるためです。私共は胸を張って立ち向かっていく所存です」

「そ、そうですか……」

……うん、私の知ったこっちゃないわ！

穏和な分離なら別にいい、流血沙汰にさえならなければね。

他国がそれに影響されて次々と教会から離れてしまったところで、離脱される求心力しかない教会側が悪いってことで。

――いや、待て。

この統率力、もしかして私も利用できるんじゃないかしら？

「……神父様。教本にも記《しる》されていましたが、闇の神と光の神の争いは光の神が勝利したんですよね？」

「え？　はい、その通りです。光の神はその慈悲をもって闇の神をお許しになりました。闇の神はその心に触れて悔い改めたとあります」

「では、闇の神の眷属《けんぞく》である闇の住人達をも、光の神はその慈悲深さをもって許したんですよね？」

「究極的にはそう解釈できますね。隣人であろうと異教徒であろうと、最後は光の神が生きとし生けるものを救済なさるでしょう」

よし、言質《げんち》は取ったわよ。

私は周囲を入念に窺《うかが》った。どうやら看守は記録を取っているらしく、こちらには見向きもしない。他の囚人達が聞き耳を立てている様子もない。

私はトーマス神父を手招きして近寄らせた。いいのかしらね、神父がそんな簡単に罪人にホイホイされちゃってさ。

私は彼の耳元に口を近づけ、声を落として本題に入る。

「なら、闇の神の申し子、闇の住人達の王であっても光の神の献身的な信徒だったら問題ないんですよね？」

「――っ!?」

私の囁《ささや》きは案の定トーマス神父の度肝を抜いたようだ。

無理もない、これまでの教会の解釈からしたら、今の発言は明らかに異端だ。けれど教本を字面《じづら》そのままに理解したなら、こんな捉《とら》え方だって充分アリよね？

「ヴィクトリア嬢、貴女《あなた》は――！」

「しっ。声が大きい……！　で、どうなんです？」

トーマス神父は深刻な面持《おもも》ちで考え込んでしまった。

「いや、ですが神々が創造したこの世界の調和を乱そうとする魔王を問題ないなどとは……！」

「それは光の神を信仰する人達がちょっと肌が白くて目が紅《あか》いからって迫害するのが原因でしょうよ。だから認めてください。魔王の宿命を背負った子供だって神の忠実なる僕《しもべ》なんだ、ってね」

単なる我儘《わがまま》な貴族令嬢でしかなかった私の戯言《ざれごと》だったら耳を貸さなかったでしょうね。真剣に捉《とら》えてくれたのは、ひとえに図らずも私が教本の量産に貢献したおかげ。

口を滑らせたことが発端でも、活《い》かせるなら活《い》かしてやるわよ。

「……その宿命の子が魔王として覚醒《かくせい》しないって保証はあるんですか？」

「その考えがそもそも違います。見た目の違いと魔法に長《た》けた能力は、魔王覚醒《かくせい》の受け皿にすぎません。光の神を激しく憎むきっかけがないままなら神の信徒として一生を終えられるはずです」

「その特徴を持つ者の一人が魔王として世の中に混沌と闇を振りまく、ですか……」

理解が早いのは助かるわね。説明の手間が省《はぶ》けるし。

やがてトーマス神父は組んだ太い腕をほどいて、力強く頷《うなず》く。

「分かりました。何とかその方向で、すり合わせをしてみます。ですが期待はしないでください」

「いいえ、神父様ならきっと希望をもたらしてくださるって信じています」

「私は闇の神の申し子にも救いあれ、とまで強く言えない未熟者です。ところで、どうして唐突にそのような意見を？　まさかとは思いますが……」

「残念ながらそのまさかです」

トーマス神父は唾を呑み込んだ。私も自分の意思を明確にしたかったので、やはり彼同様に強く頷《うなず》いておく。

ああもう、きっと元の私だったらこんな気持ちになっていなかったでしょうね。けれど今の私は、どうしてもそうしたくなってしまったのだ。そしてそんな変化には不思議と不快を感じない。わたしのおかげか、監獄生活がそうさせたのか。多分どっちもだ。

だから私は彼に伝えた。私の本音を、願いを。

「私は大切な友人を救いたい。ただそれだけです」

## □　処刑まであと7日

「ヴィクトリアさん、面会者がいらっしゃってます」

「私に面会？　ベアトリスはこの前来たばっかだし、一体誰なの？」

「それが……明かせば絶対に会ってくれないからって、匿名を希望されています」

「……一周回って興味が湧いてくるわね」

いよいよ処刑まで残り一週間になったその日、ライオネルから面会人が来ていると言われて結構驚いてしまった。

なぜならこれまでベアトリスが週一で会いに来てくれる以外、誰も来てくれていない。一緒に過ごしていた両親も、私に媚《こび》を売っていた令嬢方も。

そんな私が面会室で出くわしたのは、思いもよらぬ人物だった。

「お久しぶりです、ヴィクトリア様」

「アンタ――」

優雅に、けれど、まだたどたどしさの残るカーテシーをしてきたのは『白き島』のメインヒロイン、王太子様方を誑《たぶら》かした泥棒猫。没個性で田舎《いなか》娘の男爵令嬢。

そう、あのメアリー・チューダーだった。

彼女と顔を合わせるのは断罪イベント以来だ。純真無垢《じゅんしんむく》だったメアリーが勇気を持って私を糾弾《きゅうだん》する姿はわたしの世界で多くのプレイヤー、そして私の世界の多くの令嬢を呻《うな》らせた。さすが誰からも嫌われないようなキャラデザインをされただけはある。

そんな彼女の今の姿は、王太子様をはじめ様々な攻略対象者からの贈り物、つまり彼女の隠された美貌《びぼう》を際立たせる華やかなドレス姿……ではない。最初に出会った時みたいな、芋《いも》っぽさ全開の地味ドレスをまとい時代遅れのアクセサリーをつけている。

はて、陰湿に悪意を浴びせ続けた悪役令嬢こと私、そして小言がうるさいソフィアを排除した今、彼女を非難する者はもはや誰一人いないはずなんだけど。勝利したなら堂々と攻略対象者達の寵愛《ちょうあい》を受ければいいのに、相変わらず慎《つつ》ましい日々を送っているのかしら？

「あの、ヴィクトリア様。わたし……」

「メアリー様、私は確かに暇《ひま》ですが貴女《あなた》に時間を割《さ》くつもりは毛頭ありません。一言だけ発言を許しますので、それで私の興味を引いてもらえないかしら？」

「ええっ⁉」

当然私は彼女に謝る気なんてさらさらない。

心を改めろなんて言ってみろ。いくら前世のわたしを思い出して幾分和《やわ》らいだとは言え、彼女への憎悪、憤《いきどお》り、嫉妬《しっと》は消えていないのだ。手枷足枷《てかせあしかせ》のせいで目の前の泥棒猫に襲いかかれないのが実に残念でならない。

メアリーは私の言葉を受けて一生懸命だった。許された一度だけの機会を活《い》かそうと頭を悩ませる。うんうん呻《うな》る仕草まで可愛げがあるのは、もはや卑怯《ひきょう》と言うほかない。これでは自分に課せられた宿命に疲れた攻略対象者はイチコロでしょうね。

そしてしばらくして、意を決したメアリーは唇をきゅっと結んで両手でドレスの裾を握る。気丈にも私を強く見据《みす》えた。

「……ヴィクトリア様の『白き島』のイチオシキャラって、どなたですか？」

「は？」

私はメアリーの爆弾発言に思わず前のめりになって迫ろうとした。すぐに看守が私の腕を掴む。毎日暇潰《ひまつぶ》しに筋トレしているからって屈強な男性に力で勝てるはずもなく、私の身体はそれ以上前に進めなかった。

私は心を落ち着かせようと深呼吸を何度かして、ゆっくりと自分の椅子に座る。

手枷足枷《てかせあしかせ》の鎖が椅子に固定されてやっと面会が開始となった。もう私からメアリーにお引き取り願うって選択肢は消え失せている。

「あいにくつまらない回答しかできませんが、やはり王太子様でしょうか」

「……っ。やっぱりヴィクトリア様は――」

「その前に、まずは貴女《あなた》のほうから事情を説明してもらえないかしら？」

「あうっ。ご、ごめんなさい」

相変わらず礼儀を知らない田舎《いなか》娘は慌てて私に頭を下げる。その様子は、うんざりするほど目にしてきたメアリーそのままだ。ただし、私が今まで考えていたような学も品もない小娘ではない、とだけはさっきの一言で確信した。

今の彼女は前世の記憶持ちだ。

しかも、わたしと同じ世界を過ごしていたに違いない。

「わ、わたしが『前』を思い出したのは断罪イベントが終わって王太子様付き近衛兵《このえへい》にヴィクトリア様が連行される最中でした」

「……私より少し早いって程度ですね。しかしメアリー様は現在一番王道な王太子様ルートに入っているのでしょう。後は約束された輝かしい未来が待つのみでは？」

だとしたらますますメアリーが私を訪ねてきた理由が分からない。教本だの遊びだのソフィア救出だので色々と私の名が広まってしまったせいかしらね。本来のヴィクトリアからずれたことで、彼女は私も前世の記憶持ちなんだって確信したんでしょうが……けれどさ、ヒロインがゲームの流れに逆らって処刑間際の悪役令嬢をどうする気なのかしら？　囚《とら》われの身になった私を嘲笑《あざわら》いに……違いそうね。前世を思い出しても、見た感じ私と同じようにその前世に引っ張られている様子はない。メアリーはメアリーのままに見える。

そう思考を巡らせていると、メアリーはなぜか目を丸くした。何だか馬鹿にされた気分で実にムカつく。

「ヴィクトリア様は『アペンド版』をやられていないのですか？」

「は？　『アペンド版』？」

『アペンド版』、攻略対象が三人追加される『白き島』の拡張版。制作が発表されたばかりで、まだ攻略対象者の立ち絵すら公開されてはいない。情報もほとんどリークされてないのに、どうしてコイツはプレイ済み前提で喋《しゃべ》っているんだ？

けれどメアリーは決して私を馬鹿にする様子もなく本気で驚いているらしい。この私とメアリーの認識のずれはまさか……

「あれ、でもそんなはずは！」

「……もしかしたら私と貴女《あなた》とでは、前世とやらの世界は同じですが、生きた時代が違うのかもしれませんね」

これしか考えられない。時間の進み方がわたしの世界と私の世界とで同じとは限らない。メアリーは『アペンド版』発売済みの時代から転生したって解釈で合っているでしょう。

くっそぉ、わたしだってやりたかったわよ、その『アペンド版』！

「えっと、つまり……ヴィクトリア様はまだ『アペンド版』が発売される前に、その……」

「幕を下ろした。天に召された。貴族社会に生きるなら、このように洒落《しゃれ》た遠まわしな表現を少しは覚えるべきね」

「あうう。精進《しょうじん》いたしますぅ」

さて、目の前の小娘を今さらいじったってしょうがない。面会時間には限りがあるし、とっとと互いの持つ情報のすり合わせでもしてしまいましょう。

「で、私の投獄と処刑が『アペンド版』にどう関わってくるんです？」

「あの、『アペンド版』で追加された攻略対象キャラのルートに突入するには、ちょっと特殊な過程を踏まなくちゃいけなくて……」

「ってことは、学園にいる誰かが追加で攻略できるようになるんじゃないんですか？」

「それが、投獄エンドに入らないと駄目なんです」

「はぁ!? 投獄エンドォ!?」

投獄エンドとは、文字通りヒロインが投獄されるバッドエンドを指す。

死亡フラグを積み重ね攻略対象者の好感度が低いと、メアリーは断罪イベントの前に悪役令嬢の策略にはまって無実の罪を被せられる。王太子様ルート中に投獄エンドフラグが立つと、王太子様と悪役令嬢のカップルが揃ってメインヒロインを糾弾《きゅうだん》する始末だ。

そんな投獄エンドが新攻略対象者のルートへの足掛かりなんて意外すぎる。ゲームスタッフも考えたものね。プレイヤーもさぞルート発見に骨が折れたでしょうよ。

いや、そんなもう過去でしかないわたしの世界はどうでもいい。投獄が新シナリオのスタートだったとしたら、まさか……

イケボ隣人のリチャードが罪人で。

看守で男の娘のライオネルが魔王で。

筋肉もりもりのトーマスが神父で。

私が関わった三人の殿方がアペンド版の追加攻略キャラだった?

私は知らない間に『アペンド版』とやらの舞台に上がっていて、新攻略対象者の三人共と仲良くなったということ? メアリーの言いっぷりだと、本来は投獄されたヒロインの役目だったのに？

　悪役令嬢ヴィクトリアこと私がヒロインの立場でいいのか……？

「この監獄がアペンド版の舞台なのは分かりました。ですがメアリー様はすでに王太子様ルートに入られていますから、今さら別ルートへの切り替えはできないでしょう」

「は……はい、そうなります」

　私は今いる面会室の隅の机に置かれている砂時計を眺《なが》めた。メインヒロインことメアリーとの面会時間は残り半分といったところ。そろそろ巻かないと尻切れトンボで終わっちゃいそうだ。

　そうすると、次に話せるのはいつになるか。悪役令嬢と会っていたんだと知られたらメアリーは攻略対象者に束縛されかねない。

「まさかリチャード達の中にメアリー様のイチオシキャラがいるんですか？」

「あ、いえ！　確かに皆さんわたしには勿体《もったい》ない素敵な方ばかりですけれど、今日ヴィクトリア様にお願いしたかったのはそういうことじゃありません」

　すでにメアリーは王太子様ルートを終えてエンディングを待つばかり。後は順風満帆《じゅんぷうまんぱん》な未来へ一直線なのに、彼女は追加キャラには目もくれず断罪済み悪役令嬢に用があると言う。正直な話、全く見当がつかない。

そこまで考えて、エドワードをざまぁした時に立てた仮説を思い出す。王太子様ルートに入ったせいで他キャラの暗部が残った状態なのだと。乙女ゲームの専用ルートでしか解消されない問題が、現実世界で立て続けに起きたとしたら？

どうやらその考えは当たっているらしく、メアリーは瞳を潤《うる》ませる。

「助けてくださいヴィクトリア様ぁ！　わたし一人じゃあフラグ管理しきれません～！」

でもって情けない声を上げてきた。

ちょっと、断罪イベントでは勇気を振り絞って気丈にも悪役令嬢に立ち向かってきたくせに、出会った頃の情けない声で縋《すが》られたって困るだけなんだけれど？

「馬っ鹿じゃないの!?　イベントとかフラグなんて大学ノートに事細《ことこま》かに書き綴《つづ》って管理していくものでしょうよ！」

「時代が古すぎますよぉ！　ゲームの攻略なんて今どきちょっとネットで検索したら……」

「どうせわたしは前情報なしで試行錯誤しつつプレイする暇人《ひまじん》ですよっ。そうは言ったって、わたしもあまり周回してないからフラグの隅々までは覚えてないわよ？」

「一人であれこれ考えるよりも相談し合ったほうが捗《はかど》りますぅ」

その後はメアリーと急ぎ『白き島』について語り合った。今の各攻略対象者の態度からどの程度まで好感度が上がっているか、それに伴ってどんなイベントが発生しうるか。そして悪役令嬢が退場した現状がどこまでゲームと離れてきているか、など。

　メアリーの話だとアペンド版のヒロインは追加の攻略対象者と共に投獄に追いやった悪役令嬢に復讐するそうだ。ヒロインを見捨てて追い詰めた攻略対象者ごとまとめて。

　まあ、つまり。今は私がヒロインの立場にいて、私を破滅させたメアリーがアペンド版の悪役令嬢の立ち位置って逆転現象が起こっているわけだ。

「ヴィクトリア様が色々やっちゃうせいで、わたしの破滅フラグが容赦《ようしゃ》なく立ってるんですぅ！」

「そんなの知らないわ！　トーマス神父とかライオネルが勝手にやってるだけよ！　ここに閉じ込められている私には何もできないじゃないの！」

　泥棒猫が追放されて野垂《のた》れ死のうが知ったことではないし、私を陥《おとしい》れた攻略対象者共が没落しようが自業自得だと嘲笑《あざわら》ってやる。

　そう思う反面、久しぶりに作品として『白き島』を語り合うのは本当に楽しかった。

　私にとってはこの世界は現実、けれどわたしにとっては虜《とりこ》になるほどの名作ゲームの舞台だもの。そんな喜びを分かり合える日が来るなんて、思ってもいなかったわ。

「これで大体のフラグ回避はできると思いますが、あくまでゲーム上での話ですからね」

筆記具やノートの持ち込みができないのが辛《つら》い。まあ、せいぜい家に帰った後に一生懸命思い返すのね。

「はい……。シナリオに沿わない展開になっても不思議じゃありません」

メアリーは深刻に現状を受け止めているようだった。私にとってはファン同士の語り合いでも、彼女にとってはこれからの行く末がかかっている相談だ。

「そうなったらもう私の手には負えませんから、独力で何とかしなさい」

「そう、ですね……」

にしてもどうしてこの私が泥棒猫なんかに手を差し伸べる展開になっているんだろう？　どうせこのままコイツが帰ったところで、王太子様からの愛を受けて幸せに過ごすんでしょうに。

それは本来、義務であろうとも、私の役目だったのに。

そう考えて一つ疑問が浮かんだ、と言うか思い出した。

このメアリーが清々《すがすが》しいまでの八方美人だったのは、天然だったせいだと無理にでも納得しよう。そして、王太子様の告白に彼女が応《こた》えたのも、強引で断り切れなかったんだと勝手に思い込む。

「——そう言えば、メアリー様のイチオシキャラを聞いていませんでしたね」

「えっ？」

じゃあ彼女自身は王太子様を愛しているのかしら？

「私から王太子様をかすめ取ったぐらいですから王太子様が一番好きだったんでしょうけれど、前世の記憶を思い出してもまだその思いは揺らぎませんか？」

「好きだったなんて！　わたしはそんな大それた思いを王太子様に向けては――！」

「婚約者たる私を蔑《ないがし》ろにして王太子様と親睦を深めていた貴女《あなた》がどの口で言いますか……！」

「信じてくださいと言うのは大変おこがましいですけれど、本当なんですぅ！」

いけない。別に今さらどうでもいいはずなのに怒りが湧き上がってくる。辛抱強く堪《こら》えていないと、メアリーに飛びかかりそうになった挙句に鎖に引っ張られる情けない事態になりそうだ。

一方、憎悪を向けられたメアリーは、負けじと強い意思を湛《たた》えた眼差《まなざ》しを向けてくる。

しばしの沈黙。お互いクールダウン中。

ここで無印版、と一作目をメアリーが呼称していたのでわたしもそう呼ぶようになったゲームばりのいがみ合いをしたって仕方がないわよね。

「じゃあ誰が推しキャラだったんですか？」

私は何とか怒りを押し留《とど》めて彼女に質問を投げかけた。多少荒い言い方になってしまったのは仕方ない。

「……わたし、幼い頃に出会った方と、長く離れ離れになり、後にまた巡り会うってお話が、昔から好きだったんです」

「ではメアリー様のイチオシは公爵様でしたか」

「はい。でも……あんまりです！　やっと前世の知識のおかげで全部思い出せたのに、その時はルートが決まっちゃってたなんて！」

公爵後輩ことルイ・ウィンザー閣下。彼は他の攻略対象者と違って幼少期のメインヒロインと接点がある。

すでに両親を失って若くして公爵の地位を継いだ彼は、ここぞとばかりに親族に骨の髄《ずい》までしゃぶられそうになったんだとか。

そんな心の傷を癒《いや》したのが幼いメアリーだった。

以来、ルイ様はいつかメアリーを迎えに行く日を夢見て奮闘、公爵として成長していく。彼はメアリーとの再会を大いに喜んだけれど、当のメアリーは専用シナリオに入るまで公爵後輩が幼い頃出会ったあのルイとは気付かなかった。

うん、だって公爵様ったらすっごく素敵になっちゃったんだものねー。あと身分を明かさなかったせいで、ヒロインは公爵様と再会しても他人の空似だって思い込んじゃったし。

それでも公爵様は常に、全ルート通じてメアリーの味方であり続ける。作中一番の癒《いや》しだってファン一同から言われるほどに。

「今でも王太子様はお慕《した》いしています。ですが、愛や恋とは違います」

「じゃあ私の悪意にも負けずに頑張っていたのは、公爵様に相応《ふさわ》しくなろうとしたからだと？」

「はい……。でもまさかルイ君がウィンザー様だったなんて……。そうだって思い出せていたら、わたし、王太子様の思いを受け入れなかったのに……っ！」

「何を勝手な……」

ぼろぼろと流れる涙がメアリーの手や膝元に落ちていく。あいにくこの場に彼女の涙を拭《ぬぐ》おうとするお優しい方はいらっしゃらない。

王太子様ルートでのメアリーは、ルイの真実を知らないままに王太子様の告白に応《こた》えた。公爵後輩ルートでは真実に至ってやっと本当の再会を遂《と》げる。

けれどここはゲームとは違う現実。幸せだったはずのメアリーが前世を思い出したことで苦悩するようになってしまったのか。

だからと言ってこんなふうに悲劇のヒロイン気取りでいられるのはムカつく。そもそも私をこんな目に遭《あ》わせている元凶はメアリーで、実際に行動したのは攻略対象者の連中だ。

……少しくらいぎゃふんと言わせたって、これ以上罰は当たらないでしょう。

「でしたらフラグ管理をもっと徹底して、今からでも公爵後輩ルートに入れるようにしては如何《いかが》ですか？」

「……へ？」

「無印版なら後は婚姻エンディングまで一直線ですが、アペンド版要素があるなら、まだやりようはいくらでもあります」

ここは王太子様や将軍嫡男達にも宰相子息同様に自滅してもらいましょう。

己が恋を抱《いだ》く相手、それも誰からも愛されるメインヒロインから裏切られる。自分の恋を成就させるために、鬱陶《うっとう》しく寄り添う男を破滅させる女などもはやヒロインとは呼べない。

自分勝手なその在り方は悪女と呼ぶのが相応《ふさわ》しい。

なんて素晴らしい展開なのかしら！

案の定メアリーは、暗闇の中に希望を見いだしたって感じに私を眺《なが》めている。

「ほ……本当、ですか？」

「はっ。メアリー様は私を誰だと心得ているんです？　畏《おそ》れ多くもランカスター侯爵令嬢ヴィクトリアですよ」

と言うわけで、私はこれからのシナリオをメアリーに伝えたのだった。

メインヒロインが悪役令嬢の手先に堕《お》ちる。ゲームにそんなシナリオはなかったはずなんだけれどね。

## □　処刑まであと6日

私の牢屋の隣に収容されているリチャードは、別に天涯孤独《てんがいこどく》ってわけではなかった。彼は週に何度か面会人と話すらしく、その度に牢屋から出されて面会室に足を運ぶ。姿も分からない相手を確認する絶好の機会とばかりに、私は彼を観察していた。

私はソフィアほどじゃあないものの、貴族令嬢方の中ではわりと背が高いほうだ。けれどリチャードの背丈はそんな私よりさらに高い。ヒールの高い靴を履いて見上げれば丁度良いくらいか。体格も立派だし、昔はきちんとした食事と規則正しい生活を送っていたのでしょう。

彼の肌の露出はほとんどなかった。長袖長ズボンの囚人服を着込み、手袋をはめているせいだ。

さらに、彼は牢の外では仮面を被っていた。そのせいで顔は分からない。ただ仮面から覗く彼の瞳は、私が今まで見たどんな宝石よりも輝いて見えた。

「ねえリチャード。知り合ってから結構経つし、顔を見せてくれてもいいんじゃない？」

「悪いが君は兄を知っているだろうから見せたくないんだがね」

「何よケチ。冥土《めいど》の土産《みやげ》ぐらいくれたっていいじゃないの」

「縁起の悪いことを言うのはよせ。まだ時間はあるのだからどう転ぶかは分からないだろう？」

そんなやりとりを二回ほどした覚えがある。せめてここまで親密になった相手の顔を目に焼き付けたいと思うのは贅沢《ぜいたく》かしら？

「リチャードには誰が面会に来てるの？」

「主に私付きの侍女や老執事だな。たまに母上が足を運んでくれる」

「そう、じゃあ実家とはまだ縁が切れたわけじゃあないのね」

「そうなるな。母上や執事達は私が兄を退《しりぞ》けようとしたなどとは信じていないらしい。

むしろ事態を収拾するために実の息子を牢に入れた父上や、過度に反応した兄に怒っているんだそうだ」

私の場合、ランカスター家を最優先に考えて不始末をしでかした娘を無情にも切り捨てたお父様やお母様は正しい。見限ったお兄様方も間違っていない。未だに繋がりを保とうとするベアトリスのほうがむしろ侯爵家の名を地に落とすと言い切れる。

でも、やっぱり私はベアトリスが会いに来てくれるのが嬉しい。何だかんだで厳粛なお父様に厳格なお母様、私を窘《たしな》めようとなさったお兄様方がいないと寂しい。傍《そば》からいなくなってせいせいしたと思う反面、意外にも私も家族の愛を求めていたんだなって実感している。

ましてや一切非がないリチャードが私みたいに関係を断たれるのは違うって思っていたから、ちゃんと家族との繋がりを保っていると聞いて安心した自分がいた。

「君も察しているとは思うが、この階層には主に貴族階級の者が収容される。税の着服や犯罪の補助、国家の転覆など様々な罪を犯した者達を見てきたな」

「そう、でも王族に刃《やいば》を向けて死刑を言い渡された貴族令嬢なんて私ぐらいでしょう？」

「くくっ。私がここに閉じ込められてから大分経つが、君ほど私の興味を引いた者はいなかったよ」

「それってあまりに騒がしくて退屈しないって意味かしら？」

まあ、そうでしょうね。六年間ここで過ごしたリチャードは、何十人って人達と出会いと別れを経《へ》てきたのでしょう。私のように刑の執行までに仮に収容される罪人だっていたでしょうし、禁固刑で長年閉じ込められた囚人だっていたはずだ。

私にとってこの監獄生活は人生を一変させる出来事だったけれど、リチャードにとってこの一ヶ月弱は長い収容生活のごく一部でしかない。私との関係だって一時的に隣になった顔見知りのご近所さんって程度の認識なんだと思う。

「いや、今までで一番楽しかったって言いたいんだ」

ところが、リチャードが心を込めてそう呟《つぶや》いてくる。正直、意外だ。

「大抵の連中は、ここに収容されても己の出自や地位を忘れられずに尊大な態度を取ろうとする。もはや貴族の特権など意味を成さないにもかかわらずな」

「人の上に立つよう、ずっと教育されていたんでしょう。できないことをやれって強要したってそりゃあ無理よ」

「けれど君は色々な意味で常識外れだったたな。まさかここでの生活を謳歌《おうか》するとは思わなかったぞ」

「悪うございましたね、破天荒《はてんこう》で」

想像するに難《かた》くない。あの貴族令嬢の模範と言われたソフィアすら、この監獄生活には順応しづらそうだった。肥え太った能なし貴族共など、ここに入れられたら生活模様があまりにも違いすぎておかしくなるかもしれない。

私は前世のわたしを思い出したのと、今までがんじがらめだった義務からの解放感があって伸び伸びと過ごせた。もう先がないって開き直った挙句にやりたい放題している。

なのでそこを褒《ほ》められるのは……色々と複雑だ。

「君がここに来てから残した様々な功績は聞き及んでいるよ。布教の拡大や新たな勝負方法の流布《るふ》、さらには陰謀の打破までな」

「不可抗力よ。私は無責任にも好き放題言っているだけだし」

これもそう。単に前世の知識を漏らしただけで実際に教本の大量生産やじゃんけん等を広めたのはトーマス神父やライオネルだ。ソフィアを救ったのだってお父様やステュアート侯閣下の尽力が大きい。私のおかげだって褒《ほ》め称《たた》えられたって困る。

「君は随分《ずいぶん》と自己評価が低いようだが、多くの者が君のおかげだと口を揃えているんだぞ？」

どこか冷めている私に、リチャードはなぜか不快感を示した。

「だから、それが心外だって言っているのよ」

「どうして？　四人だからって遠慮する必要はない。君が発端なんだから素直に誇って——」

「だって、私自身は何も成《な》し遂《と》げていないもの！」

気が付いたら私は、自分とリチャードを隔《へだ》てていた壁を思いっきり叩《たた》いていた。そのせいで両手が痺《しび》れてしまったが、そんなのも気にならないくらい感情が昂《たかぶ》っている。

「私はランカスター家をさらに発展させるか盤石《ばんじゃく》にするために生まれてきた！　期待と義務を一身に背負って、欲しかったものもあったしやりたかったこともいっぱいあったけれど我慢して、教養を身につけて堂々と振る舞って！　信じていたのよ、最後にはそんな絶え間ない努力が報《むく》われて幸せになれるんだって、きっとこの時のために頑張ってきたんだと思える日が来るんだって！」

「ヴィクトリア、君は……」

「それなのにあの泥棒猫が全部、全部全部私から奪っていったのよ！　神の教えが何？　遊びが増えたから何？　ソフィア様やメアリーが助かるから何よ！」

もう自分でも抑えられなかった。次から次へと私の口から、言いたくなかった、言えなかった心の奥底に渦巻《うずま》いていた思いが飛び出ていく。

こんな私個人なんて曝《さら》け出《だ》したくないのに。

みっともない弱音なんてヴィクトリア・ランカスターには相応《ふさわ》しくないのに。

「結局私は何もできていないじゃないのよぉおっ‼」

わたしが私を弱くした。

ここでの生活が私から仮面を奪った。

リチャードが、ライオネルが、トーマス神父が優しくするから変な気を起こしてしまったんだ。

どうしてソフィアもベアトリスも、メアリーすらこんな私を気にかけるのよ？

ありえない。早く私らしく戻らないと。

だって私は私だ。いくらランカスター家から縁を切られたって、王太子様に見限られたって、それは変わらない。最後までそうあるべきだ。

だってそれがヴィクトリア・ランカスターでしょう？

「何だ、それなら話は簡単だな」

「……は？」

だから、私の心の扉を開けないで。

「君が何も成し遂《なと》げていないと思うのは、幼い頃から抱《いだ》いていた恋に敗れたからだな？」

「……そうよ。あの瞬間に私はこれまでの全てを否定されたのよ」

だから、私の心に踏み込んでこないで。

「私……いや、俺が君を伴侶として迎えよう。俺とずっと一緒に歩んでくれないか？」

「えっ……？」

だから、私の心を抱きしめないで――！

「さすがに君の元婚約者ほど豪華絢爛《ごうかけんらん》にはできないだろうが、それでも君を幸せにすると約束しよう」

「あ、え、で、でも……」

「私が牢屋に引きこもりなのが不満か？　こう見えても人脈はあるから、出所を早めようと思えば早められるぞ。少しの間忙しくなるが、君を迎え入れる屋敷は必ず準備できる」

「いや、だから……」

「刑が確定していようがいくらでも覆《くつがえ》せるさ。それも任せたまえ。私が王太后様に取り次いで陛下に恩赦《おんしゃ》を出してもらうようにする。その辺りの駆け引きも君が心配する必要はない」

「そんな現実的に可能かなんて聞いてないわよ！」

リチャードはとんでもない打開策を口にしているけれど、それが実現可能かはこの際どうでもいい。……不思議と疑う気は起きないし。彼ができるって言うんだからできるんでしょう。何でそんな真似ができるか、詮索なんて今はしたくない。

どうして私にそこまでする？　単なる隣人にすぎないのに。

私は悪役令嬢なのに。

「リチャードは私を愛しているの？」

「さあ？　けれど今まで出会ったどんな女性よりも魅力を感じるのは事実だ」

「私はリチャードを愛していないのに？」

「そんな君だからこそ好意を持ったと認識してくれていい」

「もう私と添《そ》い遂《と》げたって何も意味ないのに？」

「むしろ私は君自身以外に価値など見いだせないのだがね」

私自身！　私自身ときたか！

ランカスター家令嬢でもなければ王太子様の婚約者でもない、ただの私に！

こんな私のどこがリチャードの琴線《きんせん》に触れたのかしらね？

「ヴィクトリア、俺と結婚してくれ」

「……ええ、いいわよ。こんな不束者《ふつつかもの》の私で良ければね」

本当、私ったらメアリーを嗤《わら》えないくらいどうしようもない女だ。

だって、彼からの告白に戸惑《とまど》いよりも喜びのほうを強く感じてしまっていた。

# □　処刑まであと5日

貴族令嬢に求められる存在意義とは何か？

そう問われたら、私はなんの迷いもなくこう答えただろう。

嫁《とつ》ぎ先と実家の結びつきを強め互いの家をさらに繁栄させていくことだ、と。

男爵や子爵階級の家は伯爵家や侯爵家に娘を嫁《とつ》がせてその権力と財力の恩恵を求め、侯爵家はさらなる地位や権力のために王家や公爵家の妃にする。貴族令嬢の縁談は家の発展に繋がるように結ばれる。極端な話、肥え太った中年貴族がまだうら若き令嬢を娶《めと》っても常識の範疇《はんちゅう》なのだ。

次女三女だからって自由に振る舞えるわけじゃない。階級の低い家の嫡男と婚約させてその嫁《とつ》ぎ先を家の勢力に引き込んだり、一代限りの名誉貴族とか大商人に嫁《とつ》がせて家に名声をもたらすなど、やはり家の利益を考える場合が多い。

修道院送りなんて、よほどの問題児でない限り最終手段でしかない。

貴族令嬢が武官や文官になることがないとは言わないけれど、そんな方々は大抵妻としての価値が低かったり親から絶縁されていたり、と何らかの理由がある。まだこの世界は、普通の貴族令嬢が社会進出できる環境ではない。

つまり、貴族令嬢の価値はどれほど実家に貢献できる家の男性と結ばれるか、だ。

私は、物心つく前から親をはじめとした周囲から、そうした教育を受けてきた。王太子様の婚約者として相応《ふさわ》しくあろうと立ち居振る舞いに教養、礼儀作法を磨き続けたのだ。厳しく散々に叱《しか》られる毎日だったのに、いつか必ず祝福されると信じて。

その結末がこれ。婚約破棄からの投獄、家からの縁切りだ。

貴族令嬢として育てられた私にとっては、自分の存在価値の完全否定。

いくら宗教改革の発端を担《にな》ったって、お遊びの勝負方法を流布《るふ》したって、他の貴族令嬢の名誉を回復したって、私自身はもう無価値の塵芥《ちりあくた》でしかない。わたしだったら人の力になれて嬉しかったかもしれないが、私のこの価値観は前世の価値観でも覆《くつがえ》せない。

だからせめて、わたしの知恵も借りて残り少ない人生を謳歌《おうか》しようと頑張った。それなりに楽しめているとは思う。でも、それらは所詮退屈凌《しの》ぎでしかない。

これまでの日々が有意義だったかと問われたら、間違いなく意味なんてなかったって答えるでしょう。貴族令嬢としての足跡を残せなかったのですもの。

なのに私は……昨日リチャードから告白された。

彼は悪女としか言いようのなかった私の身の上に起こった出来事を、真摯《しんし》に聞いてくれた。私の愚痴も諦《あきら》めにも耳を傾けてくれたし、馬鹿馬鹿しい思いつきだって呆《あき》れるような閃《ひらめ》きだって意見を述べてくれた。

この石壁を隔《へだ》てた向こうにいる彼は、あまり長くない私の人生の中で一番近かった人だ。お父様もお母様もランカスター家の娘として、同級生達も王太子様も私の立場を見ていた。リチャードほど私個人に興味を向けた人なんて、今までいなかったもの。

私はそんなふうに彼を意識していなかったのに。

別に、彼とは気軽に他愛ない話を交わすだけで満足だったのに。

その思いを打ち明けられてしまったら、どうしても意識してしまう。

「……あーもう、どうしよう？」

壊れたレコードみたいに彼の言葉が頭の中で鮮明に再生される。おかげで昨日は悶々《もんもん》とした気持ちが抑えられなくて全然眠れなかった。

今も眠気はあるのに頭がはっきりしていて、軽く危機感を覚えるくらい状態がよろしくない。

「あの、ヴィクトリアさん。大丈夫ですか？」

扉の小窓越しにライオネルが心配そうな視線を送ってくる。寝具の上で座り込んでいた私は、何とか顔をライオネルに向けて手をひらひらさせた。

「ん？　あー、何とかね。辛《つら》くなったら昼寝でもして頭すっきりさせるから」

「気分が悪くなったらすぐに言ってください。お医者様を呼びますから」

「ありがとうライオネル。いつも私に親切にしてくれて感謝しかないわ」

「い、いえ。当然のことをしているまでですから」

ライオネルはまだあどけなさの残る顔で、花を咲かせたみたいに笑った。あまりにも裏表のない無垢《むく》な表情だったものだから、思わず私も顔がほころぶ。

メアリーの話によればライオネルも『アペンド版』とやらの攻略対象者らしいけれど、あいにく未プレイの私には今まで彼と過ごした場面がどこまでゲームの内容に即しているのか、さっぱりだ。それに私にとってはそんな情報は現実味がない。ここが現実なのだから。

「昨日ね、私ったらリチャードから思いの丈をぶつけられたの」

「……はい。僕もあの時この階にいましたから聞いてました」

「それでね、私は彼の思いを受け入れたの」

「……はい。そうでしたね」

互いに歯切れの悪い言葉を交わす。

結局私は、あの場の勢いに身を委《ゆだ》ねる形で頷《うなず》いてしまったのだ。

リチャードは私を愛しているか分からないと語った。私はリチャードを愛していないと答えた。なのにずっと一緒にいようと約束を交わした。

なんて身勝手な、と思う。

リチャードがじゃない、私が、だ。

別に王太子様に突き放された腹いせでもないし、尻軽に乗り換えた覚えもない。私はただ彼の思いに縋《すが》りついただけ。

そんな私に喜んではしゃぎまわる資格があるとでも？

「……アレで本当に良かったのかしら？　リチャードなら私なんかよりももっとできた女性との婚約だって簡単でしょうに」

「そんなことはありません。ヴィクトリアさんだって、その……素敵な方だと思います」

「そう。お世辞でもそう言ってもらえて嬉しいわ」

「お世辞なんかじゃありません！　そんなふうに自分を卑下《ひげ》しないでください！」

鋭いライオネルの言葉に驚き、私は思わず身を竦《すく》ませた。

彼の目はいつになく真剣で、穏和で明るい普段の雰囲気は鳴りを潜《ひそ》めている。感情的になって抑えきれなくなったのか、彼の瞳は深紅《しんく》に輝いて私に訴えかけていた。

目を背《そむ》けるな、って。

「明日は非番なんですけれど、トーマス神父が僕のうちを訪ねさせてくれって仰《おっしゃ》いました」

「ライオネルの村とトーマス神父の教会がある町って別じゃなかったかしら？」

「ですから、わざわざ足を運んでくださるらしいんです」

「ライオネルの村にも教会はあるってこの前言ってたし、だとしたら……」

「──今後の僕について相談したい、とのことです」

「……っ!?」

ライオネルの今後って、まさか私が神父を唆《そそのか》した一件についてか？

だとしても、私がトーマス神父に話を持ちかけてまだ数日しか経っていない。彼の行動力ならすでに他の聖職者達に根回し済みだとも考えられるし、まずはライオネル本人の意見を聞きたいのかもしれない。

「じゃあ、トーマス神父はライオネルの秘密を知ってしまったわけ？」

「主の御名において僕を守りたい、と仰《おっしゃ》っていました。他ならぬヴィクトリアさんから強く懇願《こんがん》されたと」

「……あの神父、口の軽さはどうにかならないのかしらね」

私の不満をよそに、ライオネルは涙すら浮かべてこちらを見つめる。

「僕はずっと素性を隠すしかないって思ってました。言われるように、いつか闇に引きずり込まれたらみんなを傷つけるかもしれない、そうなる前にみんなの前からいなくなったほうが……、とも思っていました」

「無責任に言わせてもらうと、それは単に逃げているだけよ」

「まさか僕に課せられた宿命に向き合う勇気だけじゃなくて、みんなの考えを変える働きかけまでしていたなんて……考えもしなかったです」

「常識は変えられる。少なくとも私はその機会に恵まれたわ」

きっと教本の一件がなければ、あの神父が私の言葉に耳を傾けたかも怪しい。この結果は、私が偶然踏んだ地が新たな道となっただけだ。

けれど、ライオネルはとうとう格子を掴む手を震わせて涙を零し始める。

「僕は……ヴィクトリアさんに救われたんです」

「大げさね……。明日トーマス神父に何言われるか分かったもんじゃないわよ?」

「迷惑でしかないのは分かっています。けれどごめんなさい、伝えさせてほしいんです」

「伝える？　何を？」

ライオネルは袖で涙を拭《ぬぐ》い、私に意を決した眼差《まなざ》しを送ってきた。

どうしようもないことに、私はそんな彼に男性らしい一面を感じてしまう。

「僕は、ヴィクトリアさんが好きです」

「……っ⁉」

その思いは、間違いなく女友達に向けたものではなくて……何だ？　一人の男性として一人の女性である私に向けた、でいいのよね？　私が変に勘違いしてるわけじゃあないわよね？

「そう、私もライオネルのことが好きよ」と、ごまかすのは簡単だと考えているのとは裏腹に、実際の私は口を開閉させるのが精いっぱいだ。

彼が私に惹《ひ》かれる要素なんて……彼からすればありまくりなのか。

高貴な出自の私が一介の兵士の彼に気さくに語りかけたり、色々と教えたり。何より彼の宿命とやらをバッサリと切り捨ててやった。

私が彼にどれだけの影響を及ぼしたのかまでは、私には分からない。けれどこうして真摯《しんし》に思いを伝えてきたのだ。相当なんでしょう。

……どうすればいい？　ただでさえリチャードの言葉を受けて、感情が処理しきれないのに。

こんな時は……そうだ。誰かに相談すればいいんだ。リチャードはさっきから面会室に行っていて不在よね。ソフィアは出所したし。だったらライオネルに話を持ちかければ……

「って当の本人に相談してどうするのよ……っ！」

駄目だ、全然頭が回ってない。

今まで儀礼的な賛辞は受けてきたし媚《こ》びへつらいもされてきたものの、まさか私が恋愛の当事者になるなんて思いもよらなかった。断罪前の私に今の私の状況を伝えても、鼻で嗤《わら》って取り合わなかったに違いない。

いや、落ち着け私。ここで委《ゆだ》ねるべきなのは一瞬の感情へじゃなくて現実的側面へでしょう。

確かにライオネルの好意は嬉しいとはいえ、私はそんな思いに応《こた》えられる境遇じゃない。

「嬉しいけれど、ライオネルの前にはいつか絶対にもっと素敵な女性が現れるわよ」

「……っ！」

ここは心を鬼にして突き放すべき。

「そんなことはありません、ヴィクトリアさんは僕にとって太陽のような女性です」

「太陽なんかじゃなくて風前の灯《ともしび》よ。あと少しで処刑される私に恋《こ》い焦《こ》がれてどうするのよ？　ライオネルが苦しむだけじゃない」

「逃がします。僕のこの身に代えてでも」

逃がす？　どうやって？

看守でしかないライオネルがたった一人で、どうやって私を連れ出す？

方法はある。彼がその宿命を受け入れて魔王としての力を発揮すれば、私をここから攫《さら》ったり処刑場を滅茶苦茶にしたりする程度、思うがままだ。けれどそれは同時に克服しかけていた彼の運命を闇へ堕《お》とす結末に繋がる。

私なんかのために、だ。

怒りがふつふつと湧いてきた私は、立ち上がって彼に迫る。それから手を勢い良く伸ばして扉の小窓越しに彼の首元を掴んだ。

「ふざけないでよ。逃がしてどうするの？　一生逃亡生活するつもり？　残されたライオネルの家族はどうするの？　折角トーマス神父が奔走《ほんそう》してくれているのに踏《ふ》み躙《にじ》る気？　全部考えているんでしょうね？」

「僕が代わりに犠牲になっても構いません。人に闇の神の申し子が討てるなら、ヴィクトリアさんの罪だってなかったことにできると思います」

「私がそんなこと望んでいると思っているの？」

「僕は、ヴィクトリアさんに生き延びてほしいです」

「この……っ！」

気が付けば私は、かっとなってもう片方の手でライオネルの頬に平手を……食らわそうとして腕を振り、思いっきり私達を隔《へだ》てている扉に打ちつけていた。あまりの痛さにライオネルから手を離して軽く悲鳴を上げる。

ホント、何やっているんだ私。

強く打った手をさすっていると、ライオネルが心底心配そうな声をかけてくる。

全く、これだと彼はまるで私の虜《とりこ》じゃないか。殿方を次々と惹《ひ》きつける私は魔性の女……いえ、物語のメインヒロインにでもなったみたいだ。

「あの、大丈夫ですか？」

「え、ええ、何とかね」

おかげで少し頭が冷えた。冷静になって再び彼と向かい合う。

彼は相当な決意を持って私に告白してきたのだから、いくら突き放そうが立ち上がって私と向き合うでしょうね。

「ハッキリ言っておいてあげるけれど、そんなことしたら私はライオネルを一生恨むわよ」

「……っ。僕はそれでも――」

「私が構うの。私が、ライオネルには光射す道を歩んでもらいたいの。私なんかに惑《まど》わされちゃ駄目」

「でも僕は、僕は……！」

なら彼の決心を黙って見守る？　そんなのほかでもない私が許さない。

逆に彼をどうにか思い留《とど》まらせる？　どう罵声《ばせい》を浴びせても応《こた》えないでしょうね。

だとしたら私がやるべきなのは、もっと賢く立ち回れと誘導すること。これまで散々暗躍して、今もソフィアやメアリー達を駒《こま》みたいに動かしまくった悪役令嬢は最強なのだ。

「まず一つ確認したいのは、ライオネルは私に幸福に生きてほしいの？　それとも私と結ばれて家庭を築きたいの？　私の全部を自分のものにしたい？」

「えっ？　い、いえ！　僕は、その、そこまで考えては……。それにヴィクトリアさんと一緒だったら嬉しいですけれど、僕なんかには勿体《もったい》ないって言いますか……」

「なら話は簡単ね。自分一人で解決しようとしないで他の人に相談なさい」

リチャードでもトーマス神父でもいいし、何ならソフィアや私の妹のベアトリスに話を持ちかけても構わない。ライオネル個人だけだと私を強引に連れ出す以外なくたって、他のみんなと結束したらもっといい手を打てるかもしれないでしょうよ。

え？　リチャードは恋敵《こいがたき》？　知らないわよ。そんなの私の管轄外《かんかつがい》ね。

少なくとも彼はライオネルと同じように私に生きていてもらいたいらしいから、乗り切るまで手を組むのは悪くない。その後については……うん、棚上げしてその時の私に委《ゆだ》ねてしまえ。

私ったら悪女だなぁ。今さらだけれど。

いいえ、悪役令嬢って言ったほうがいいのかしら？

「少なくともこの監獄で私が接触した人達は信用できるから。手を結んでもいいし、利用し合うのもいいわ。けれど先走るのだけはやめて」

「……あの、ヴィクトリアさんはどうしてほしいんですか？」

「別にどうも。ただみんなが私のしでかしに影響されてどう動くかは楽しみね」

「けど、まだ生きていたいとか罪を償《つぐな》いたいとか、そんなそぶりは全く見せないじゃないですか」

それもそうだ。助命を嘆願してもいないし懺悔《ざんげ》もしていない。私は私のままで、それは屋敷でも学園でも牢獄でも変わりやしない。

とは言え、確かに変わった点はある。昔の私だったら間違いなくこんな惨《みじ》めな最期《さいご》は認められなかった。

「神の教えでは命は巡るって言われているわね」

「え、ええ。輪廻転生《りんねてんせい》って概念ですね」

「どうやら私には前の記憶があるらしいの」

「えっ⁉」

けれど今は違う。

死後についてなんて現世の苦しみから逃げる口実に利用されるだけの考えだって思っていたのに、まさか私がその身をもって味わうなんて考えもしなかった。おかげで気が楽になったわ。

私にはわたしって前があった。なら次もきっとあるんだって。そう思える。

「ヴィクトリア・ランカスターは本来運命に負けて惨《みじ》めに幕を下ろすはずだった。きっと貴族令嬢のままだったら、かつての栄光に縋《すが》りついてライオネルにも怒鳴り散らしたでしょうね。今こうして落ち着いているのは全部、前のわたしのおかげなの」

「そう、だったんですか……」

「私が失敗したって、全部白紙になった状態の次があるんだもの。だったら残り少ない時間、これまでの身分も常識も何もかもかなぐり捨てて好きなように生きてみせるわ」

「次があるって楽観できるからやりたい放題する、ですか？」

そうね。もしかしたら次でも、今みたいに私とか、わたしを思い出すかもしれない。

だからもう今世を諦《あきら》めてしまってもそれはそれでいいかもしれないけれど、全然私らしくない。最後の最後まで方々《ほうぼう》を誑《たぶら》かしまくってかき回す。

そう、何しろ私は悪役令嬢なんだからね！

断罪された程度じゃあ、反省もしないし止まらないわよ。

「私が謳歌《おうか》した時間がライオネルの告白に繋がったのなら、誇らしいわ」

「ヴィクトリアさん……」

「だったら捨て身に出ないで、最後まで私の期待に応《こた》えなさいよ。分かった？」

「はいっ……！」

どうやらライオネルも納得してくれたようで力強く頷《うなず》いた。

これで事態がどう転ぶか、私はただ結果をもって知ることになるでしょう。

しかしライオネルが私を救いたいって思う気持ちは確かに嬉しい一方で、リチャードほど頼りにしたいとは思えない。それはひとえに、私がライオネルに弱さを見せていないからかしら？　でも今さら昨日みたいに暴露するなんてたまらないし……

「ねえライオネル、ちょっとやってほしいことがあるんだけれど」

「えっ？　何です一体？」

私はライオネルを手招きして耳元で私の願望、というか自分勝手な欲望を囁《ささや》いた。ライオネルは案の定驚きの声を上げたものの、私がはやし立てたのもあって一つ咳払《せきばら》いしてこちらに向き直る。

その凛々《りり》しさからは、普段の中性的な印象は全く見られない。

「ヴィクトリア、僕が君を救うから」

「……っ⁉」

ヤバいなんてもんじゃない。ヤバすぎる破壊力だ。普段とのギャップが激しすぎる。年下の男の子、下手《へた》すると女友達って扱い程度だったライオネルの男らしさを感じる一幕。『アペンド版』での彼のルートではこんなイベントがあったのかもしれない。

「……卑怯《ひきょう》。ライオネルのくせに生意気よ……」

「あの、ヴィクトリアさん？」

「駄目。今度から私のことは呼び捨てで呼びなさい」

「ええっ⁉」

その後もライオネルとは会話を続けたけれど、内容はあまり覚えていない。正直私は戸惑《とまど》いをごまかすのが精いっぱいだった。

嗚呼《ああ》、駄目ね私。今日も上手《うま》く眠れそうにない。

## ■処刑まであと5日　S・i・d・eライオネル

僕には生まれた時から聞こえる声がある。

最初は神様が語りかけてくるんだって思った。

けれど違っていて、それは闇へと誘うものだったんだ。

僕は生まれつき肌と髪が白くて目が赤かった。お母さんはみんなと違うといじめられるからって、毎日髪を染めてくれたし、目立つ顔とか手とかは何かを塗ってくれたっけ。

今思い出せば、それは僕を守るためだったんだね。

――深紅《しんく》の瞳に純白の髪と肌を持つ者、闇の神に選ばれし者なり。

――やがて闇に魅入《みい》られしその者は、全ての光を遮《さえぎ》りこの世を永遠の闇で閉ざすだろう。

そう、僕は闇の神に選ばれた忌《い》み子《ご》、つまり魔王だったんだ。

「どうかどんな時でも優しさを忘れないでね。そうすれば相手もきっと優しくしてくれるから」

お母さんは何度もそう教えてくれる。僕もお母さんの言うことを守って大人の仕事を手伝い、みんなに親切にした。人のために頑張れば闇の声も小さくなっていったし、相手も笑顔になってくれて嬉しかったよ。

けれど、子供ってやっぱり小さなきっかけで喧嘩《けんか》したり言い争ったりするよね。僕は自分が馬鹿にされても叩《たた》かれても我慢した。ただ、折角お母さんが僕のために用意してくれた物を取られたり、妹の悪口を言われたりした時は、ついカッとなって手が出ちゃうんだ。

だって闇の声が言うんだもの。耐える必要なんかない。殴ってしまえ、って。

喧嘩《けんか》はいつも僕が勝っていた記憶しかない。いつの間にか相手を殴り倒し上に乗っかって泣いて許しを請《こ》うまでぼこぼこにしてしまう。その度にお母さんが相手の親に謝りに行く。僕は悔しくて仕方がなかったし、お母さんにそうさせた自分を許せなかった。

父親のいない僕達を育てるためにお母さんは一生懸命働いた。けれど無理をしたせいで身体を壊して寝込むようになったんだ。だから僕が代わりに働いてお金を稼ぎ、妹達が家事をこなすように役割分担した。少しでもお母さんに楽をさせるように。

そんな僕が成長するに従って、段々と闇からの声も大きくなっていく。耳を塞《ふさ》いでも周りがうるさくてもはっきりと聞こえて僕を惑《まど》わす。そんな仕事はさぼれ、その売り物を盗め、その女を襲え。僕はその度に絶対にそんなことはしないって自分に言い聞かせ続けた。

闇からの誘いは強要するだけじゃなくて誘惑だってしてくる。ある時にはお母さんの声で唆《そそのか》してきた。時には妹に化けてお願いしてきた。またある時はご近所さんの幻覚で僕を罵倒《ばとう》してきた。闇の声が段々と僕を蝕《むしば》んでいく。

だから僕は何をやるにも一心不乱に打ち込むようになった。気を紛《まぎ》らわそうと。お母さんがそんなに頑張らなくてもいいのよって言ってくれたけれど、それすら闇から発せられる声に思えて仕方がない。

もう、限界は近かった。

そんなある日、僕の職場にとっても綺麗な女性がやってきた。王太子様のお命を奪おうとした大罪人って言われていたのに、話してみるととっても気さくな人だ。

平民の僕とも対等に接してくれて、素直に文句を言ったり喜んだりしている。

僕には、彼女——ヴィクトリアさんを救えない。国が彼女は死刑だって決めたんだから従わないと。僕の仕事は罪を犯した人達が更生するまで収容される監獄の看守。むしろヴィクトリアさんを逃がさないよう見張らなきゃいけない。

ヴィクトリアさんはとっても博識だ。じゃんけんって遊びを教えてくれた。それを妹やご近所さんに教えると、とっても面白がってくれた。それどころか興味を持ったみんなに広めて、最近では結構な範囲で使われるようになっているらしい。

「例えばね、村長さんからボードゲーム借りてやろうとするよね。先攻後攻をどうやって決めるんだってなったら賽子《さいころ》を使ったりコイントスしなきゃ駄目だったじゃん。けれどこれなら別の道具が必要なくなるの」

って妹が嬉しそうに話してくれたっけ。

僕はじゃんけんを教える際に一つ条件を提示した。それは必ず発案者としてヴィクトリアさんの名を出すこと。揉《も》め事《ごと》の解決にヴィクトリアさんが一役買ったってなり、それが王国中に広まったら、誰かがヴィクトリアさんを殺すなって言ってくれるかも。そんな期待を込めて。

他にもヴィクトリアさんは、神父様に教本の量産の仕方とか布教の改善案を教えたらしい。神父様はヴィクトリアさんを聖女とか神の使徒って言って崇拝している。あんなに厳格な聖職者も心酔させている彼女は本当に凄《すご》いと思う。

それから妹のベアトリスさんには音の伝わり方の原理を教えたそうだ。ヴィクトリアさんが妹さんとの面会を終えて戻ってきてすぐに耳元で女性の囁《ささや》きが聞こえてきて吃驚《びっくり》した。思わず叫んだ僕をヴィクトリアさんは笑ったのだ。何でも風の魔法の応用で、監獄の外にいる妹さんがヴィクトリアさんに話しかけてきたから、それをいたずらで僕にも聞こえるようにしたんだって。もう、いきなり驚かせないでよ。

優しくて純粋な女性、笑顔が素敵なヴィクトリアさんに僕が心惹《ひ》かれるようになるのにそう時間はかからなかった。

そして、闇からの誘いはヴィクトリアさんの姿をとるようになる。

ある日は僕を口汚く罵《ののし》ってきて、ある日は僕の前で服を脱いで裸体を曝《さら》しつつ耳元でくすぐるように囁《ささや》いてきて、ある日は泣き叫びながら帰りたいここから出してと懇願《こんがん》してきて。どれもこれもヴィクトリアさんじゃないのに凄《すご》く生々《なまなま》しくて、僕は追い込まれていった。

そして、とうとうヴィクトリアさんを襲って汚《けが》してしまう夢を見る。その時、僕の赤い眼をヴィクトリアさんに見られてしまった。もう終わりだ、と絶望した僕に……彼女は変わらない様子で言ってくれた。

「折角ルビーよりも深い紅《あか》に輝いてて綺麗だったのに。隠すなんて勿体《もったい》ないわね」

ヴィクトリアさんにとっては、僕が闇の申し子だろうとなかろうと些事《さじ》だったんだ。もし別の人にばれた時用の言いわけを幾《いく》つも披露して、これからもよろしくねって微笑《ほほえ》んでくれて。

これが人を愛するってことなんだって、僕はこの時強く感じた。

「――声が聞こえる?」

「はい……。ずっと闇の声が僕に罪を犯すよう、促《うなが》してくるんです」

「その誘いに負けて魔王に堕《お》ちる、か。ちょっとこっちに来てもらえる?」

「あ、はい。ちょっと待ってくださいね」

そして今日、僕は思い切ってヴィクトリアさんに自分の思いを打ち明けた。結果は玉砕。当たり前だよね、だって僕より前にリチャードさんが情熱的な告白をしていたから。

それでも悔いはない。僕は僕の思いをヴィクトリアさんに知ってもらえれば良かった。

それでも闇は僕を惑《まど》わす。無理やり奪ってしまえと。その身を汚《けが》し、尊厳を踏《ふ》み躙《にじ》り、魂《たましい》を食らい、彼女の全てを我がものにしろ、と。ヴィクトリアさんとの距離が近づくにつれて目が離せなくなって心臓が高鳴って、もう彼女に意識が持っていかれ――

不意に、僕の耳を彼女が塞《ふさ》いだ。いや、正確には、扉の小窓から手を伸ばして僕の耳をその白くて繊細《せんさい》な指で覆《おお》う。

「どう？」

「どうって、その……」

感じる。ヴィクトリアさんの手の温《ぬく》もりを、命の鼓動を。

彼女はいつものようにはにかんだ。それだけでも僕にはとても魅力的に映る。

「こうするとね、自分がここにいるんだーって落ち着くの。おすすめよ」

いいえ、きっと自分で耳を覆《おお》っても今を想起してしまうに違いない。それはつまり、いつだってヴィクトリアさんを意識することを意味する。

「どう？」

「……はい。不安がなくなったような気がします」

「そう、それは良かったわ」

その言葉に偽《いつわ》りはない。だって闇の誘惑なんかよりはるかに魅力的で尊い存在に出会ってしまった。

僕はヴィクトリアさんと知り合って、恋をして、憧《あこが》れて、そして虜《とりこ》になったんだ。それが恋に結びつかなくなっていい。

——ヴィクトリアさん、僕は貴女《あなた》を絶対に守ります。僕の全てをかけて。

## □ 処刑まであと4日

ソフィアから手紙が届いた。無実が証明されても悪い噂《うわさ》は中々収まらないらしい。それでも彼女が思っていたより、ソフィアの味方をする人は多いそうだ。彼女ほど洗練された女性なら、きっと近いうちに根拠のない悪評は晴れるでしょう。

そんな予想通りの近状よりも、驚くべきことが手紙には書き綴《つづ》られていた。

「何か面白いことでも書いてあったのかな？」

笑い声を漏らしていたらしく、リチャードに聞かれる。

「えっと……エドマンド様が卒業と同時に北方地域平定への遠征に参加されるんですって」

「エドマンド？　あぁ、陸軍将軍の嫡男か。王太子の取り巻きの一人だったかな？」

将軍嫡男エドマンドは、アルビオン王国の陸軍に代々将官を輩出《はいしゅつ》してきた武門の出だ。学園は軍を統《す》べる将校の卵を送り出す士官学校も兼ねているため、彼が祖先と同じ軍属になるのは分かる。けれどエドマンドは将来を約束された有望な人材。てっきり王宮、最低でも王都勤めになると思っていた。

北方遠征参加は確か『白き島』の将軍嫡男ルートでエンディングを迎えた際に好感度が低いと起こるんだったか。メインヒロインと将来を誓い合ったのにすぐに単身赴任になって、時が経つにつれて恋が冷めていくビターエンドだ。

「配属されたての一般兵士は実戦を経験するため、最初の数年は北方か西方に必ず配属される決まりだったな。だが彼は幹部候補生だろう？　免除されると思っていたのだが」

「ソフィア様からの手紙によると、彼女を貶《おとし》めた一件で宰相閣下、つまりステュアート家が窮地に立たされたでしょう？　エドマンド様もあの一件に加担していたと判明したんですって」

正直、にわかには信じられない。ソフィアを追い落とす謀略をエドワードが企《くわだ》てたのはまだしも脳筋……じゃなかった、武力に優れたエドマンドがどうして関わったのかしら？　彼の親友だったエドワードの弁論にころっと騙《だま》されて手助けしてしまったとか？

もう少し詳しく手紙を読んでみる。

「どうも将軍閣下は、貴族令嬢の私を王太子様達と寄ってたかって糾弾《きゅうだん》するみっともない息子の態度に苦言を呈《てい》していたんですって。その時は私も悪かったから目を瞑《つむ》ったけれど、今度は悪意のなかったソフィア様に無実の罪を被せてしまった」

「それでは、あの将軍なら黙っちゃいないだろう。よく自分で手打ちにしなかったものだ」

「エドマンド様はエドワード様の言うことなら正しいと思った、と供述したそうよ。そこで将軍閣下がとうとう怒りを爆発させたんですって。もう自分の息子だからと甘やかさずに厳しくしろ、って命令したらしいわ」

「北方遠征参加で済まされるなら充分優しいと思うがね」

北方地域遠征軍は現地に駐屯してる軍との入れ替わりになる。次に派遣される北方遠征軍は早くても四年後。その間王都から遠く離れた地でひたすら過ごさないといけないわけだ。

家族持ちだったら家族ごと一時的に移住できるけれど、将軍嫡男ルートでない現状、メアリーがついていくわけもなく、エドマンドは一人で派遣されることとなる。

まさかソフィアを助け出す行為がエドワードのみならずエドマンドのざまぁまで誘発していたなんて。仕返しにしては生ぬるいものの、彼自身は王太子様やエドワードに助力していただけの脳筋ゴリラ……訂正、武芸担当でしかない。この辺で妥協しておくか。

「これで残りは三人……」

『白き島』の攻略可能キャラは王太子、宰相子息、将軍嫡男、敏腕教師、侯爵家執事、公爵後輩の計六人。隠れキャラとなっている攻略対象者は王太子様ルートでは登場しないので検討から除外してもいいでしょう。

さらにここでのメアリーは敏腕教師の恋愛フラグを立てていない。あのメアリーから考えると、年が一回り上の殿方には興味がなさそうだし、あの教師は私の態度を説教した程度で断罪イベントも未参加。彼も捨て置いていいでしょう。

よって復讐対象の残りは三名って計算になる。

公爵後輩は……彼はメアリーをいじめる私に真っ向から反発してきた。と同時にメアリーに対しても至らない部分を窘《たしな》めていた。彼だけは攻略対象者の中でソフィア並みに公平だったと思う。だからこそ理路整然と私を糾弾《きゅうだん》していたので性質《たち》が悪いのだけれど。

私をふった王太子様は、メアリーが私の思う通りに動いてくれるならぎゃふんと仰《おっしゃ》る日も近い。『白き島』の公爵後輩ルートでのあの方はメアリーと公爵後輩の良き理解者だったが、そんないい立ち位置に彼を据《す》える気はさらさらない。

ははっ！　ねえ、メアリーへの愛のために私を捨てたのに、メアリーの愛のせいで捨てられるってどんな気持ちかしら？

ねえ悔しい？　もしかして惨《みじ》めだったりする？

もう貴方の周りに優秀なご友人はおられなくてよ！

一方で、その本来なら肝心なヒロインことメアリーだけれど……私は彼女をどうしたいのかしら？

私があそこまでメアリーに陰湿な嫌がらせを続けたのは、全て王太子様に近寄る……いえ、正確には王太子様が彼女の傍《そば》に寄ったからだ。右も左も分からない貴族だらけの環境に何とか溶け込もうと頑張る姿はむしろ感心してもいい。

彼女の素朴さと純粋さに攻略対象者達が惹《ひ》きつけられたのがまずかっただけだろう。うん、こう考えられるのは間違いなく前世のわたしの価値観が交ざったせいだ。でなければ今でも感情的なまま下賤《げせん》な成り上がりを王太子様の傍《そば》に寄せなかった。そう考えるとわたしという不純物が交ざった今の状態は満更、悪くない。

「まあ、同情の余地はあるって程度ね」

純真無垢《じゅんしんむく》だからこそ、まだいくらでも染めようがある。ヒロイン、メアリーを悪役令嬢ヴィクトリアに心酔させてしまうのも面白い。単に尖兵として思うように操り、用が済んだら捨ててやっても愉快だ。

せいぜい、私を捨てた王太子様に復讐する手駒《てごま》として頑張ってもらいましょう。

残るは……うちの執事か。そう言えばアイツ今どうしているんだ？

侯爵家執事は悪役令嬢の悪意の片棒を担《かつ》いでいた。専用ルートでは、自責の念に駆られた彼がとうとうメアリーと王太子様にその罪を告白して懺悔《ざんげ》する。けれどメアリーはその慈悲深さをもって彼を許し、彼もまたメアリーの寛大さに惹《ひ》かれていくこととなるのだ。

実際、私が投獄された大きな要因は、彼の裏切り。『白い島』を思い出したから幾分和《やわ》らいでいるけれど、長年付き従えてきた従者に裏切られたことは今でも信じられない。

明日にはベアトリスがまた来てくれるでしょうし、彼が今どうしてるのか聞いてみるか。

「おかしい……別に私を断罪した攻略対象者全員にざまぁを実行していないのに、どうしてこうなったの？」

「ヴィクトリア、何か言ったかね？」

「いえ、何も言ってないわ」

今日もまた私は壁越しにリチャードと会話をする。もう日課と言っていい。これもあと少しなんだと思うと若干寂しく思う。

彼が私を救うために何をするのかは分からない。けれど彼ならきっとやってくれる……。そんな不思議な安心感が私にはあった。

「ところでヴィクトリア。君にはあらかじめ伝えておこうと思う」

「ん？　どうしたのよ改まって」

「私は明後日、夜が更《ふ》けたら出所するつもりだ」

……リチャードが、ここからいなくなっちゃう？

「君の処刑日から逆算するとそこまでの滞在が限界だ。三日後は外での準備に丸一日費《つい》やすつもりだから、ここにはいられない」

「そ、そう。長い間閉じ込められていたんでしょう？　良かったじゃない、出られて」

できる限り明るい声を出そうとしたのに、動揺で声が上ずっているのがばればれだ。

リチャードが私を思って行動に移ってくれるのは分かっているのに、それでも今まで当たり前だった日常が崩れるのは……覚悟していたよりも辛《つら》い。

そんな私の上辺だけの言葉に、リチャードは怒りを露《あら》わにした。

「何が良いものか。君を置いて私だけがぬけぬけと出て嬉しいものか」

「リチャード……」

「最後まで私を……いや、私達を信じてほしい。君が思っているほど君はまだ見捨てられてはいないのだから」

「……っ！」

信じろ？　今まで何も信じられずに婚約者にも裏切られた私に信じろと？

随分《ずいぶん》と贅沢《ぜいたく》なお願いね。けれど、悪い気はしないわ。

「いいわよ、信じてあげる。どうするのかは楽しみにさせてもらうわね」

「ああ、期待に応《こた》えるとしよう」

私は笑う、リチャードも笑う。

冷たい壁が私達を隔《へだ》てているのに、まるで直接背中を合わせているみたいに彼を感じられた。

これが気のせいだったっていい。そう錯覚するくらいに彼を気にしていたんだって証《あかし》なんだから。

「ところでヴィクトリアは明後日《あさって》何か予定があるかな？」

「あるわけないでしょう。暇《ひま》よ」

「なら私に時間をくれないか？　少しやりたいことがある」

「やりたいこと？」

獄中でやることなんて限られている。こうして言葉を交わすだけでできる世間話や脳内ボードゲームはあらかたやり尽くしたと思うし。

疑問を口にする私に対して、リチャードは何だか嬉しそうな声で次の言葉を送ってきた。

「何、忙しくなる前に婚姻届でも出してしまおうかと思ってね」

# □　処刑まであと3日

「──クビにしました」

「えっ？」

「ですから、お姉様付きだった執事は解雇しました」

　久しぶりにやってきた妹のベアトリスに私のお抱えだった執事の近状を聞いてみると、とんでもない答えが返ってきた。

　驚く私に対してベアトリスは、どうして驚くのですか？　とばかりに眉をひそめる。

「確かにお姉様の嫉妬《しっと》はランカスター家の名を落とす愚行でしかありません。お父様お母様に申し訳ない所業です」

「アイツは私の悪事を内部告発しただけでしょう。別に悪いことはしてないいんじゃない？」

「彼が仕えていたのは一体誰です？　王太子殿下ですか？　エドワード様ですか？」

「あっ」

成程、ベアトリスが言いたいのは、アイツの勇気ある行動ではない。命令系統を飛び越えていきなり王太子様やエドワードに家の恥部を曝《さら》してどうしてくれるんだって話か。せめて事前に当主たるお父様かメアリーと懇意にするベアトリスに相談していたら話は違ったということだ。

「彼は良かれと思ってやったのでしょう。実際、学園や町では美談として語られています。ですが、それとこれとは話が別です。家の当主、主人であるお父様に忠義を尽くさなければならない者が、よそ者に問題解決を委《ゆだ》ねる。あまりにも自分勝手としか言いようがありません」

「もし事前に話を聞いていたら、お父様は私を修道院行きにするなり謹慎させるなり、穏和な解決策が打てたかもしれないってことね。せめて時間があったら方々《ほうぼう》に根回しして私一人の悪事で収拾がついたのに」

「今回はたまたま、王太子殿下の言葉を借りるなら大義だったのでしょう。しかし次にお兄様や私が何か些細《ささい》な過《あやま》ちを犯した場合は？」

「お父様を蔑《ないがし》ろにして、また友人の王太子様やエドワード様に相談するかもしれない、か」

自分の正義感を振り回して仕えるべき家を滅茶苦茶にする。情報社会でコンプライアンス云々《うんぬん》のあったわたしの世界の組織だったらまだしも、ここは厳格な貴族社会。正義より優先されるべき事項は多い。

事実、『白き島』の執事ルートだと好感度が高くてもフラグ立てを上手《うま》くやらない限りその点を突破口に悪役令嬢に返り討ちされる。執事は解雇どころか侮辱《ぶじょく》と名誉棄損で鞭打《むちう》ちの罰を受け、ヒロインは学園を追放されるバッドエンドになるんだったっけ。

「ランカスター家に忠義を尽くせない者を仕えさせるなどもっての外《ほか》です。よってお父様に許可を頂《いただ》いて私から暇《ひま》を申し渡しました」

「……主人を裏切る可能性の高い召使いを雇う貴族なんてどこにもいないわよね」

「数少ない助け船を出していたヨーク家がソフィア様の一件で危機に立たされていますので、どうやら王太子殿下が直々《じきじき》に手を差し伸べるようです。もっとも、非難の声が上がっていますが」

「いくら身分を隔《へだ》てた友人とは言え、よくもまあ火中の栗《くり》を拾う気になったわね……」

「火中のクリ？　何ですかそのたとえは？」

「東方の国の言い回しだから気にしないで」

それにしても、私が直接ざまぁしなくても自ら攻略失敗ルートに突貫していったのは苦笑するしかないわ。

少なからずの愉悦でほくそ笑んでいた私を、ベアトリスがなぜか睨《にら》みつけてきた。あら、別にベアトリスの気分を害することをした覚えがないんだけれど？

「ところでお姉様」

「何か用かしら？」

「メアリー様を唆《そそのか》しましたか？」

「唆《そそのか》してない」

「そうですか、ありがとうございます。お姉様がメアリー様に公爵閣下への告白を後押ししたそうですね。学園中が凄《すご》かったですよ」

「それほどでもないわ」

そうかー、とうとうメアリーが公爵後輩に思いを打ち明けたかー。彼女には一応真っ当に公爵後輩を攻略するシナリオを提示しておいた。まあよろしくやっているんでしょう。

「……ってちょっと待ちなさい。どうして私が恋のキューピッド扱いされてるのよ？」

「そのきゅーぴっどが何なのかは存じませんが、メアリー様が勇気を出して自分の思いを伝えられたのはお姉様のおかげだと私に嬉しそうに語りました」

「ど、どいつもこいつも口が軽すぎる……」

元々、公爵後輩は独占欲が強い。具体的には『白き島』で専用ルートに突入すると、なおもメアリーに馴《な》れ馴《な》れしく付きまとう王太子様や宰相子息らを遠ざけようとするのよね。

だから私はあえて公爵後輩の独占欲を満たすように振る舞えとメアリーに囁《ささや》いておいた。

結果、王太子様達と公爵後輩の間に亀裂が入るわけだ。

「そのせいで王太子殿下はおろかエドマンド様方のご機嫌も芳《かんば》しくないようです」

「はっ、選ばれなかった男の嫉妬《しっと》なんて惨《みじ》めなものね」

「メアリー様を嫉妬《しっと》で傷つけたお姉様が言いますか？」

「あ、あー。聞こえない聞こえない」

勝ち誇る公爵後輩を王太子様が歯ぎしりして手を震わせながら睨《にら》む姿が目に浮かぶわ。

彼らが悔しがる様子をぜひ自分の目で見たかった。

ところが宰相子息と将軍嫡男がざまぁされた挙句に王太子様が捨てられたのに、ベアトリスにはなんの感慨もないそうだ。メアリーを通じて彼らとは親しくしていたのに、だ。

「私はあのように恋愛に現《うつつ》を抜かした殿方なんてどうでもいいんです」

「ん？　じゃあどうして怒ってるのよ？」

「ソフィア様やメアリー様のためにそこまで暗躍できるのに、どうしてお姉様はご自分が助かろうとはなさらないのですか？」

「ふぅん、ベアトリスはお姉ちゃんが大好きで死んでほしくない、と」

「お姉様の戯言《ざれごと》はもういいです。投獄されたからと何もかも諦《あきら》めるほど、お姉様は往生際が良くないと私は思っていますので」

あー、成程。確かに危害を加えたはずのメアリーを懐柔してソフィアを味方につけた今、恩赦《おんしゃ》を得ようと動けば成功率は高いわけか。何だかんだでベアトリスも私を気にかけてくれているし。

どうして私が自分のために一切画策しないのかって不思議なんでしょうね。

「だって私がやらかしたって言われた大半の中に本当のこともあるわけで、受けた罰も私の行いに照らし合わせて下されたものだもの。それをごまかす気なんて一切ないわ」

助命は私の行いを軽くする。私のどす黒い感情を軽く見られたくない。

恩赦《おんしゃ》は罪の悔い改めがあって初めて成立するのだ。私は自分が悪いとは一切思っていない。

私は私が正当だったと主張する。それが国の定める法と合致しないなら、それ相応に裁かれるのが当然だ。

「つまりお姉様は罪を償《つぐな》うつもりも許しを請《こ》う気もないと?」

「くどい。ソフィア様にも言ったけど、私は罪と断じられた自分の行いを否定するつもりはない」

「……っ。そう、ですか……」

ベアトリスはやや俯《うつむ》くと、悔しそうに顔を歪《ゆが》ませた。折角のお母様譲りの綺麗な顔が台なしだ。

それでも、ベアトリスには悪いが今の言葉に嘘はない。

ええ、あの場面にまた遭遇したなら何度だってやってやるわよ。より狡猾《こうかつ》に、より陰湿に手段を変えてね。

「ただ、まあ……意固地になってはいないし死に急いでもいない。他の人が助けてくれるなら、甘んじて受け入れるつもりよ」

「他の方が、ですか?」

「本当に馬鹿よね。こんな女に尽力するなんてさ……」

「お姉様……?」

そんな私に結婚してほしいとリチャードは告白してくれた。助けたいとライオネルは言ってくれた。

彼らがどんなふうに私を救ってくれるのかまでは分からないものの、彼らの思いに背を向けるほど私はまだヴィクトリアとしての人生を諦《あきら》めきれていない。

期待。そう、私は彼らに期待しているんだ。

私を驚かすくらいの大逆転劇を。

## □　処刑まであと2日

婚姻届とは誓いの制約である。

誰に誓うか？　勿論《もちろん》これから生涯を共にする伴侶に、だ。

そして男性なら妻になる女性の両親に対して、女性ならこれから世話になるだろう男性の両親にも誓う。さらに貴族ともなれば、仕える国王陛下にも、そして何より国教として信仰される光神に対してもだ。

普通なら教会に赴《おもむ》くか逆に屋敷に神父を招いて披露宴を挙げたついでにサインするものだけれど、必要最低限、単なる戸籍上で夫婦になるだけなら書類を作れば済む。ロマンも何もあったもんじゃない。

もっとも、貴族同士の結婚にもなれば、山ほどやることがある。大抵の場合は親が四方八方動いて段取りしてくれるので、新しく夫婦になる男女は親に甘える最後の機会を堪能《たんのう》すればいい。

さて、じゃあ勘当を言い渡された私の場合は？

アルビオン王国では満十五歳になれば親の同意なしでも結婚が認められている。ランカスター家から追い出された私は、書面にサインをすればおしまいのはずだ。婚姻届なんて仰々《ぎょうぎょう》しく銘打っちゃっているけれど、テスト用紙に回答を記入するよりも簡単よ。

……のはずなのに、その日は正直悶々《もんもん》としてしまってあまり眠れなかった。日の出を迎えて朝食を食べてもまだ目が爛々《らんらん》としている。最高に高揚していて軽く危機感すら覚える。それでも眠気を全く感じない辺り、もう私はどうかなってしまっているようね。

「リチャードの馬鹿……」

こうなったのも全部リチャードが悪いんだ。私がちょっと自分の内面を曝《さら》け出《だ》した程度でぐいぐい引っ張ってきちゃってさ。

どうして断罪された悪女、ヒロインを汚《けが》そうとした悪役令嬢に優しくしてくれちゃうのよ……

本当は私が単純にもその気になってしまったのを愉《たの》しんでいるだけじゃないかしら？　それとも上げるだけ上げといて、幸福の絶頂まであと少しってところで落とそうって魂胆なの？

「だってそれぐらいありえないわよ、私を選ぶなんて……」

洗顔歯磨きを終えると、その日はいつもと違って私を閉じ込めていた扉が開放された。扉の先の通路にはライオネルを含めた三人の看守が控えていて、外に出るよう促《うなが》してくる。臨時で掃除でもやるのかとうんざりしていると、案内されたのは空き独房じゃなかった。

「ここって、リチャードの牢屋……!?」

「中でリチャードさんがお待ちですよ」

「でも私服は汚いし髪はぼさぼさだしそれに化粧だってちっとも……！」

「この監獄ではお洒落《しゃれ》の類《たぐい》は一切禁止です。諦《あきら》めてください」

私が慌てふためいている間にライオネルが扉の鍵を開ける。

覚悟も何も決まっていない状態の私の目の前に広がったのは、私の牢獄と同じく殺風景な、しかし中央に簡易的な机が置かれた部屋だった。そして机を挟んで向こう側にリチャードとトーマス神父がいる。

「おはよう。よく眠れたかね？」

「……あいにく、リチャードのせいで一睡もできていないわ」

「おはようございます、ヴィクトリア嬢。今日という日に呼んでいただけて光栄です」

「こちらこそご足労いただきありがとうございます」

リチャードはバリトンの効いたイケボで私に語りかけ、トーマス神父は暑苦しいほど爽《さわ》やかな挨拶《あいさつ》と一緒に手を上げた。

立ち止まる私にリチャードが歩み寄り、柔らかい仕草で手を差し伸べてくる。

「ヴィクトリア、今日がなんの日かは覚えていてくれたかな？」

「あんな強烈な誘いをされて忘れていたなら頭叩《たた》いてもいいわよ」

「そうか。挙式とは別に婚姻届を出すにしろ立会人が必要だからな。トーマス神父に願って足を運んでもらった」

「今日が記念すべき素晴らしい一日になるようで何よりです」

「……そうですね。幼い頃から夢見ていた光景とは全然違うけれど、二人きりで内緒にやってしまうのも趣《おもむき》がありそうです」

リチャードは私が差し出した手を優しく取る。そしてトーマス神父を挟んで木製の机にエスコートされた。

あまりにも丁寧なその物腰は様《さま》になっている。私は、にわか仕込みではない気品をリチャードから感じた。ますます彼の正体が気になる。

机には羊皮紙が一枚とインクとペンが一セット置かれていた。羊皮紙に綴《つづ》られた内容は、要約すればいついかなる時もお互いに愛し合います、という内容の光神への誓い。

本来ならここに夫婦になる男女の他に、親など保証人がサインするはずなんだけれど……

「あれ？」

「どうしたヴィクトリア？」

「……ねえ、どうしてここがサイン済みなの？」

「勿論《もちろん》この方の許可を得てサインを頂《いただ》いたからだ。手紙のやりとりしかしていないので、ここから出所したら真っ先に挨拶《あいさつ》に伺うつもりだ」

私側の保証人としてランカスター家当主、つまりお父様のサインと印鑑が押されていた。

散々侯爵家の名を貶《おとし》めた私の存在を保証するって、お父様が!?　しかも侯爵って立場としてだ。

夢かと思って頬をつねってみてもちゃんと痛い。

「どうやって、お父様を説得したの……!?」

「ソフィア嬢とメアリー嬢が協力してくれたと報告がきているな。何でも侯爵家の屋敷を訪れて勘当の取り消しを嘆願したらしい」

「ソフィア様とメアリー様が!?」

「君のせいで名声を失いかけたランカスター家も、君が暴《あば》いたヨーク家の不祥事で勢力を盛り返しているからな。とりあえずランカスター家の令嬢として復帰を許してやらなくもない、だそうだ」

そうか、まさか私が単なる気まぐれで助けたソフィアとメアリーがそこまでしてくれるなんて。他家への干渉なんてするべきじゃないのに。ソフィアは覚悟を、メアリーは勇気を出して行動してくれたのか？

そもそもあの厳格で利己的なお父様が私の悪事を許してくださった？　いくらあの二人が願ったからって？　あまりに想定外すぎて理解が追いつかない。

さらに私の混乱に拍車をかける要素が一つあった。

「ねえリチャード。もう一つ質問いいかしら？」

「君はじらすのが上手《うま》いな。共に生活を送るようになったら私が尻に敷かれそうだ」

「リチャードのほうの保証人なんだけれど……」

「ああ、ヴィクトリアの恩赦《おんしゃ》を願った際についでにな」

リチャード側の保証人には信じられない名前が記《しる》されている。

国母、王太后様の名と印鑑が。

「どうして王太后様がリチャードを保証するのよ……？」

「頭のいいヴィクトリアならすでに勘付いていると思ったのだが？」

……ええ、そうね。幾《いく》つも推理する材料はあった。

国王陛下よりも尊い王太后様に気安くお願いができて、私を許したお父様を説得し婚姻届にサインさせて、『彼』に敬称をつけないし、私が知る同級生の双子の弟で、お家騒動が起こって六年間幽閉されていた男性。

何より、リチャードは背丈や身体つき、そして雰囲気が『あの人』と瓜二《うりふた》つだ。

私は婚姻届にヴィクトリア・ランカスターと記《しる》す。

まさか再び家名を名乗れる日を迎えるなんて思いもしなかった。お父様やお母様は処刑台に上がる私を娘として扱ってくれるんだ。

ベアトリスの言った通りだった。私が家族を信用しなさすぎたんだ。

そしてリチャードは婚姻届に自分の名を記《しる》す。

その名は散々彼の口から聞いていたし、家名は私もよく知るものだ。

ペンを置いたリチャードが顔を覆《おお》っていた仮面を外す。露《あら》わになったのは……良くも悪くも私が一番見知った端正な顔。

「そうだったのね、リチャード……」

ようやく謎が全て解けた。

私は大変な思い違いをしていたんだ。そのせいでボタンを掛け違えてしまい、全てがくるった。

言いたいことは山ほどある。感涙したかったし同時に憤慨したかった。色々な思いが頭の中を駆け巡ってもう滅茶苦茶だ。

けれど、感情を爆発させそうだった私の唇に、何かが触れる。それはリチャードが伸ばした人差し指だった。彼は真剣な表情で、顔を横に振る。

「くれぐれもあと数日は秘密にしておいてくれ。事《こと》が終われば全てを話そう。こうして自分を隠す必要もなくなるから」

「……そう、期待していいのね？　私の旦那様」

「君からそう言われると、そう、なんだ？　むず痒《がゆ》いな」

本当なら手続きはこれで終わり。国王陛下に受理されれば、めでたく私達は新たな夫婦になる。

なのに、折角トーマス神父を呼んだのだからと、超がつくほど簡易で質素な挙式が始まった。男女が牢獄の中で囚人服のまま将来を誓い合うなんて。私は侯爵令嬢で、リチャードはアレなのに。

まあ、この監獄で『再会』を果たした私達にはここが相応《ふさわ》しいのでしょう。

「他の皆のために、事《こと》が終わったらまたやる必要があるんだがね。先走ったのは私の我《わが》儘《まま》だ」

「別に。こんなところでの挙式なんて、誰もやっていないわよ。自慢するべきね」

「くくっ、違いない」

リチャードは私を愛し続けると誓う。私はリチャードを愛し続けると誓う。

その後交わされた誓いのキスは……あいにく、私の語彙《ごい》では表現しきれないほど、熱くて甘くてとろけるものだった。

□　処刑まであと1日

――私は処刑台を目の前にしていた。

ここにどうやって連れてこられたのかも全く記憶にないし、今朝どう過ごしたかも覚えていない。

後ろ手に縛られたまま首にかけられた縄を引っ張られて処刑台に上げられる。台の上に物々しく置かれているのは、鈍く輝く巨大な刃《やいば》が吊り下げられたギロチンだ。勿論《もちろん》実物を見るのはこれが初めて。

処刑台は広場に設《もう》けられ、周りには大勢の観衆が集まっている。雰囲気は完全に気晴らしとかお祭りの類《たぐい》と同じで、違和感が酷《ひど》い。私が知らなかっただけで、市民の間ではこんな残虐な見世物が流行《はや》っているのだろうか？　まるでわたしの世界の革命後みたいだ。

……わたし？　わたしって誰よ？　私は私よね。

そんな観衆達はみんな私に注目している。若い命を散らすだろう私を注視して、その目に刻みつけようとしてるんだ。

「さっさと殺せ！」

「早くやっちまえ！」

自分勝手に大声を上げる野蛮な奴もいた。

「畏《おそ》れ多くも王太子殿下に逆らった毒婦め！」

「いい気味だ、この魔女め！」

罵《ののし》る輩《やから》もいる。

「これでも食らえ！」

「たっぷりと味わいな！」

卵とかトマトとかも投げられた。

「ふん。いい気味だな、ヴィクトリア」

処刑台の上には腕を組んだ王太子様が待ち構えている。その端整な顔には、侮蔑《ぶべつ》と嘲《ちょう》笑《しょう》が張りついていた。

「どうやらさぞ獄中生活を堪能《たんのう》してきたらしい」

「やっとヴィクトリア様に相応《ふさわ》しい姿になられたようですね」

彼の腕には柳《やなぎ》が枝垂《しだ》れるようにメアリーが寄り添っている。彼女が私に向ける眼差《まなざ》しには、憐《あわ》れみと同情が宿っていた。

メアリーが微笑を浮かべて差し出したのは、手鏡だ。それで私は拘留、裁判、監獄を経《へ》て決して確認できなかった現在の自身の姿を見せつけられる。

「これが、私……？」

着ている服はかつて袖を通していた豪奢《ごうしゃ》なドレスとは天と地との差もあるボロ。穴が開いたり引き裂かれたりして肌が所々露出している。太ももや胸元も一部露《あら》わになり、裏路地の娼婦でももっとまともな格好をしているかもしれない。

靴なんて履いていないから裸足《はだし》だ。

手入れがされていない長髪は、箒《ほうき》よりも乱れて薄汚れている。

腕や足をはじめとして身体中の至るところに青あざができ、手首や首筋にも強く絞められた跡が残っていた。

擦《す》り傷と腫《は》れの跡が残る顔は疲れ果て、頬がこけ目元にくまができている。みんなが褒《ほ》めてくれた美しさは面影がかろうじて残っている程度だ。自信に満ちていた強い眼差《まなざ》しを持った瞳は、濁っているようにしか見えない。

どうやら、もしかしなくても私は散々『手出し』されたらしい。

鏡の向こうに……いえ、ここにいるのは未来の王太子妃として栄華を誇ったヴィクトリア・ランカスター侯爵令嬢ではなかった。婚約者も、家族も、衣服も装飾も、誇りも、純潔も、何もかも失った哀れな女。

ただのヴィクトリアの成れの果てが呆然と立ち尽くしている。

「薄汚いお前なんかにギロチンなどと慈悲をくれてやるつもりはなかったんだが、私の懐《ふところ》の深さを大衆に見せつけるにはうってつけだろう」

「まあ、さすがですわヘンリー様」

　メアリーが着ているドレスは侯爵令嬢だった私やソフィアのものより煌《きら》びやかで、田舎《いなか》貴族の数年分の生活費同等の価値がある豪華な装飾品をふんだんに身につけている。きっとそのどれもが貢物《みつぎもの》……訂正、贈り物なんだろう。

　頬を染めてうっとりと王太子様を見上げるメアリーには、初めて出会った時のような素朴さも野暮ったさもない。

　殿方の寵愛《ちょうあい》を受けて適応、変貌《へんぼう》したのだ。

　かつて彼女が庶民感丸出しで否定していた貴族令嬢の在るべき姿、それも、彼女が最後に否定した悪女ヴィクトリアのよう。

「おいエドマンド、早くこの女を連れていけ」

　王太子様は将軍嫡男に顎《あご》で命じ、私をギロチンの前まで引っ張っていかせる。そんな有様《ありさま》を見て、いい気味だとばかりに宰相子息が笑みを零す。私に忠義を誓っていたはずの侯爵家執事は素知らぬ顔をして視線を合わせようとしない。

　広場一面に広がる観衆の後方、設《もう》けられた貴賓席にはお父様方がいた。お父様もお母様も「恥晒《さら》しが。死んで詫《わ》びろ」とでも言わんばかりに冷たい視線を私に投げている。同席しているベアトリスも侯爵家を辱《はずかし》めた面汚しの処刑にはなんの感慨も湧かないようだ。

私を庇《かば》ってくれる人、気にかけてくれる人なんて誰もいない。

悪女は相応の報《むく》いを受ける、無慈悲な現実がただ突きつけられていた。

どこかで見たような筋肉質な神父が神への祈りを読み上げるのを適当に聞き流している間に、私は処刑人の手でギロチンに固定された。

嗚呼《ああ》、これで終わりなんだな、って諦《あきら》めにも似た冷めた感情しか湧いてこない辺り、私にはもう未練がないらしい。

観衆は刻一刻と近づく私の処刑を今か今かと待ち続ける。警備兵達が熱狂の渦《うず》にある観衆が暴走しないように押し留《とど》めていた。

その中の一人と目が合う。以前出会った気がする中性的で可愛い男の子だ。私の処刑を見物したいみたい。

「何か最期《さいご》に一言あるかね？」

妙に男性らしさを感じさせる声で処刑人が語りかけてきた。

私の口から、呪いでしかない罵詈雑言《ばりぞうごん》が飛ぶ。メアリーは尻軽な売女《ばいた》だの、ベアトリスは田舎《いなか》娘に媚《こび》を売る恥知らずだの、王太子様は誘惑されているだの。その中身は謝罪どころか、自分は悪くない他が悪いんだ、に要約される。

「お前の耳障《みみざわ》りな戯言《ざれごと》もこれで終わりだと思うとせいせいするよ。やれ処刑人！」

「残念だよヴィクトリア」

王太子様の命令を受けて処刑人が斧を振り上げる。が、彼は同時に片方の手で被っていた仮面を脱ぎ捨てた。

私の目に映る処刑人の顔は、まさか――

「嘘、そんな……嘘よ」

「君の亡骸《なきがら》はしばらくの間ここで見世物になった後、火葬される。灰は全部海に捨てる手筈《てはず》だ。君に相応《ふさわ》しい最期《さいご》だと思うがね」

「貴方だけは信じてたのに……！　私を、私を騙《だま》したの？　弄《もてあそ》んだの⁉」

「勘違いしないでほしいな。私は初めから君と親しくしたつもりなんかない」

処刑人は嘲笑《ちょうしょう》を浮かべて振り上げた斧を両手で握り直した。感情的な声で呼びかけても素知らぬ顔だ。

そんな私の醜態《しゅうたい》に満足したのか、「いい気味だ」との王太子様や「見苦しいですわ」とのメアリーの高笑いが耳を抉《えぐ》る。

「私を助けてリチャードォ！　お願い――！」

「寝言は来世ででも言いたまえ」

リチャードは私の必死な懇願《こんがん》を無慈悲に受け流し、そのまま斧を振り下ろした。

縄を切られたギロチンが私の首めがけて落ちてきて――

「――あああぁぁあああっ!!」

絶叫を上げた私がいたのは……かろうじて月明かりが窓辺から差し込む暗い独房だった。

汗をかいているのか、衣服と髪が肌に張りつき、とても気持ち悪い。頭の中はぐちゃぐちゃで寒気がしているのに、息は全く乱れていない。

「ゆ、夢……?」

落ち着くには結構時間がかかった。色々と頭の中を整理して、今の一幕が単なる悪夢だとようやく受け止められる。

そう、あれは悪夢だった。夢の中の私は、前世のわたしを思い出していない。私以外の全てを失った上に、その自分自身は散々に汚《けが》されていた。

そして待ち構えていたのは、私を破滅させた男共とゲームヒロインだ。彼らは堕《お》ちるところまで堕《お》ちた私を相応《ふさわ》しい姿だと言った。

それからベアトリスが無表情に私を眺《なが》め、トーマス神父が事務的に教本を読み上げて、ライオネルが警備兵を務めながら処刑の祭りに興味を持ち、挙句の果てに私に引導を渡すのはリチャード。
彼は私を完全否定して斧を――
「っ！　リチャード……！」
思わず私は首元に手をやり壁に縋《すが》りついていた。この向こうにいる、私を愛している
と言ってくれた人の助けを求めて。
彼の声を聞きたい、彼にもう大丈夫なんだって言ってもらいたい。それほど動揺して
いたから忘れていたのだ。
――もう、隣にはリチャードはいないんだって。
「ライオネル……！」
私は扉に四《よ》つん這《ば》いで向かおうとして、また忘れていたことに気付く。ライオネルの
業務時間は日の出から日没まで、深夜の時間帯は全く別の人が担当になる。しかも、そ
の別の看守も他の階を巡回しているらしく、牢屋の外は暗い。
私は、わたしやリチャード達との監獄生活で忘れていた。王太子様やお父様をはじめ
とした大勢から否定されて、ここに来たことを。それまで自分が受けた仕打ちを全部理
不尽としか考えられなくて何もかもを恨んでいたことも。
私がライオネル達と仲良くなれたのは偶然だ。ソフィアやメアリーに散々吹き込んだ

のはわたしの知識だ。リチャードが私を選んでくれたのだって、決して私一人じゃあありえないことだ。

……本当はそっちが夢で、さっきのが私が迎えるべき現実だったんじゃあ？

今までの生活が私の勘違いとか妄想の産物でしかない？

私は私の悪意の報《むく》いを今も受け続けている……？

「嫌！　もう私から離れないで、捨てないで……！」

もう私には無理だった。虚勢は張れない。

人らしい毎日を過ごしていたせいで、その楽しさも温かさも知ってしまっている。王太子様の婚約者である侯爵令嬢としての在り方が私だって、言い聞かせられない。

勿論《もちろん》今もリチャードやライオネル達を信じている。けれどあの夢みたいに素知らぬ顔をされたら、突き放されたら。そう思うと、不安や恐怖が止《と》め処《ど》なく溢れ、私を襲った。

身体は震えて歯は鳴り出す。酷《ひど》い有様《ありさま》だ。

「寂しいよライオネル……！」

どれだけ手を伸ばしても、私が呼べる人達はみんなはるか遠く。私の手は誰にも触れることなく空《むな》しく宙を踊るだけだ。少しでも心を紛《まぎ》らわそうとベッドの上で体育座りになって縮こまってみるけれど、ちっとも心は晴れやしない。

「助けてリチャード！　怖いよ……」

気が付けば、私は泣き崩れていた。

尊大に振る舞っていた侯爵令嬢ヴィクトリアも強がっていた女子ヴィクトリアも、ここにはいなかった。

## ■　処刑まであと1日　Side リチャード

「結論から言うと、リチャードの要望は聞き入れられないわね」

監獄を後にした俺は、ヴィクトリアの恩赦《おんしゃ》を願い出ようと離宮に足を運んでいた。謁見する相手は、国王の実母である王太后様。時間を作っていただきヴィクトリアを許すよう頼んだのだが、彼女は顔色一つ変えずに却下する。

「……。やはり、王太子の命を危《あや》うくした一件は見過ごせないと？」

「そうよ。情状酌量《じょうじょうしゃくりょう》の余地を認めてしまったら王権が脅《おびや》かされかねないの。それはリチャードが一番よく分かっているでしょう？」

「しかし、すでに彼女の罪の証拠のほとんどが捏造《ねつぞう》だったことは証明されています。宰相の子息であるエドワードが仕組んだ冤罪《えんざい》に王太子も乗っかったのですから、せめて再審議していただきたく」

「くどい。ヴィクトリア・ランカスターの死刑は予定通り執《と》り行《おこな》います」

そうか。ならもうここには用はない。

「御意に。貴重なお時間を頂《いただ》き感謝いたします」

「待ちなさい。これからどうするつもりなの？」

一礼してさっさとこの場を後にしようと立ち上がると、王太后様は若干焦《あせ》って俺を呼び止めた。結構頻繁にこの方とは顔を合わせてきたけれど、ここまで動揺した姿を見たのは初めてだ。

……どうやら今の俺は王太后様にそうさせる凄《すご》みがあるらしい。

「言う必要はありません」

「馬鹿な真似はやめなさい。ヴィクトリアを逃がしたら最後、貴方まで罪人として扱われてしまうわ。王国が総出となって探せば逃げ場はないわよ」

「まさか呑気に国内に留《とど》まるとでもお思いですか？　手配がかからぬうちに船に飛び乗ってこの白き島から脱出してしまえばなんの問題もありません」

「それが何を意味するか分かっているの？　監獄での生活を強《し》いているとは言え、その身分は保障されているのよ。いずれは公爵にだってなれるのに」

「興味ありませんね。地位も財宝も権力だって、俺にはどうでもいい。ヴィクトリアが傍《そば》にいて語り合える環境さえあれば構わないのです」

「愛を選ぶと言うの？　その血統の定めよりも優先して」

あまりにも馬鹿げた質問だ。

影として生きる俺の宿命なんて、どれほどの価値があると言うのか？　すでに兄は成人間近、もう俺はお役御免でもいいと思うのだがね。

「アイツはヴィクトリアを王太子の伴侶として相応《ふさわ》しくないと判断したのでしょう？　なら俺が貰い受けても全く問題ないはずですね」

「考えを変える気は？」

「一回は王太子を立てて引き下がったんです。二度はありません」

そうだ。ヴィクトリアが王太子と結ばれれば立派な王妃、国母となるだろうと考えての決断だった。王太子の婚約者となったヴィクトリアとそれ以来会わなかったのは、彼女を混乱させたくなかったため。影でしかない俺では彼女を幸せにできなかったから。

だがもうそんな体裁《ていさい》も責務もかなぐり捨てる。彼女が悲しむ姿、苦しむ姿を見たくはない。そのためなら俺がこれまでの俺でなくなったって構わない。王の命令にだって縛られないし王太子が相手だろうと邪魔はさせない。

ただのリチャードになったって、俺がヴィクトリアを幸せにしてみせる――！

「先程も言いましたが、ヴィクトリアの死刑は執行します。それは覆《くつがえ》せません」

「話になりませんね。時間の無駄ですから失礼してよろしいでしょうか？」

「最後まで聞きなさい。本来死をもって罪を償《つぐな》わせる処刑ですが……」

王太后様は女官を呼び寄せて紙とペンを手に取ると何かを記述していく。それから自分の名の傍《そば》に捺印《なついん》し、紙以外を女官が手にする盆の上に置いて下がらせる。最後に彼女は俺に傍《そば》に来るよう命じたので、おとなしく従った。

「死刑を執行したとの事実さえ残ればいいでしょう。私個人ではこれが精いっぱいです」

王太后様から頂《いただ》いたのは、ヴィクトリアの恩赦《おんしゃ》についてだった。その中身は成程、確かに王太子の面子《メンツ》を極力潰《つぶ》さずにヴィクトリアの命を助けられる可能性を見いだせる。

ただしこれだけではまだ不十分だ。愛する女性を救いたければ後は自分で何とかしろ、と読み取れた。

「問題ありません。頂戴します」

「……これでいいの？　まだ二つや三つぐらいは手を打たないと駄目だと思うのだけれど」

「その辺りは俺が動かなくても問題ありませんよ。ヴィクトリアが自分で何とかしてしまいましたので」

ヴィクトリアに死んでほしくないと思う者は俺だけではない。メアリー嬢やソフィア嬢も水面下で動いている。俺が即座に王太后様とお会いできたのも彼女達の根回しがあったためだ。

それから……トーマス神父とライオネルか。ヴィクトリアが彼らと親しくなったのはさすがだと言うほかない。彼らもヴィクトリアを何とか処刑されないよう自分にできることをやる、と言ってくれた。とても心強い。

まあ、ヴィクトリアは彼らと少し交流を持ちすぎだ、なんて不満を彼女に悟《さと》られずに済んだのは幸いだったな。まさか俺にも独占欲があったなんて自分でも驚きだよ。

「……リチャード。実は今日の謁見を設《もう》けたのは、この件のためだけじゃないのよ」

「では王太后様より何か俺に用があると？」

王太后様は力を抜いて玉座にもたれかかった。そして片方の手で目元を押さえ天を仰《あお》ぐ。彼女は長い間国母として王国に君臨し、慈愛と威厳に満ちた姿を国民に見せてきたとは思えないほど、疲れ果てていた。

「王太子が恋愛に現《うつつ》を抜かすなんて思わなかったわ。それも一方的に女を愛するなんて、ね」

「あいにくですが同意を求めないでいただきたい。俺だってヴィクトリアと違う形で出会っていたら王太子のように恋に溺《おぼ》れたかもしれません」

「たられればの話は建設的ではありませんね。王太子が私利私欲で婚約者を陥《おとしい》れた事実を語っているのです。ヴィクトリアの助命に私が関わったとなれば、彼女に沙汰を下した王太子の評判は地に落ちるでしょう」

「自業自得かと。彼がヴィクトリアを捨ててまで選んだメアリー嬢はルイと添《そ》い遂《と》げたいらしいですし、機会があれば一人で頑張ってくれたまえと声をかけておきますよ」

「何を他人事のように言っているのですか？　当事者になる貴方が責任を果たせ、と言っているのですよ」

……。ちょっと待ってくれ。

王太后様の仰《おっしゃ》る意味が分からないわけではない。もしものことがあれば、そうなるかもしれない程度には考えていた。しかし、実際にそんな局面に遭遇しているのだと、今まで自覚していなかったのだ。

言われてみれば……成程、確かに俺もやりっぱなしでは済まされないな。

「まずは一旦『白紙』とする旨《むね》を、息子、つまり国王陛下に話しています。それからは王太子の出方次第となるでしょうね」

「それは彼が自分の非も認めない限り、王太子としては認めないと言っているようなものでは？」

「分かっているなら話は早い。覚悟は決めておくのですね」

まさかそうくるとは……。少し考えが甘かったな。

だがまあいい。それでヴィクトリアと共に歩めるのなら安いものだ。

とは言え、俺にとってはその程度の認識のことでも、ヴィクトリアにとっては大きな意味を持つのは純粋に喜ばしい。

これで彼女がこれまで歩んできた道が無駄にならずに済む。

「リチャード。貴方が影なのも今日限りです。いいですね？」

――これからは日の当たる場所を共に歩んでいこう、ヴィクトリア。

□　処刑日当日

「時間です、ヴィクトリアさん」

「ええ、ありがとうライオネル」

とうとうこの日がやってきた。悪役令嬢ヴィクトリアの処刑日が。

思えばたった一ヶ月、されど一ヶ月ってくらい、怠惰《たいだ》なのに濃厚な毎日を過ごしてきた。多分生まれてから一番充実……はさすがに言いすぎだとしても、過去の私が嘘って呟《つぶや》く程度には色々とやらかしたものだ。

けれど、三食昼寝付きの自堕落《じだらく》生活はもう終わり。私は私がしでかした悪意の報《むく》いを受けなければならない。

それが最初の判決の通りに処刑されて幕を下ろすのか、本当に恩赦《おんしゃ》が出るのかは知らない。ましてやリチャードが本当に颯爽《さっそう》と駆けつけてくれるかなんて。

……駄目ね。どうやら昨晩見た悪夢が相当こたえたらしい。

リチャードがなんの温かみもない視線を送ってくる姿は、今の私には心が引き裂かれるほど辛《つら》かった。彼は私に手を伸ばそうと動いてくれているのに。

今すぐにでも本当のリチャードに会いたい……

「あの、ヴィクトリアさん。大丈夫ですか？」

「……えっ？　何が？」

監獄の螺旋《らせん》階段を下りていく間、足枷《あしかせ》に繋げられた鎖がじゃらじゃらとうるさく鳴り響く。手枷《てかせ》をはめられた手を内側の柱に伸ばしながら何とか下りていると、先を行っていたライオネルがとても心配そうな顔をこちらに向けてきた。

「酷《ひど》く青ざめています。身体もふらついていますし……」

「いいえ、大丈夫よ。ちょっと寝覚めが悪かっただけね」

正直に白状すると全然大丈夫じゃない。悪夢を見た後は泣き疲れたのか寝落ちしたらしく、いつの間にか朝になっていた。いつもは日の出までには起きていたのに、今日は朝食が運ばれた時にライオネルに呼びかけられての目覚めだ。

地上階に下りた私は、屈強な兵士に引き連れられて監獄の建物から一ヶ月ぶりに外に出る。そこではすでに馬車が待ち構えていた。監獄勤めのライオネルは入り口で私に道を譲る。

私はそのまま横切ろうとして……彼の前で立ち止まって向きを変えた。

「楽しかったわよライオネル。貴方みたいな素敵な人に出会えて本当に良かったわ」

「……！　ヴィクトリアさん……」

「また今度があったら、お茶会に招待してあげる。その代わりライオネルの住む町も案内してね」

「は、はいっ！」

他の看守や兵士からしたら、私は来世について言っているか、ありもしない希望に縋《すが》っていると思ったでしょうね。現に一通り言い終わるまで「早くしろ」だなんて急《せ》かしてこなかったし。

私はいい加減な返事をさせて馬車に乗り込む。その間も私を見つめるライオネルは、決意を持った眼差《まなざ》しで強く頷《うなず》いてくれた。私も笑みを零して頷《うなず》く。

こうして私は収容されていた監獄を後にした。

連行された場所はアルビオン王都でも中心部に近い、高い頻度で見世物が開かれる広場だ。すでに多くの大衆が集まっていて、私の到着で盛り上がりを見せる。

——にしては昨晩の悪夢よりも落ち着いた感じだけれど……何でだろう？

悪夢の類《たぐい》では非現実的に思えた処刑が娯楽として扱われる異常な文化は、本で読んだことだったと漠然と思い出す。勿論《もちろん》目にするのは初めてだし、ましてや当事者になるなんて夢にも思わなかったが。

馬車から突き出された私の目の前に佇《たたず》むのは、物々しい処刑台とその上に冷たく設置されている断頭台だ。まるで未来予知したみたいに悪夢を再現していて、私は軽く悲鳴を上げる。

けれど兵士達は無慈悲にも私の肩を乱暴に掴んで処刑台の階段を上らせた。

「ふん、いい気味だなヴィクトリア」

「王太子殿下……」

処刑台の上には腕を組んだ王太子様が待ち構えていた。その整った顔には……悪夢の中と違って余裕があまりなさそうだ。

愛妾みたいに侍《はべ》らせていたゲームヒロインの姿もないし、取り巻き一号から三号……もとい、エドワードやエドマンドら、攻略対象者共もごっそり欠席している。

「王太子殿下、あれほど本当の愛を見つけたんだと豪語なさっていた、お相手のメアリー様は？」

「……っ。お前が知る必要はない」

「それに側近であらせられるエドワード様とエドマンド様もお連れになると思っていましたが、今日は用事があったのですか？」

「黙れ！　無駄口を叩《たた》くな！」

王太子様は激昂し腕を振り上げるものの、かろうじて自制したのか、唇を固く結んでゆっくりと腕を下ろした。

かつては気品に満ちた物腰と余裕と優雅を絵に描いたような素晴らしい方だったのに、

焦燥と怒りが彼の魅力を曇らせている。

どうやらソフィアやベアトリスの報告通り、宰相子息、将軍嫡男、侯爵家執事はざまぁ完了。メアリーは王太子様の手を振りほどいて公爵後輩になびいたみたいね。哀れ王太子様は一人ぼっちになっている。

全部私のせいだけど、謝る気はこれっぽっちもありません。

「汚れたお前なんかに――」

「あら殿下、私はてっきり絞首刑や市中引き回しにでもされると思っていましたわ。断頭台で苦しまずになさってくれるなんて。大衆人気を得るための見え透《みす》いた慈悲を見せなくても良かったのではありませんか？」

「ぐっ……！」

誰が王太子様に、溜飲を下げられるような言葉を口にさせるか。悪夢を見るだけだったら私の大損でも、発想を逆転させて予知夢だと考えたら、王太子様をこき下ろすヒントに転換できる。折角だから王太子様をさらに追い詰めちゃえ。

「おい！　何をぐずぐずしている、早くこの女を断頭台に固定しろ！」

王太子様は怒りで腕を震わせると、大声で兵士達に命じる。

兵士達は私の肩を掴んで無理やり屈《かが》ませると首と手首を断頭台に固定した。私の首の上にはあの巨大な刃物、ギロチンがまるで今か今かと待ちわびているように鈍く輝いている。

観衆の後方、設《もう》けられた席にはお父様方がいた。ただ悪夢の中の家族とは全然違う。お父様は膝の上で手を強く握っているし、お母様は祈るように手を組んでいる。同席していたベアトリスも前のめりになってこちらを見つめていた。

熱狂の渦《うず》にある観衆の最前列、悪夢だとライオネルがいた場所には、庶民の格好をしたメアリーと変装した公爵後輩がいる。二人共一般市民に上手《うま》く紛《まぎ》れ込《こ》んでいて全く目立っていない。そんなメアリーは固唾《かたず》を呑んでこちらを見守っている。

あの悪夢でのメアリーは貴族社会に染まって魅力を損ねていたし、誑《たぶら》かした攻略対象者からの贈り物をふんだんに身につけていたっけ。

今の彼女は田舎《いなか》娘と呼ぶには芋《いも》っぽさが抜けているだけで、彼女本来の純真無垢《じゅんしんむく》な魅力は損なわれていない。

そんな勝ち組なメインヒロインが私を心配する様子は……とても奇妙に思えた。

トーマス神父が神への祈りを読み上げていく。何度か私へと視線を向ける辺り、彼もまた私を気にかけてくれているらしい。

そう言えば一昨日《おととい》はリチャードとの婚姻届で頭がいっぱいだったせいで、彼への頼みごとが順調なのか聞いていなかったわ。まあ、今となってはもう祈るしかないけれど。

「何か最期《さいご》に一言あるかね？」

男性らしさを感じさせる声で誰かが語りかけてくる。

私が思わず顔を向けると、そこにはフードで頭を、仮面で顔を隠した処刑人が私を見つめていた。

一言一句違わないのに、彼の口調は悪夢の中とは全然違う。

そしてその違いが私の不安、恐怖を全て吹き飛ばしてくれた。

私は首を固定されたまま何とか顔を上げて王太子様を見やる。そしてこれでもかってくらい悪い顔で嘲笑《ちょうしょう》してやった。

「処刑エンドからだけど何とか楽しんでやりましたわ」

そう、私のこれまでの足跡は全部これに集約される。

これまで歩んだ道を誇りに思うし胸も張れる。

もしお父様にランカスター家の者として許されないままでも私、ヴィクトリアはここにいるんだって断言する程度には後悔のないようにできたと思う。

「獄中で絶望するかと思いましたか？　お生憎《あいにく》様ですね王太子殿下」

「……っ！　お前の耳障《みみざわ》りな戯言《ざれごと》もこれで終わりだ！　やれ処刑人！」

「御意」

処刑人は斧を振り上げて、勢い良く振り下ろした。

私の首の上に吊り下げられていた巨大な刃物が縄を切られ、私の首めがけて落ちてきて――

「大丈夫でしたか？」

――強い衝撃が襲い、金属同士の激しい衝突音が耳を劈《つんざ》いた。


私の首と手首を拘束していた木板がチーズみたいに簡単にバラバラに切り裂かれて処刑台の上に転がっていく。断頭台の刃《やいば》が支えを失って轟音と共に処刑台から落ちた。

何が起こったのかさっぱり分からずに呆《ほう》ける私の身体は、何者かに軽々と引き上げられる。

「良かった、間に合ったようですね」

私を抱きかかえていたのは純白の肌と髪、深紅《しんく》の瞳を輝かせたライオネルだ。

その手には黒真珠よりも鮮やかに輝く漆黒《しっこく》の剣が握られている。どうやら断頭台はこの武具で両断されたらしい。

「ライオネル、どうして……」

ライオネルがこれをやったの……？

「言ったでしょう？　僕が君を救うって」

どうして助けてくれたの、なんて言うつもりはない。どうして私をその力で助けてしまったんだと叫びたかった。

だって闇の神の申し子だって正体を明かしてしまったら、彼や彼の家族はきっと迫害を受ける。ライオネルには悲しい道を歩ませたくなかったのに。

けれどそんな思いを察してか、ライオネルは顔を静かに横に振った。

「後悔はありません。だって、こうしてヴィクトリアさんが生きていますから」

「この、馬鹿！　もっと自分を可愛がりなさいよ……！」

私が両手で叩《たた》いても、今のライオネルはびくともしない。抱きかかえられていて体勢が悪いのもあるけれど、華奢《きゃしゃ》な体格からは想像もできない力が漲《みなぎ》っているようだ。

一瞬で断頭台をみじん切りにしたのを見ると、ライオネルは私のために魔王としての力を覚醒《かくせい》させてしまっている。

当然、伝承で語られる魔王そのままの特徴を持つ彼の登場に観衆一同は騒然となった。

パニックに陥《おちい》って逃げ惑《まど》わないのは、あまりの急展開に頭が追いつかないせいか。

パニックが起きないのは好都合と解釈しよう。

「何をぐずぐずしている、早くこの女を処刑しろ！　ギロチンが駄目ならその斧で叩《たた》き切ればいいだろ！」

一足先に我に返ったのは王太子様だ。彼は処刑人を指差し、続けてその指を私へ素早く移動させた。

もう完全に我を忘れ、処刑人へ唾を飛ばして声を荒らげる。

「残念だがそれは無理な相談だな」

「何だと……!?」

処刑人から受けた突然の拒否に、王太子様はさらに目を血走らせた。そんな彼に向け、処刑人は懐《ふところ》から一枚の書状を取り出して突きつけた。途端に、王太子様の表情と顔色が面白いほど様変《さまが》わりする。

王太子様は処刑人から奪い取った書面をわなわな震えた両手で強く掴んだ。

「侯爵令嬢ヴィクトリア・ランカスターには王太后様より恩赦《おんしゃ》が出た。死刑は成功しようと失敗しようと一度きりとし、失敗した場合は禁固刑一ヶ月に減刑とする、とな」

「そんな、馬鹿な！　王太后様がなぜ!?」

「メアリー・チューダー男爵令嬢から取り下げの嘆願があったのが一番効いたようだ。よって全ての刑を終えた今、彼女は罪を償《つぐな》い終えて晴れて自由の身というわけだな」

「そんなふざけたことがあってたまるものか……！」

王太子様は泡を噴く勢いで怒声をまき散らす。その醜態《しゅうたい》は貴族の娘達の憧《あこが》れや尊敬を粉々に打ち砕《くだ》きかねない。

「もうこの場は大丈夫だから早く彼女を下ろしたまえ」

処刑人が、やや鋭い口調でライオネルに言い放つ。彼はおとなしくその言葉に従って、私の身体をゆっくりと処刑台の上に下ろした。

二本足で立ってようやく私はまだ生きているんだって自覚する。

「ありがとうね、来てくれて」

「はいっ、どういたしまして！」

首元を触る私が屈託《くったく》なく微笑《ほほえ》むと、ライオネルはこれまた白い肌をやや紅色《べにいろ》に染めて少し視線を外した。

シルクのカーテンを思わせる彼の髪が太陽の光を受けて輝く。とても闇の眷属《けんぞく》だなんて思えないくらい美しく煌《きら》めいている。

王太子様は顔を歪《ゆが》ませて頭をかきむしった。けれど、王太后様直々《じきじき》の恩赦《おんしゃ》には逆らえないようで、「なぜ」とか「馬鹿な」とかを繰り返し口にするばかり。

みっともない。

「ふ、ははは っ！　そうかヴィクトリア、今度は闇の神の申し子を誘惑して助かろうとするなんてな！　この魔女め……！」

追い込まれた彼は、しばらくして起死回生の一手を閃《ひらめ》いた様相で口角を吊り上げた。

「王太子殿下！　ライオネルはそんな運命に振り回されたりなんか……！」

「おいお前達何をしているんだ、早くこの魔女と魔王を――！」

そして私やライオネルを指差し、付近の兵士に向けて命令を飛ばす。あまりの豹変《ひょうへん》ぶりに観衆の最前列にいたメアリーが「王太子様……」と呟《つぶや》くのが見えた。

「王太子殿下。お言葉ですが、貴方様に彼を魔王だと決めつける権限はありませんよ」

「何……!?」

そんないけいけになりかけた王太子様の腰を折ったのはトーマス神父だ。

彼は腰にぶら下げた袋から書面を取り出して王太子様に提示する。王太子様は王太后様からの恩赦《おんしゃ》書と同じく奪い取ろうとしたけれど、トーマス神父は素早くかわして彼の眼前で見せびらかせ続けた。

「アルビオン国教会の総意によりライオネルの処遇は教会預かりとします。身体的特徴と能力だけで彼を魔王と断定するには時期尚早とし、今後の経過を見守る。これが我々の下した判断です」

まさかの言葉にこの場にいた一同が大いにざわめく。

これは、世間一般の常識を覆《くつがえ》す大きな一歩と言っていい。吉と出るか凶と出るかは、後世の評価に委《ゆだ》ねるとしよう。

私はライオネルの事態が好転したことが嬉しくて思わず「よしっ」と言ってガッツポーズする。

世界中を敵に回す覚悟で決死の救出劇を演じたライオネル当人は、まさかの展開に驚きを隠しきれていなかった。全部私が仕組んだことだ。だが私は謝らない。これがライオネルの未来に繋がるって信じている。

たまらないのは王太子様かしらね？　だってまさか教会が私を庇《かば》い立てするような血迷った真似をするなんて考えていなかったでしょうから。

「貴様ら、この魔女共を庇《かば》うつもりか⁉」

王太子様は激昂に駆られてトーマス神父に迫りたいという衝動をかろうじて堪《こら》えていた。

もっとも、神父とは体格差が歴然としていて、たとえ暴力沙汰になっても王太子様が返り討ちに遭《あ》う構図しか想像できない。

「無用な血が流れないように配慮したのですが、何か？」

「何ということだ、教会までこの女に籠絡《ろうらく》されていただなんて……！」

私の唆《そその》しがここにきて効果を発揮している。世間一般の常識を変えるには長い年月がかかるでしょうけれど、少なくとも教会が解釈を変更したんだ。良い方向に転がっていくと信じたい。

それまでの間は、ライオネルをランカスター家の庇護下に置けば……お父様にどれだけ頭を下げればいいかしら？

私は口元に手を当ててやや顎《あご》を上げた。私より背の高い王太子様でも見下せるくらいの角度をつけて。それから込み上げる愉悦と一緒に嘲笑《ちょうしょう》を浮かべてやる。

それだけで効果覿面《てきめん》なのか、王太子様はぎりっと歯を強く噛《か》み合わせた。

「王太子様、それでは私は退場してもよろしいでしょうか？　茶番……失礼、積もる話は明日学園ででもいたしましょう」

「……お前は忘れているようだな。俺を一体誰だと思っているんだ？」

これでもかってほど大義名分を潰《つぶ》してやったのに、まだ悪あがきするつもりらしい。取り巻きがエリートコースから外れメアリーにも振られた腹いせに、私に固執するなんて酷《ひど》いったらありゃしない……なんて悠長なことは言っていられなかった。

まさか王太子様、身分と権力に任せて私を再び断罪するつもりなの？　私を忌《い》み嫌ってメアリーに惹《ひ》かれた一番の要因が、権力を振りかざす醜悪《しゅうあく》な姿だと言っていたのに……

追い込まれた元婚約者の惨《みじ》めな有様《ありさま》に、不覚にも憐《あわ》れをもよおしてしまう。

「王太子ヘンリーの名において命ずる！　この女、ヴィクトリアを直ちに捕らえて――！」

「――あいにく、その命令ももはや効果を持たない」

私の処刑を強行しようとする王太子様に対して、処刑人が冷や水を浴びせるように淡々と言葉を放つ。

彼は兵士達が動き出す前に羽織《はお》っていたフード付き外套《がいとう》と仮面を掴むと、勢い良く脱ぎ捨てた。彼の正体を隠していた仮面が処刑台より転がり落ちて、割れる。役目を終えたとばかりに。

現れた姿は、顔や体格から髪型まで全てが王太子様と酷似していた。鏡合わせって言われても信じてしまうくらいに。

ただ処刑人のほうは、まるで他の攻略対象者達と共に私を断罪してきた際の王太子様を思わせるほど情熱的で、さらに優雅さを兼ね備《そな》えていた。

「ヘンリー、俺の顔を見忘れたか？」

処刑人に扮《ふん》していたリチャードは、同じ顔を持つ王太子様と対峙《たいじ》する——！

「お、お前は……リチャード!?」

そう、もう隠す必要はなくなった。

王太子殿下ヘンリーには双子の弟、リチャード王子がいるんだって。

彼の登場に広場はさらに混乱に陥《おちい》る。それはそうだろう、誰もが王太子様に双子の弟がいただなんて聞いた覚えもないし、お会いしてもいなかったはずだ。

けれど、私は彼と出会っている。王位継承を巡って血みどろの争いとならぬようまだその存在すら隠されていた彼と、幼い頃に。あの時はお父様をはじめとしたみんなに王太子様だと言われたけれど、今は確信を持って言える。

私の初恋の相手、運命の王子様は貴方だったんですね。リチャード。

「王太后様からの意見により父上、国王陛下は貴方を王位継承権一位とした決定を取り消した。つまり、貴方と俺は対等に戻っている」

そして、秘匿されていた存在が公《おおやけ》の場に姿を現した意味は重大だ。そう、光と影が逆転する場面に私達は遭遇している。

これでリチャードはようやく日の当たる世界で過ごせる。私にはそっちのほうが嬉しい。

「俺が王太子でなくなっただと⁉　でたらめを言うなリチャード……！」

「嘘なものか。ほら、これが目に入らないか？」

リチャードが取り出したのは書面だった。今度は位置的に私にも見えたので読んでみる。確かに一旦王位継承権を見直す旨《むね》が記《しる》されていた。国王陛下直々《じきじき》のサインと印鑑もあり、虚勢でも何でもなく、君主直々《じきじき》の決定事項だ。

「嘘だ！　父上がそんな決断を下すはずが……！」

「貴方は少々やりすぎたんだよ。ヴィクトリアの罪を暴《あば》くのは百歩譲って許されるとしても、『断罪イベント』のやり方がまずかったな。どれだけ国王陛下方が、影響の拡大を恐れ後処理に苦労されたと思っているんだ？」

「ぐっ……！　この女がどれだけメアリーに危害を加えていたか知らないお前がぬかすな！」

あ、ごめんなさい。王太子様が攻略対象者を従えて私を糾弾《きゅうだん》した一件を、私が散々断罪イベントと呼称していたものだから、リチャードまでそう言っちゃってるわね。

とは言え王太子様は意味不明だろう単語が気にならないほど追い詰められている。

王太子様の考えも分かる。あの場で断罪していなかったら私はメアリーへの悪意をさらにエスカレートさせていた。もしかしたら私はメアリーの身も心も汚《けが》すどころか命まで奪っていたかもしれない。時間は待ってくれないのだから独断先行しても納得はいく。

彼は世論を味方につければ押し切れると考えて行動に移ったのでしょう。現に『白き島』では無事その賭けに成功している。悪役令嬢は悪行に相応《ふさわ》しく命で償《つぐな》い、メインヒロインと王太子様は何事もなくエンディング、みんなから祝福される結婚披露宴まで至っているし。

「方々《ほうぼう》の根回しに尽力した宰相も貴方の学友が犯した罪で失脚したしな。貴方の周りを顧《かえり》みない行動が自分自身の首を絞める形になっただけだろう？」

「……っ!!」

問題なのは、メアリーの周りから口うるさいソフィアまで消そうと強引な手段に踏み込んだ辺りか。

私の悪意だって原因は王太子様の浮気だ。断罪の時はごまかせていた悪い印象を余計な真似で噴出させてしまったのね。

だから、本当なら王太子様が怪我や病気で政《まつりごと》に関われなくなった場合にしか表舞台に出られなかったリチャードが引っ張り出された。

なんのことはない、王太子様はご自分で選択を誤って自分からざまぁに向けて一直線に突進していっただけの話だ。

まあ、そんな失態を犯してもまだ王位継承順位を一旦白紙に戻すだけで済ませているのだから温情たっぷりよね。廃嫡国外追放の上でリチャードが王太子になっても別に構わなかったのに。

いや、別にリチャードが王太子だろうがなかろうがどうでもいい。むしろ王子でなくたって構わない。単に王太子様にぎゃふんと言ってもらいたいだけだ。

「申し開きがあるなら国王陛下へ直々《じきじき》にするんだな。何もないならこの場はお開きにして構わないのだろう？」

「王太子殿下……ああ、元でしたね。元婚約者として貴方様が今度こそ運命の女性に巡り合えるよう心からお祈りいたしますわ」

「……っ」

おや、元王太子様の様子が？　ととぼける暇《ひま》もなかった。

「ヴィクトリアァ！」

元王太子様は私が今まで誰からも向けられたことのない、それこそメアリーへ悪意を振りまいて断罪された時ですらなかった、憤怒《ふんど》と殺意を迸《ほとばし》らせて私を睨《にら》みつける。

そしてあろうことか、腰にぶら下げた剣の柄《つか》を掴むと、大股で私に迫ってくるではないか。

「そうやってお前は俺から全てを奪い取っていくのか⁉」

「ひ、ぃ⁉」

いや確かに元王太子様の学友である攻略対象者共を軒並み蹴落とし、メアリーを唆《そそのか》して彼とは疎遠にさせたし、挙句、王太子の座から引きずり下ろしたのは事実よ。けれど、もとはと言えば身から出た錆《さび》、全部王太子様の浮気が発端でしょうよ。どうして私が悪女扱いされなきゃいけないのよ？

そんな文句は全く言えなかった。射竦《いすく》められた私は、声にならない悲鳴を上げてびくっと後ずさることしかできない。

怒られることはあった、咎《とが》められることも。けれどこれほど明確な敵意、殺意を向けられるなんて初めてだったから。

「この魔女め！　お前さえいなければあぁぁぁ！」

「い、嫌ぁ！」

思わず腕で顔を庇《かば》って目を瞑《つむ》る。

……でも、私の命を刈り取る剣は、いつまで経っても襲ってこなかった。

恐る恐る目を開けると、折れた剣の柄《つか》を握り膝から崩れ落ちている元王太子様と息を荒らげて斧を手にしたリチャード、それから私を庇《かば》うように前に出ているライオネルが映る。特にリチャードは先程の元王太子様にも負けないほどの怒りで顔を歪《ゆが》ませて、元王太子様を睨《にら》みつけていた。

「次にヴィクトリアを傷つけようとしたら殺す。たとえヘンリー、双子の兄の貴方でも！」

「ぐ……っ」

なおも震える私はやっとの思いである程度の冷静さを取り戻す。そしてリチャードの指示で動いた兵士達に拘束される元王太子様に目をやった。

彼が一時的に混乱したとされて短い期間の謹慎で済むか、それとも乱心を重く受け取られて王位継承権剝奪《はくだつ》までされるのかは分からない。けれどこれだけは確信を持って言える。私は多分これ以上、元王太子様とは深く関わらないんだ、って。

それでも最後に一つだけ言わせてほしい。これだけは拘《こだわ》りたい。

「元王太子様は私を魔女だと罵《ののし》っておられましたが、正確には違いますね」

「ヴィクトリア……！」

ざまあみなさい！　貴方は乙女ゲーでのゲームオーバーにはまったのよ！

他でもないこの私、ヴィクトリア・ランカスターのせいでね……！

『白き島』で不動の人気一位キャラを破滅させた私は、やっぱりこう呼ぶのが相応《ふさわ》しい。

「私は悪役令嬢です。お分かり？」

## □　結婚披露宴当日

私はあの後ランカスター家に戻ることを許され、また屋敷から学園に通い始めた。

拘留、裁判、服役の三連コンボのせいで生じた数ヶ月の穴を埋めるのは正直かなり苦労している。別に授業内容自体は大したことないんだけれど、出席日数とテストを挽回する補習とかが面倒だったわ。

とは言え、そのたった数ヶ月の間で学園内は様変《さまが》わりしていた。

具体的にはソフィアの派閥が貴族令嬢の主流に落ち着いていたり、芋《いも》っぽさが少し消えたメアリーが逆に目立たなくなっていたり、私に尻尾《しっぽ》を振っていた連中は解散して現金にも他の派閥に加わっていたり。

いや、女子側の変化はどうでもいい。激変したのは男子だ。

彼らをまとめ上げていた王太子様が凶行に走って力が急降下し、宰相子息は墜落《ついらく》、将軍嫡男は超低空飛行状態だもの。先頭を歩いていた三人が軒並み転落したせいで大混乱状態らしい。

復帰初日は、あの断罪イベントの印象が強いのか皆から侮蔑《ぶべつ》や嘲笑《ちょうしょう》を向けられたりもした。けれど獄中生活を経《へ》てつまらない誇りはかなぐり捨ててしまったせいか、ほとんど気にならない。

そして案の定、かつての栄光が嘘みたいに私の周りからは誰もいなくなった。おべっか使う女子も私を褒《ほ》め称《たた》える男子もいなくなってせいせいしている。おかげで私は窓際族として静かな毎日を過ごせているのだ。

「おはようヴィクトリア様。復学おめでとうございます」

「ありがとうございますソフィア様。全て貴女《あなた》のおかげです」

いいえ、正確には人間関係にふるいがかけられた、とでもたとえましょう。ソフィアとは以前より気さくに話せるようになったのだから。

彼女の人望によって、私に悪意や敵意が向けられることは段々と減っている。穏やかな学生生活だ。

メアリーはと言うと、前世の記憶を思い出しても天然は相変わらずで、公爵後輩に告白して以降も男共を誑《たぶら》かしている……いいえ、本人は意識していないので自然と殿方の気を惹《ひ》いていると言い換えておこう。ただ、その度に公爵後輩がメアリーに注意したり心奪われかけた男子に警告しているので、最低限の節度は保たれているようだ。

「――ヴィクトリア様のおかげでルイ君に告白できました。本当にありがとうございます」

「メアリー様、別に礼なんて要らないわよ。貴女《あなた》が勇気を出したから報《むく》われた。それだけね」

「実際に体験して思い知りました。ここは『白き島』とは似て非なる世界なんですね」

「……そうね」

ソフィアをはじめとして多くの令嬢が指導したことで、田舎《いなか》娘だったメアリーの礼儀作法も多少見られるようにはなったし、元王太子様って接点もないため、私も苛立《いらだ》たなくなっている。張り合いがない、と少し思ってしまったのは内緒だ。

メアリーとも、たまに会話を交わしていた。主にわたし側の世界についてしみじみと語り合っているのだ。他の令嬢と違って着眼点が独特だから話していて中々面白い。だが、たまに公爵後輩との惚気《のろけ》話を聞かされるのは、正直どうにかしてほしかった。

「で、愛しの方と結ばれて満足？」

「満足です、って言えれば良かったんですけど……」

「何？　まだ欲張るつもり？　もう指針になる原作はないわよ」

「いえ、ルイ君と付き合えるのは嬉しいです。でも、公爵家に嫁《とつ》がなきゃいけないんですよね？」

「だから？　自信がないとでも言いたいの？」

「いえ、違うんです。私は……」

メアリーは現状が少し不満なようだ。とはいえ公爵後輩を選択した以上、もはや彼女の運命は定まってしまっている。まあ、メインヒロイン役を全《まっと》うした彼女がこれ以上何を企《たくら》もうが私には関わりがないのでそれ以上は追及しない。

遠征参加が決定済みの将軍嫡男や失態を犯した元王太子様は、かつての栄華が見る影もない惨《みじ》めな有様《ありさま》だ。特に元王太子様は些細《ささい》なきっかけで癇癪《かんしゃく》を起こすようになってしまい、求心力はほぼ皆無《かいむ》。本気で彼らを慕《した》っていた子達が毎日嘆《なげ》く姿は可哀そうだった。ま、鬱陶《うっとう》しく関わってこなくなった攻略対象者共なんて、私にはもうどうでもいい。

不満なのは、連中はヴィクトリア・ランカスターに逆らったせいで没落したとか言われている点かしら。私は無実なんです信じてください、……なーんてね。

元王太子様がそんな醜態《しゅうたい》を曝《さら》すものだから、学園の卒業式で卒業生代表として檀上に立ったのはソフィアだ。学園生活を振り返ってとか、これからの抱負とかを述べたようだが、長すぎて耳の右から左に抜けてしまい、何を喋《しゃべ》っていたかは記憶に残っていない。

「ご卒業おめでとうございます、お姉様」

「ありがとうねベアトリス」

そして迎えた学園の卒業式にて。

ソフィアやメアリーは在校生に群がられているものの、不人気な私の周りは清々《すがすが》しいほど空いている。私に声をかける物好きは妹のベアトリスくらいだ。

ベアトリスは心の底から私の新たな出発を祝っているようだった。

「それにしても、侯爵家の娘で王太子妃になったお姉様の周りに誰も集まらないのも異常ですね」

「そういった肩書しか見ない人は遠ざけているから。案外悪くないわよ」

「確かに人間関係にうんざりする時もありますが、お姉様ほど大胆にはなれません」

「ねえベアトリス。一つ聞いていいかしら？」

「はい、私に答えられる範囲なら」

事態も落ち着いたし卒業式って区切りもあって、私は彼女に疑問をぶつけてみた。

つまり、どうして悪意を振りまいてランカスター家の名を辱《はずかし》めた私を最後まで姉と呼び続け、しかも定期的に決して近くない距離の監獄まで面会に来てくれたのか？

問われたベアトリスは花のような鮮やかな笑みを零す。

「正直に申しますと、私は良くも悪くもお姉様を尊敬していました。悪知恵を含めた頭の良さも、侯爵令嬢の義務を果たそうと頑張る姿勢も、王太子妃に相応《ふさわ》しくあらんと尊大に振る舞う姿も、全部をです」

「でも、ベアトリスは学園に入ってからメアリーを慕《した》って……」

「お姉様は完璧でしたから何でもこなしていましたね。ソフィア様やヘンリー殿下の苦言も意に介さずに。お母様やお父様、それに私も要らない。自分の力で何事もこなしていたでしょう?」

——だから一回破滅していただきたかったんです。

そうしたら私を頼ってくださいますから。

ああ、確かにベアトリスの笑みで花が咲いた気がした。けれどその花は、触れようとしたら棘《とげ》が刺さる深紅《しんく》の薔薇《ばら》に他ならない。

「つまり、私の断罪から再起まで全部ベアトリスの思惑《おもわく》通り——」

「これからもよろしくお願いしますね、私の最愛のお姉様」

美しく咲き誇る薔薇《ばら》は微笑を浮かべながらもう一度私に祝辞を述べて、他の卒業生に挨拶《あいさつ》すると言って去っていく。まだ幼さが残る愛らしい後ろ姿は、もうすっかり棘《とげ》を潜《ひそ》ませている。

「ベアトリス、怖ろしい子……」

私は遠ざかる妹をただ茫然《ぼうぜん》と見つめるしかなかった。

卒業式を終えた各貴族令嬢は大抵かねてから家が定めた婚約者と添《そ》い遂《と》げる。一握りの秀才が男性と同じように文官や武官になったりするけれど、それは希有《けう》な例だ。私も別段武芸とか政《まつりごと》の手腕に優れているわけでもなかったので、既定路線をたどるまでだった。

ただ波瀾が続出したこの数ヶ月のせいでそのお相手が変わってしまったのだけれど。

「仕方がないだろう。兄があのような真似をしてたのだ」

「まさかリチャードが王太子の座に収まるなんてね」

「おかげで死にものぐるいで勉強しろと父上が毎日うるさくてね。君との時間が中々取れなくてすまない」

「いいのよ。だって今日から毎日顔を合わせられるもの」

錯乱した元王太子様の凶行は、致命的だった。結局それまでの失態を含めて王位継承権を剥奪《はくだつ》、リチャードが王太子になる。図らずも私は元の立場、次の王太子妃に戻った形だ。

別に望んじゃいなかったけれど仕方がない。リチャードのおまけとして王太子妃の座も頂《いただ》いておこう。

今、私の傍《かたわ》らに立つリチャードは、監獄での囚人服と同じで純白な衣服に身を包んでいた。

ただしあの頃とは違い、アルビオン国屈指の服飾デザイナーの作品である最高級のスーツだ。その見た目の上品さ、柔らかな質感共に比べるのもおこがましい。

一方の私も純白の衣装に袖を通している。

勿論《もちろん》囚人服のワンピースなんかじゃなくて純白のドレス。侯爵令嬢の私ですら一生に何度着るか分からない豪奢《ごうしゃ》な仕立てがされている。布地も思わず声を零しそうになるくらい触り心地が良いし、着心地はベッドに身を包まれる以上に至福だ。

「ねえリチャード。本当に私なんかで良かったの？」

「君が良かったんだ。身分だの血統だの一切関係なく、ただのリチャードと気が合った、ただのヴィクトリアに傍《そば》にいてほしかった。それは昔からずっと変わらない」

「奇遇ね。私もリチャードが何者かなんてどうでも良かったわ。何なら今から二人で駆け落ちしたっていいほどよ」

「それはさすがにやめておこう。ここまで来るために尽力してもらった人達に少しでも恩を返さないとな」

確かに多くの人との絆《きずな》が今に繋がっている。私一人が喚《わめ》いたところで処刑は覆《くつがえ》らなかったでしょう。だから私を助けてくれたみんなには、その成果をちゃんと見せつけてやらないと。

「じゃあ行きましょうかリチャード。みんなが私達を待ってるわ」

他の人が離れろって言ったって絶対に彼を離すものですか。だって彼と語り合う時が一番楽しいんですもの。それは彼が王太子になっても、私が王太子妃になっても変わりやしない。いつまでも言葉を交わし続けよう。

「待ちたまえヴィクトリア。その前に肝心な言葉を聞きそびれていたな」

「？　何を言ってほしいの？」

だって石壁を隔《へだ》てても私達は通じ合っていた。もう私達を遮《さえぎ》る壁はないのだ。ずっと手を絡ませられる、ずっと彼の顔や瞳を見つめていられる。

きっとこれからは、あの時以上にお互い通じ合えるに違いない。それを想像するだけでも嬉しいし楽しくてたまらない。

「君は私をどう思っているのかね？」

「愛してないってあの時返事したじゃないの。けれど私の全てを曝《さら》け出《だ》したい、知ってもらいたい、ずっと傍《そば》にいたいって思うのも本当よ」

「ならいつか君から愛を語らせたいものだな。当面はそれを目標としよう」

「期待しているわよ……って言いたいけれど、あいにく私ったら捻《ひね》くれ者なの」

私達の前の扉が開かれた。その先で待ち受けていたのは私達の家族だったり学友だったり親戚だったり、他にも私達を一目見ようと集まった人達だ。正面にはトーマス神父が満面の笑みで待ち構えている。

私は白手袋をはめた手を差し伸べた。リチャードは優しく私の手を握ってくれる。

「どうやら私はリチャードを愛しちゃった……ううん、ずっと昔から愛していたみたい。これからもずっと私を捨てずに離さないでもらえるかしら？」

「ああ、勿論《もちろん》だとも」

私達は大勢に祝福されながら神の前で愛し合うことをまた宣言して、また誓いのキスをした。

相変わらず私の理性を蒸発させるくらい甘くて痺《しび》れて。

いつまでもそうしたい気分になった。

牢獄だって王宮だって変わらない。夫婦でもただの友人でもいい。

私はこれからもずっとリチャードと語り合うだけだ。

# □　エピローグ

悪役令嬢でありながらハッピーエンドを迎えた私は王太子妃となった。

ランカスター家の屋敷から王宮に生活の場を移し、毎日忙しい日々を送っている。今までは王妃になるべく徹底的に教育される毎日だったけれど、今度はそれを実践する毎日になったわけだ。練習と実践だと疲れが段違いよ。

侯爵家や公爵家の貴婦人方とのお茶会を終えて自分の部屋に戻った私は、専属の執事に上着を脱がせてもらい、椅子に腰を落ち着けた。どうせ私達二人だけなんだからと執事に席に座るよう促《うなが》しても、彼は職務に忠実であらんとして頑《かたく》なに断る。

「ヴィクトリアさん、テーブルの上を片付けても？」

「問題ないわよライオネル。王宮勤めはどうかしら？」

「中々慣れませんね。容姿を隠さなくしたせいで奇異な目で見られますし」

「勝手にそうさせておけばいいわよ。ライオネルはライオネルなんだし」

「そう言ってくれると嬉しいです」

牢獄内の何も物がない生活に慣れたせいで部屋の中は殺風景極まりない。私が王宮入りする際にあてがわれた調度品、絵画や陶器みたいな芸術品がそのまま並べられている。みんなからは物欲のなさが質素倹約に努める王太子妃に見えるらしいが、勝手に誤解させておこう。

監獄の看守だったライオネルは、私が引き抜いて執事になってもらった。家庭を支える彼を少しでも楽にしてあげたかったのもあるし、処刑の一件で大事《おおごと》になりかけ、あそこにいられなくなったせいもある。でもやっぱり一番は親しくなった彼と離れたくなかった私の我儘《わがまま》だ。

彼は読みっぱなしの本とか書きっぱなしの手紙、筆記具を片付けていく。お辞儀をしてから筆記具やインクは引き出しの中に、本は本棚へと戻した。手紙は揃えて専用の箱の中にしまう。

「お茶飲んでお菓子食べてまた少ししたら夕食でしょう？　太っちゃうわね」

「でもヴィクトリアさんはこの王宮にお住まいになる貴婦人方の中で一番身体を動かされていると思いますよ」

「適度に運動しないとご飯が美味《おい》しくないし快眠だってできないもの。あの監獄暮らしから変えてないのよ」

「僕は訓練時間が減ったんですよね。ちょっと自主訓練しないと」

その間も彼との談笑は続く。

リチャードと同じく、彼とは他愛ない話題でもずっと続けられて楽しい。彼の思いに応《こた》えられなかったのは残念ではあるものの、ライオネルだったらきっと素敵な相手を見つけられる。何だったら今度ベアトリスと一緒の時間を作ってもいいかもしれない。

これからもずっとこんな日々が続けば、って思うのは贅沢《ぜいたく》な願いかしらね？

「ところで、この前僕には読めない言語で書かれた冊子が机の上に置いてありましたけれど、アレ何なんですか？」

「いつかやろうかなぁって考えている計画書よ。実現したらさぞ楽しいと思うわ」

計画書、それはこちら側では全く未知の言語、つまり日本語で記載している。

あのノートに綴《つづ》られている悪意を実行に移すかは、未来の私に委《ゆだ》ねるとしよう。『彼女達』が幸福の絶頂のままでいられるか、奈落の底まで転げ落ちるかは私の気分次第よ。せいぜい今を愉《たの》しむことね。だって私は悪役令嬢、敵に回った者は叩《たた》き潰《つぶ》すだけ。これを愉悦と言わずして何と言う？

あれの中身は――

「それなんですが……」

「ヴィクトリア。ちょっと事情を聞きたいんだがね」

　突然だった。私の部屋の扉が開け放たれ、急いだ様子のリチャードが私に歩み寄る。ノックもなかったし外からこちらに呼びかけてもいない。さらにいつも冷静な彼にしては珍しく、焦《あせ》りが見られた。

「リチャード、どうしたの？　別に私は逃げたりしないわよ」

「ウィンザー家の話は耳にしているか？」

「ウィンザー家？　ルイ様が当主を務めている公爵家？　いえ、別に何も」

「不祥事を起こして大問題になっている。おそらくルイは責任を取って当主の座から降りるだろう。いや、おそらく引退ではなく公爵家から追放という形になりそうだ」

……

…………はい？

　リチャードの口から語られるウィンザー家の不祥事の内容はどれも聞き覚えがあった。いいえ、心当たりなんてものじゃない。ルイの悪事とやらが並べ立てられるにつれて、私は引きつる顔を何とか取《と》り繕《つくろ》うのが精いっぱいだ。

「追放って国外に？　それとも領土に隠居するの？」

「親族会議次第だが、おそらく階級剥奪《はくだつ》になると予想されている。平民として一から再出発するほかないだろう」

　私はリチャードの言葉を聞き終わらないうちに立ち上がる。そして一直線に自分の机へと向かった。怪訝《けげん》な眼差《まなざ》しを向けるライオネルをよそに、いつもアレを立てかけている場所に手を伸ばし……目的のものがないことに気付く。

「ねえライオネル。さっき言ってた計画書なんだけれど、どこにやったのかしら？」

「さっき言おうとしたんですが、ないんです」

「……ない？　紛失した？」

　数日前に追記した記憶はあるし、所定の場所に戻したのも間違いない。そして王宮の使用人が王太子妃の私物を盗むなんてありえない。

　そもそも他の価値がある書物ではなくわざわざ日本語で書かれた冊子を盗んだところで意味不明で読めないでしょうに、どうして……

　そう頭を悩ませ、一つの可能性に思い至る。

「……ライオネル。確か二日前、部屋にメアリーを招いたわよね」

「はい。そう言えばその後、例の冊子を見ていませんね……」

　メアリーは大切なものを盗んでいきました。私のゲームヒロイン・公爵後輩ざまぁ計画書です。

あの内容は唯一私を断罪しておいて幸福を掴んだ公爵後輩を破滅させるための暗躍、根回し、準備だ。公爵である自分に誇りを持っていた彼からその地位を奪ってやることを第一の目的としている。

そして最後は失脚した彼に言ってやるのだ。ざまあみろ、と。

けれどメアリーがどうして自分の愛する者を破滅させる冊子を盗むの？　たった二日ではどう考えたって準備すら終わらないし、もしかしてここに来る度に冊子に目を通して中身を頭に叩《たた》き込んだの？

そう言えば、いつも私に何か言いたそうだったのはまさかコレが関係する？

「ヴィクトリアさん。代わりに何か紙切れが挟まっています」

混乱する私をよそにライオネルが日本語で文章を綴《つづ》った紙切れを指さした。私はそれに目を通し……ヒロインから逸脱したメアリーの選択を目の当《まあ》たりにする。

〝ざまぁ計画書は頂《いただ》きました。ヴィクトリア様のおかげでルイ君はわたしだけのものです〟

……

えっと、つまりメアリーは公爵後輩ルイ・ウィンザーを独占するために破滅させた、と。

それこそ親族や使用人、そして交流のある他の貴族達からも遠ざけようとして。

「な、何てことをしでかしてくれたのよ、あの田舎娘《いなか》は……っ！」

王国にも指を折る程度しか存在しない公爵位の貴族を愛故《ゆえ》に破滅させるなんて。

生粋《きっすい》の貴族たるルイが平民に転落したってまともに生きていけるわけがない。貴族の矜持《きょうじ》を守って自殺する選択肢は光の神の教えで禁じられている。野垂《のた》れ死にたくなければ、彼は平民上がりのメアリーに依存するしかないのか。

メアリー……恐ろしい娘。

いや、メアリーとルイの末路はこの際どうでもいい。重要なのは、彼女が私の計画書を実行に移したって点だ。

「成程。やはりヴィクトリアの仕業《しわざ》だったか」

リチャードは納得したように頷《うなず》く。

「ヴィクトリアさん、歴史にどれだけ名を残すんでしょうね」

ライオネルは驚きを露《あら》わにさせつつ考え込んだ。

やっぱり危惧した通りになっているじゃないの！　結局これも私の仕業《しわざ》だってオチにされるんでしょう？

刃向かった者は宰相の息子だろうと公爵だろうと王太子すら破滅させて王妃となった。なんて記録されたら後世における私の評価は……間違いなく『悪役令嬢』でしょうね。

「どうしてこうなった……っ！」

――だから私はもうこんなふうに嘆《なげ》くしかなかったのだった。

書き下ろし番外編

# 創作活動をしたのに自伝だと言われた

「お久しぶりです、ヴィクトリア嬢。いえ、王太子妃殿下、とお呼びしたほうがいいでしょうか？」

「神父様ならどちらでも構いませんよ」

今日も筋肉もりもりマッチョマンのトーマス神父から教本の見本を頂《いただ》いた。

処刑が決まった運命を覆《くつがえ》してからも、トーマス神父とはこうして度々時間を作っている。どうも彼からすると私はアイディアの宝庫みたいで、悩み事とか困り事があったら私の意見を聞こうとする。さすがに懺悔《ざんげ》室並みに気軽にはできなくなったけれどね。

その手土産《てみやげ》とばかりに渡される教本は、日々進歩を遂《と》げている。この間は挿絵を間に挟み込んで文章を簡略化した、いわばお試し版を作ってきた。そこで神の教えに興味が出たら正式な教本を渡すようにしているそうだ。

「本日はこちらの試作品をご確認ください。中々の出来栄えかと」

「……！　これ、もしかして活版印刷ですか？」

「そうです！　ヴィクトリア嬢から教えていただいた手法を実現化させました。こちらはその試作版となります」

文字または単語一つ一つを彫《ほ》った判子を並べて作る活版、それをカラクリ仕掛けで短時間で大量に紙に押しまくる印刷術をとうとう開発してきたらしい。これで一段と教本の流布《るふ》に繋がっていくに違いないわ。

この調子でいけば教本のみならず小説みたいな本とか新聞、雑誌も大きく発展していくでしょう。情報伝達が回覧板とか立て札を介さなくて良くなり、もっと手軽なものになれば……科学技術の進歩にも繋がることでしょう。

「ヴィクトリア嬢には感謝してもしきれません。列聖申請してもいいぐらいです」

「やめてください。私には聖人の称号は相応《ふさわ》しくありません」

相変わらずトーマス神父は、これでもってぐらい私を持ち上げてくる。迷惑ってほどではないのだけれど、このまま気分良くなって図に乗りたくなる衝動に駆られちゃう。

「そこでですが、神の教え以外に民に広めたいことはありますか？」

私が貰った教本をめくっていると、トーマス神父からそんな提案をされた。

これからの大勢に思いを馳《は》せていたけれど、まさか自分が当事者になるなんて思ってもいなかったわ。

「それは民が守るべき国の法のような？」

「それでもいいですが、歌だったり詩だったり、物語でも構いません」

「教会が印刷技術を発展させたのは神の教えをより知ってもらうため。それ以上踏み込んでは商売になってしまいますよ」

「おそらく教会が神の教え以外を広めるのは、今回が最初で最後でしょう。ヴィクトリア嬢にだからこそです」

ううむ、俗物的な意味での布教をしたい素晴らしい詩とか歌がないと言えば嘘になるけれど、出来立ての活版印刷を駆使してまで広めたいとは思えない。知ってほしい人には紹介だけして、後は自分から借りたり買ったりしてもらいたいもの。

かと言って自分が欲しい本は侯爵令嬢だった私は不自由なく手に入れられたし、専門書が必要なら国立図書館に足を運べば良かった。学生時代なら学園所有の、今なら王宮の蔵書を頼りにすれば充分だもの。

それでも、こうして機会を得たんだから気持ちだけ頂《いただ》くなんて勿体《もったい》ない。何か多くの人達に知ってもらいたい、例えばハラハラドキドキする冒険譚とか、心が温まる恋愛話とか、いっそ夜中眠れなくなる怪談でも。何かないかしら？

うーん、折角なんだから今まで誰も知らなかったような話が良いわね。いっそ『白き島』の外、つまりわたししか知らないような昔話とか伝説を作品化しちゃうのも面白そう……かも……。

「ああ、別に今すぐ返答を聞きたいわけではありませんよ。ゆっくり検討していただけたら幸いです」

「神父様。そのご提案ですけど、教本と同じぐらい長くても構いませんか？」

「勿論《もちろん》ですとも。何か具体的に思い浮かびましたか？」

「ええ、とっても素敵な考えがあります」

私はにっこりとトーマス神父に笑いかけた。だって私は天才かも、って思いたくなるぐらい素晴らしいアイディアが閃《ひらめ》いたんだもの。

そうよ、何だったら『白き島』をこの世界でも広めちゃえばいいじゃない、って。

□□□

エミュ力、って言葉がある。

私が生きるこの世界よりはるかに科学が進歩した前世のわたしが良く使っていて、作品の二次創作をする上でとっても重要な技術になる。文章力もさることながら物語と登場人物の理解度、そして作品の雰囲気を習得しなきゃいけない、修羅の道と言えるわね。

かく言うわたしも色々な作品の二次創作をしてきたんだけれど、ものすごく独特だったり癖があったりしたキャラが、ほんのちょっとおとなしくなっちゃうと途端に破綻してしまう。詩的なキャラとかはもう駄目。コレちょっと違う、的な仕上がりになってしまうの。

それでも二次創作がやめられないのは、その作品が好きだからに他ならないわ。

彼だったら普段こんなふうに過ごすでしょうし、あの人と時間を過ごすならあんな会話をしたでしょうね、とかの妄想を膨らませるのは楽しいし、それを作品として形にできた時はもう最高だもの。

……さて、前置きはこの辺りにしましょう。

前世のわたしは『白き島』の二次創作に結構な時間を費《つい》やした。書くばかりじゃなくネット上に公開したり、会心の出来だったら実際に製本しちゃうぐらいにはまっていた。悪役令嬢ヴィクトリアの大逆転劇だって何度書いたことやら。

ただし、それはあくまで『白き島』の原作があることが大前提。だからその大本になる『白き島』そのものを広めないといけない。勿論《もちろん》『白き島』はこの世界に存在しないんだから、私が再現しなきゃ駄目ってわけね。

「それで『白き島』の展開を整理してるんですか」

「そうよ。マルチルート全部を書き下ろすなんてしてたら、時間と労力がいくらあっても足りやしないわ」

てなわけで、まずは各攻略対象者で異なる物語の整理に勤しむ。私一人だと認識に偏《かたよ》りが出ちゃうかもしれないから、メアリーにも手伝ってもらっている。おかげで一通りの設定と展開は洗い出せたと思う。

次に私が書く『白き島』をどういう物語にするか、ね。主人公は遺憾ながらメアリーにするとして、やっぱり王道の王太子様ルートを主軸に他の攻略対象者のイベントを盛り込むのが一番なんじゃないかしら。

「あの……ヴィクトリア様」

「ちょっと、今考え中だから邪魔されたくないんだけれど」

「これ、まんまわたしじゃないですか？」

「は？　そりゃあメアリーは貴女《あなた》なんだから似るのは当然――」

いいえ、ちょっと待ちなさい。

王太子様をはじめとする素敵な攻略対象者に好かれて悪役令嬢の悪意を乗り越えてい

き、最後に幸せになりましたとさ。『白き島』の良いとこ取りをするならそんな展開になってしまうんだけれど、コレ正に現実で起こったことじゃなかったかしら？

つまり、『白き島』って娯楽、フィクションを世に送り出そうとしてるのに、形になったら国を揺るがす歴史上の出来事、ノンフィクションが完成しました、ってオチになってしまうじゃないの？

「そう言われちゃうと途端にやる気が減衰してきたんだけど……。事実は小説より奇なり、とはよく言ったものだわ」

「どうしますか？『白き島』を知ってもらいたい思いはわたしも一緒ですけど、どうしても実際の出来事との比較になっちゃうって言いますか……」

「私はやると言ったからには絶対にやり遂《と》げる女よ。ほら、脚本が決まったんだから次は表現のほうよ。ちゃんと確認してよね」

「お手本がないのに再現できるんでしょうか……」

そこからは本当に地獄だったわね。

そもそもメアリーのシンデレラストーリーを書ききるだけでも大変だったのに、物語として成立させるために私の悪意を誇張したり王太子様達との逢瀬を甘々にしたり、そうするとどうしても『白き島』じゃなく、現実を連想してしまって腹立たしかったわ。

そんな苦労の産物は……メアリーに散々こき下ろされた。「こんなの『白き島』じゃない」って完全否定のダメ出しから始まったそれは、私が心配してた通り、エミュ力不足のせいで『白き島』に似たナニカにすぎなかったわけだ。

「小説書けることは尊敬しますし完成度も低くないですが、解釈違いって言いますか」

「だったらアンタが書いてみなさいよ……！」

「できませんって。その代わり一緒に改善点考えますから」

主に直したのは、モノローグの描写と各登場人物の言い回しね。モノローグは主人公がどのような考えを持って行動したかを分かってもらう重要な要素だし、キャラの台詞《せりふ》は個性に直結する。そして、その上で各人を魅力的に感じてもらわないといけないってわけ。

「とうとう完成したわ……」

「ええ、ついにやりましたね……」

そうして何度も試行錯誤を繰り返した末に、ようやく『白き島』の初稿が出来上がった。達成感もひとしおながら疲労感も強く、書ききった直後は机の上に二人して脱力したぐらいだったもの。

完成した私版の『白き島』は、実際のメアリーが送った学園生活を『白き島』風に仕立て上げた代物《しろもの》だ。何なら、現実にはメアリーと私から距離を置いた先生まで巻き込んだ全ルート総括版って言ってもいい。

「固有名詞は全く別のものにしたし、物語の舞台も架空の世界にしたけれど……メアリーとの関連は絶対疑われるでしょうね」

「大丈夫でしょうか？　出版差し止めとかになったりは……」

「ま、私としては本って形で世に出回れば充分だし、出版費用は教会持ちだもの。禁書として語り継がれるのも一興《いっきょう》よ。安心なさい。メアリーの分は確保してあげるから」

「複雑ですね……『白き島』をみんなに知ってもらいたいって気持ちもありますし、自分のことだって考えるとそう人に自慢もできませんし……」

そんな感じに出来上がった原稿をトーマス神父に渡すと、さすがの彼も顔を引きつらせた。教本の木版を作るのもかなりの労力を費《つい》やしたのに、それと同じぐらいの小説作品だものね。活版に切り替えるからって、そう楽はできないでしょう。

そんなわけで出版された私版『白き島』は、意外にもそれなりの数が売れたわ。ただし、返ってくる感想は私やメアリーの想定とはかけ離れた、けれどごもっともだったからぐうの音も出なかった。

「どうしましょうリチャード」

「ふむ、『白き島』とやらは私も読んでみたが、思っていたよりも楽しめたよ。些《いささ》か現実離れしているとも感じたが、実際にメアリーが巡った体験をもとにしている、と説明されたら納得するしかないな」

「爵位も血統も関係なく男女が惹《ひ》かれ合って、愛の力で様々な障害を乗り越えて、最終的に生涯を共にする。女の子だったら誰だって一度は夢想するでしょうよ」

「現実はそうもいかない。無茶をしたヘンリー達が報《むく》いを受けたように。この一冊だけでも物語としては完結している。なら事実を知る大衆が望むのはこの後、つまり男爵令嬢などではなく王太子妃に至る侯爵令嬢の物語だろう？」

「アペンド版にまで踏み込まなきゃいけないってわけね……」

そう、なんと『白き島』はあくまで前編だと勘違いされちゃってるのよ！

その後に状況をひっくり返した侯爵令嬢、つまり私の話が期待されてるの！

他ならぬこの私が書いたものだから、なおさらね……！

「それで、どうするのかね？　『白き島』の執筆にも結構な月日を要したようだが、公務や王妃教育の合間を縫っての作業は辛《つら》いだろう」

「いーえ。こうなったらとことんやってやるわよ。見方を変えればそれだけ『白き島』に興味を持ってもらえているってことだもの」

そうして気力を奮《ふる》い立たせて続きを書き殴ってやった。楽だったのは『白き島アペンド版』と違ってヴィクトリアに相当する令嬢視点で綴《つづ》れば良かった点だ。あの生涯忘れないだろう大切なひと時を思い出しながら文章にしていく作業は、とても楽しかった。

こう振り返ってみると、私は本当に恵まれていた。ライオネルやトーマス神父に出会えたし、処刑待ちだった不利な状況は覆《くつがえ》せたし、何よりリチャードと……王子様と一緒になれたんだもの。

「そう笑顔で執筆しないでくれ。こっちに振り向かせたくなる」

「リチャードったら過去の自分に嫉妬《しっと》？　大丈夫よ、私は貴方を愛しているもの」

「そうか、なら切りのいいところまで終わらせたらその愛を確かめ合いたいものだ」

「そうね。私もそうしたい気分になってきたわ」

私は筆を置いて、覗き込んでいたリチャードに両腕を回す。

私と彼の唇が触れ合うのには、そう時間も要らなかった。

□□□

そうして、ついに完成した私版『白き島』の続編は大ヒットした。

『白き島』って恋愛小説じゃなくて、私の自伝だと思われたのはかなり複雑だけど。

これで『白き島』がおしまいだと思うと寂しさを感じる。けれどエンディングより先を歩き始めた私達にもう道標《みちしるべ》は不要だ。

ここからは私が実体験で続きを書いていく。添《そ》い遂《と》げたリチャードをはじめとする、この世界を生きる人達と一緒に。

新感覚ファンタジー

RB レジーナ文庫

# 華麗なる大逆転劇、魅せますわっ!!

レジーナブックス Regina

## 残り一日で破滅フラグ全部へし折ります 1

福留しゅん　イラスト：天城 望

定価：704円（10%税込）

アレクサンドラは、明日のパーティーで婚約者の王太子に断罪されることを突然、思い出した。このままでは身の破滅！　だけど素直に断罪されるなんて、まっぴらごめん！　むしろ、自分を蔑《ないがし》ろにした人達へ目に物見せてやる！　そう考えた彼女は残り二十四時間で、この状況を打開しようと動き始め⁉

詳しくは公式サイトにてご確認ください

https://www.regina-books.com/

携帯サイトはこちらから！

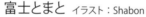

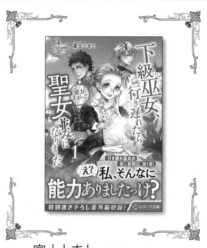

本書は、2020年4月当社より単行本として刊行されたものに書き下ろしを加えて文庫化したものです。


この作品に対する皆様のご意見・ご感想をお待ちしております。

おハガキ・お手紙は以下の宛先にお送りください。

【宛先】

〒150-6008 東京都渋谷区恵比寿4-20-3 恵比寿ｶﾞｰﾃﾞﾝﾌﾟﾚｲｽﾀﾜｰ 8F
(株) アルファポリス　書籍感想係

メールフォームでのご意見・ご感想は右のＱＲコードから、
あるいは以下のワードで検索をかけてください。

アルファポリス　書籍の感想　検索

ご感想はこちらから

レジーナ文庫

# 処刑《しょけい》エンドからだけど何《なん》とか楽《たの》しんでやるー！

福留《ふくとめ》しゅん

2022年12月20日初版発行

文庫編集－斧木悠子・森順子
編集長－倉持真理
発行者－梶本雄介
発行所－株式会社アルファポリス
〒150-6008 東京都渋谷区恵比寿4-20-3 恵比寿ｶﾞｰﾃﾞﾝﾌﾟﾚｲｽﾀﾜｰ8階
TEL 03-6277-1601（営業）　03-6277-1602（編集）
URL https://www.alphapolis.co.jp/
発売元－株式会社星雲社（共同出版社・流通責任出版社）
〒112-0005 東京都文京区水道1-3-30
TEL 03-3868-3275
装丁・本文イラスト－天城望
装丁デザイン－AFTERGLOW
（レーベルフォーマットデザイン－ansyyqdesign）
印刷－中央精版印刷株式会社

価格はカバーに表示されてあります。

落丁乱丁の場合はアルファポリスまでご連絡ください。

送料は小社負担でお取り替えします。


ISBN978-4-434-31325-7 C0193